大　師　名　作　坊

MasterPiece 16

如果在冬夜，一個旅人

伊塔羅・卡爾維諾◎著

吳潛誠◎校譯

ISBN 957-13-0595-2

目次

〈導言〉《如果在冬夜，一個旅人》：後現代小說的閱讀與愛戀

吳潛誠

伊塔羅・卡爾維諾（Italo Calvino, 一九二三～八五）的名作《如果在冬夜，一個旅人》（*Se una notte d'inverno un viaggiatore,* 一九七九；英譯 *If on a winter's night, a traveler,* 一九八一）不是一部小說，而是一部關於小說的小說，一篇關於說故事的故事，一本關於閱讀和寫作的書，一份關於文本的文本，一部明顯具有後現代特徵的後設作品。

這部作品由框架故事和嵌入小說兩部分組成。框架故事（frame－story）以男性讀者「你」作主角，「你」是整本書的「隱設讀者」（the implied reader），也是實際在進行閱讀的讀者。話說，你興致勃勃地買來卡爾維諾的新小說《如果在冬夜，一個旅人》，正看到入迷之處，沒想卻因書頁裝釘錯誤而被迫中斷閱讀。你迫不及待地去尋找下文，不料拿回來卻是另一部小說，讀到高潮迭起之際，書又戛然而止……

……如此這般的陰錯陽差一再發生，你鍥而不捨地追索其下文，一部接一部地找來讀，前後總共閱讀了十部互異其趣的小說之開頭（incipits），這些「嵌入的小說」（embedded novels）的標題正好串成一個句子：

㈠如果在冬夜，一個旅人，㈡在馬爾泊克鎮外，㈢從陡坡斜倚下來，㈣不怕風吹或暈眩，㈤在逐漸累聚的陰影中往下望，㈥在一片纏繞交錯的線路網中，㈦在一片穿織交錯的線路網中，㈧月光映照的銀杏葉地毯，㈨環繞一空墓，㈩什麼故事在那頭等待結束？

這本書有時隱約，有時直接地把閱讀（及寫作）和性愛等同齊觀，混爲一談。不少章節的前文和各篇嵌入小說皆涉及情慾挑逗，描寫露骨，香艷刺激，不亞於坊間所見的煽色腥（sensational）小說；同時又隱含深刻寓意，可從心理分析的角度加以詮釋。光從這一點，就可以約略看出，這是一本後現代作品：兼容並蓄嚴肅和通俗文學的特色於一爐，所謂「外行看熱鬧，內行看門道」，正好人人各取所需，皆大歡喜。

光看熱鬧的話，我們會發現本書中十篇嵌入小說全是緊張刺激的驚慄故事（thrillers），諸如偵探、間諜、科幻、成長故事(Bildungsroman)、日記體小說、新恐怖小說(neo-Gothic)、感覺派小說、西部故事(Western)等;敘述模式則包含現代主義、意識流、魔幻寫實、政治小說、心理分析等,變化多端;描寫細膩,構想奇妙;在在發人省思,頗堪玩味。

從嚴肅的文學角度來說,這是一本後現代主義的活教材,書中處處可見結構主義後起的批評理念。讓我們從它的「後設」或「自行反射」(self-reflexive)成分談起:本書與傳統的寫實主義小說迥異其趣,非但不刻意經營令人信以爲眞的幻覺,反而經常提醒讀者,你正在閱讀的是虛構的小說;除了訴諸諧擬(parody),顚覆既定的小說習套和觀念之外,並常自行暴現創作之設計伎倆(lay bare the device of its own composition)。

以第一章的故事爲例,該故事的第一人稱敘述者對讀者表示:

> 你已經讀了好幾頁了,我早該清楚告訴你,到底我下車的所在是過去的車站,或者是現代的車站,然則文句卻一直在模糊、陰晦中進行……這是要趁你還沒警覺之前,漸漸把你捲進來,困陷在故事中的方法——陷阱是也。或者,也許因爲作者還不能確定,就和讀者你一樣,不知道你最想讀些什麼。

這個在冬夜來到小車站的旅人，不知道自己的來處——出發的原點，手中提著一只皮箱，受命傳交出去，但卻一直無人來接應。隨後突然接獲命令和恫嚇，匆忙搭上火車，駛入霧靄籠罩的黑夜，不知伊於胡底。讀者你渴望追踪其後續發展和結局，結果接連閱讀了十篇互不相干的小說，全都和第一篇一樣，戛然中止，不知結局。

根據德希達的解構理論，所謂的意義乃是語言系統中的意符（signifier）之鎖鍊的遊戲運作，一直在躭延、變異、擴散，無從確鑿固定於某一定點，或終止於某一個不必藉由意符來詮釋的意指（signified）——超越語言符徵作用的意指，或稱做超越的意指、終極的指涉、固定的中心、始源點、眞理、道等等。後結構概念無疑可以用來詮釋《如果在冬夜，一個旅人》中的各篇嵌入小說爲何時空指涉含糊籠統；大部分人物既不知來歷，也不明去向；唯有一些繽紛而不相連屬的線索；殊難歸納出通盤整體性的理解。以解構觀念來閱讀此書，絕不牽強。本書的女性讀者就曾表明對於血肉之軀的作者（傳統觀念下的創作源頭）絲毫不感興趣，以下這一段她所說的話，可作爲《如果在冬夜，一個旅人》一書的寫照：

此刻我最想讀的小說，應是那種以敍述的慾望爲驅動力，堆砌一篇又一篇故事，而不企圖把人生哲理強塞給你，只讓你觀察小說本身的成長，像一棵樹那樣，枝葉交織糾纏。

再舉兩個例證，第七章的小說《在一片穿織交錯的線路網中》，主角利用萬花筒原理，在房間內裝了八八六十四面鏡子，房中的任何意象在鏡面反覆映照，教人目不暇接，無從分辨哪一個是最初的和最後的意象，就和互相交織運作而產生意義的意符一樣。在第九章的前文，讀者遇見身分屢經轉換的柯林那—葛楚德—英格莉—亞鳳西納—雪拉，心裏懷疑她就是魯德米拉的妹妹羅塔莉亞，但即使她剝下她的層層制服，仍無法獲致確定的答案，她也像意符一樣，無限延宕。

讀者面對這一個繽紛的文本所組合的文學迷宮，勢必自行摸索閱讀的門徑，嘗試填補空隙，串連零碎的片段。那就是說，讀者必須積極參與意義的製造生產，扮演作者的角色，把這本書當做卡爾維諾所敬重的師友羅蘭・巴特（Roland Barthes）所謂的「寫本」（scriptible or writerly text）。寫本與「讀本」（lisible or readerly text）不同：讀本中意符和意指之間的通道清澈、明確而帶有強迫性，讀者只有乖乖接受的分；寫本則邀請讀者介入，清楚意識到書寫與閱讀交互影響的關係，從而獲得合作，獲得身爲共同作者的樂趣（巴特甚至強調，閱讀上的「爽」（jouissance），有如做愛一般）。讀本傳達一種業已建立起來的現實觀和價值體系；寫本則要求讀者思索語言本身的性質，以及符碼（codes）開放給「遊戲」而無自動指涉的特性。打個比喻，讀本的意符踏步前進；寫本的意符則是婆娑起舞，其訊息無從確定。

戛然中斷的十篇小說繽紛雜亂，但各篇中的第一人稱敘述主角的心理狀態大致上都以頭一篇的旅人作模式，不外乎疏離、徬徨、困惑、焦慮、疑懼、緊張、虛無等等，他們都處在一種茫然不定（urcertain）的氤氳中。冬夜旅人毫無歸屬感，他徒然妄想以意志叫時間倒退，讓一切恢復最初的狀態，其實，他甚至茫然表示自己不知道下半個鐘頭會發生什麼事。第二個故事是個面對成長而焦慮的少年。第三篇小說的敘述者是個神經質的病人，相信宇宙的本質會在混亂、潰散中顯現出來。第四篇故事發生在革命變動期間，危機四伏，到處充滿不可知的變數。第五篇的主角始終無法拋棄他亟欲丟棄的一具屍體，一如他擺脫不掉如影隨形的自己的過去。第六篇故事中神經兮兮的教授飽受天羅地網一般的電話鈴聲的折磨而忐忑不安。第七篇的主角複製意象，故佈疑陣以閃避敵人，結果卻落入作繭自斃的局面。第八篇感覺派故事中的日本青年，暗戀師父的女兒，卻擔心自己的前途和師母的覬覦；在與師母經驗感官高潮之際，卻察覺師父和女兒在一旁偷窺，用眼神參與。第九篇的敍述者在父親斷氣後，遵照遺囑，兼程奔回「原」鄉，探尋母親和自己的生命源頭，得悉乃父聲名狼藉，而自己不過在重複他當年的行止和命運而已。第十篇的主角憑毅力練習刪除他看不順眼的東西，最後搞得整個世界充滿裂縫深淵。以上這些小說主角的意識中，幾乎毫無一般認定的社會規範和價值標準；時空觀念也多與傳統看法有別；他們在幻想或實踐嶄新的可能之時，不免常流露出因爲缺乏牢靠憑據所產生的茫然或焦慮，「空虛」、「虛無」、「暈眩」、「裂縫」、「深淵」等字眼和意象反覆出現在十篇嵌入小說，難道這就是後現代典型的心理狀態嗎？

前面說過，這是一本關於小說的小說，其主旨之一在探討小說的閱讀及寫作。除了嵌入小說部分的自行反思之外，框架故事直接探討有關小說的各種問題，並涉及（原）作者、譯者／僞造者、讀者、文本之間的互動，（想像）虛構與事實（眞相）的關係等等，可說是鉅細靡遺。讀者「你」在追求閱讀的過程中，除了女性讀者魯德米拉之外，還遇見了包羅甚廣的不同類型的各種讀者和作者，諸如拒絕看書的非讀者；仰賴電子儀器，割裂文本，斷章取義，以支持己見的女性主義讀者；披閱並口譯已失傳之死文字的教授；從事職業性閱讀的出版社老編；翻譯家／僞書製造者；名滿天下的暢銷作家；負責審核禁書的官員等等。他們各自不同的閱讀旨趣和見解有助於揭發小說閱讀和寫作的現象和本質，同時也呼應了後結構批評流行的按語：一切閱讀都是誤讀。

這本書中最主要的誤讀／詮釋者自然還是主角「你」本人。事實上，卡爾維諾的這本書可說是獻給讀者的，它一開始便直接對「你」說話：

你就要開始讀伊塔羅·卡爾維諾的新小說《如果在冬夜，一個旅人》。放鬆心情。集中精神。什麼都不要想，讓周圍的世界漸漸消失掉……

強調讀者（甚於作者）在詮釋上的地位，乃是晚近各派批評理論的共同趨向。本書中的讀者不僅只是隱設讀者和實際讀者——閱讀的主體（the subject who reads），也是小說的虛構框架中的主角——吾人閱讀的對象（the subject matter of our reading），他同時又扮演作品意義的生產（作）者和批評者，因爲他在追求閱讀的過程中，一再陷入晦澀文本所佈下的迷宮，必須自行尋覓出路，不斷地被迫修定自己對小說的觀念和期待。

本書的「讀者」同時具備個別性和一般性，甚至連姓名、身體特徵、職業、年齡都付之闕如，爲的是讓實際讀者（我們）容易產生認同，一起參與「他」的追求，在第二章接近結尾處，他自問道：

讀者，你究竟是誰？你的年齡、地位、職業、收入……這樣問或嫌輕率。那是你的私事，你就是你。重要的是你目前的精神狀態……自從昨天以來，事情起了變化，你的閱讀不再孤單：你想到彼讀者，她也在同一時刻打開書；待閱讀的小說與待展開生活的可能的小說重疊在一起，那是你和她的故事之延續，情況更好的話，一個可能之故事的開始。這就是你昨天以來的轉變，你原來堅稱自己喜歡書籍，那是紮實的東西，擺在你眼前，容易界說，享受，無風險，勝過實際生活經驗——總是捉摸不定、不連續、爭論不休。難道這意味著這本書已經變成一種工具，一種溝通的管道，一種約會？但這並不是說，閱讀這本書對你已經比較沒吸引力了：相反的，它的力量增加了。

讀者對於中斷的小說和對彼讀者魯德米拉的期待和慾望一再被挑起，一再延宕——一切慾望原本源生自欠缺。隨著框架故事的發展，兩種慾求愈來愈難區分。在第六章，「讀者」自己發現：「追踪那本中斷的書，給你注入一股特殊的亢奮，因爲你和彼讀者一起在進行那件事；但到頭來卻變成和追求她是同一件事，她以繁衍變化的神祕、詭計、僞裝逃避你……」

到了第七章，閱讀和戀愛兩件事終於合而爲一，男女讀者兩人在床上相互閱讀對方的身體，以閱讀來詮釋做愛，其中有一節強調：「閱讀與做愛兩者最相似的地方在於：在這兩件事之中，時間與空間皆開放，與可以丈量的時間和空間不同。」

本書處處暗示閱讀即是慾望的運作。敍述的聲音時而扮演提示者的角色，敦促讀者採取行動。例如第九章如此描述一位女性寬衣解帶，對讀者你投懷送抱：

讀者啊，你在做什麼？你不抗拒嗎？你要逃避嗎？啊，你在參與……啊，你也投身進去——你是本書唯一的主角，嗯；但你就因此認爲你有權和所有的女性角色發生肉體關係嗎？

第八章的前半部，那位暢銷作者日日以望遠鏡偷窺另一個山坡上的女性讀者（即彼讀者）在閱讀，進一步探討了寫作與情慾的關係。此書也訴諸讀者的窺淫（voyeuristic）慾望，來誘引並滿足讀者，第八章之後的〈月光映照的銀杏葉地毯〉便是最明顯的例子。

此書中的兩種追求，閱讀方面備受干擾，永無止盡；但愛情的追求卻有所「斬獲」。在第十一章，讀者在跑遍山涯海角，尋書未果之後，歸返故里，前往圖書館，並聆聽七位讀者發表迥異其趣的閱讀策略，第七位讀者質問道：

你認爲每篇故事都非要有個開端和結局不可嗎？古代的時候，故事只有兩種結局：男女主角在歷經一切考驗之後，結成眷屬；要不然，就是死掉。一切故事所指涉的終極意義有兩個層面：生命的延續以及死亡的不可避免。

聽到這裏，我們的讀者「你」突然若有所悟，當下決定要和魯德米拉結婚。

在最後一章，我們看到男女讀者已結成夫妻，並臥床上，進行同步閱讀，準備熄燈就寢。男性讀者即將讀完的卡爾維諾的小說，是否會有最終的結局，或者從前的閱讀經驗會重演，我們不得而知。這個以喜劇收場的通俗結局，倒可看成原型批評家傅萊（Northrop Frye）所稱的春天模式的文學：熄燈之後，可望埋下子孫繁衍的種子，不虞將來缺乏小讀者，這的確是讀者（消費者）誕生（the brith of the reader）的時代。

卡爾維諾本人曾杜撰「超小說」（hyper-novel）一詞，來稱呼這本「擬批評」（para-critical）成分甚濃而難以歸類的作品，因爲它不僅在呈現虛構的小說藝術，同時還探討了敍事學和一般美學問題：它透過諧擬方式，改寫古典和現代小說傳統，自我暴現創作伎倆的後設傾向逼使讀者以批判性的眼光去看待該作品的敍述或建構方式，從而悟認到小說情節可以另作其他種種安排的可能。就文學發展的意義而言，《如果在冬夜，一個旅人》一方面暗示文學的可能性業已消耗殆盡，現出疲態（exhausted），文學語言有其不適和不足之處，但從另一方面來講，儘管小說有其欠缺不足，這本書又以別出心裁的敍述吸引讀者注意其文本，展示文學的力量，也就等於開拓了新的文學起點。這新鮮而富挑戰的文學之旅當然還得邀請讀者共同積極參與，一起披荊斬棘。

如果在冬夜，一個旅人

第一章

你就要開始讀伊塔羅・卡爾維諾的新小說《如果在冬夜，一個旅人》。放鬆心情，集中精神，什麼都不要想，讓周圍的世界漸漸消失。最好去關門，隔壁總是在看電視。立刻去告訴他們：「我不想看電視！」大聲點——否則他們聽不見的——「我在看書哪！不要打擾我！」他們太喧嘩了，也許還沒聽見，那就更大聲點，用吼的：「我要開始讀伊塔羅・卡爾維諾的新小說啦！」或者，你乾脆一句話也不說，但願他們不來打擾你。

找個最舒適的姿勢：坐著，躺下，縮起身子，或是平躺，仰臥，側臥，還是俯臥，坐在安樂椅、沙發、搖椅、帆布椅、或是膝墊上，如果有吊床的話，躺在吊床上，當然，在床頭或躺在床上都可以，甚至也可以採取瑜伽的姿勢，雙手著地倒立，如此一來，書自然也得倒著放了。

當然啦，你永遠也找不出最理想的讀書姿勢。古時候，人們常在讀書台旁邊站著念書，他們習慣站著不動，騎馬騎累了，就是那樣站著休息。從來沒人想過騎在馬上讀書；坐在馬鞍上，將書置於鬃毛上，或用特製的繮繩綁在馬耳上，這種讀書方式現在看來似乎頗具吸引力。雙腳踏著馬鐙，你會感到讀書很舒服；把腳抬高是享受閱讀的首要條件。

那你還在等什麼？伸出腿，擱靠一個椅墊，或兩個椅墊，或者將腿放在沙發扶手上，椅背上，咖啡桌上，書桌上，鋼琴上，或者擱在地球儀上。先把鞋子脫掉。如果你願意，可以把腳蹺起來；不然就把腳放好。千萬別站在那裏，一手拿鞋，一手拿書。

調整燈光，以免讓眼睛感到吃力。現在就去做，因爲你一旦沉迷於閱讀，就不太可能移動了。切勿使書頁籠罩在陰影下，那會使書上一片灰暗，襯著一團黑字，整齊劃一像一羣老鼠；不過也要小心，燈光不可太強，彷彿南方正午的太陽，映照在慘白的紙上，吞噬了細小的字母。預先想想有什麼事可能會打斷你的閱讀。如果你抽煙的話，準備好伸手可及的香煙和煙灰缸。還有別的沒有？你要小便嗎？你自己最清楚。

倒不是你期待從這本書獲得什麼特別的東西。大致上，你已不會對任何事有所期盼。有很多比你年輕，比你年長的人，還活在對於特殊經驗：從書本、從人物、從旅遊、從事件、從明天注定要發生的事有所期待的狀態中。但你不是那種人，你知道你所能期望的，充其量不過是避免最壞的事發生。這是你從個人生活、從一般事務、甚至從國際事務中所得到的結論。至於書本呢？就是因爲你否認了在其他方面可以享受到期待的樂趣，所以在像書籍這個謹愼規劃的領域裏，你相信自己可以名正言順地期待獲得年輕人期待的喜悅，無論你運氣好不好，至少在其中，失望的風險不嚴重。

就這樣，你在報紙上注意到伊塔羅・卡爾維諾的新作《如果在冬夜，一個旅人》出版了，他已數年沒出書。你到書店買了一本，很好。

在書店的橱窗，你一眼就認出一個封面，上頭有你正在找尋的書名。你依照目光所見，擠進書店，走過厚厚一堆「你未讀過的書」，從桌子和書架上，對你蹙額皺眉，恫嚇。但你知道，絕不可以爲之肅然起敬，儘管書堆當中還有許多「你不需讀的書」、「爲閱讀以外之目的製作的書」、「你打開之前已讀過的書——因爲屬於寫下前已被閱讀的種類」，這些書緜延數英畝。你就這樣，穿過那些城垛的外圍，然後遭遇一隊步兵攻擊，那就是「如果你的命不只一條，必定會讀的書（可惜你的日子屈指可數）」。你採取快速運動，繞道通行，進入另一些方陣，其中有「你有意閱讀但卻得先行涉獵其他而不克閱讀的書」、「目前太昂貴，必須等平裝本問世才讀的書」、「你可以向人前太昂貴，必須等到淸倉拋售才讀的書」、「目前太昂貴，必須等到淸倉拋售才讀的書」、「你可以向人家借閱的書」、「人人都讀過，所以彷彿你也讀過的書」等等。你躲開那些攻擊，來到一個城堡下，塔樓上有其他軍隊把你團團圍住：

「你多年以來計畫要閱讀的書」，

「你搜尋多年而未獲得的書」，

「和你目前在進行的工作有關的書」，

「你想擁有以供需要時方便取用的書」，

「你可以擱置一旁，今夏或許會讀一讀的書」，

「突然莫名其妙地引起你好奇，原因無從輕易解釋的書」。

現在，你已經有能力把難以勝計的戰鬥士兵縮減爲一支部隊，那當然還很龐大，但數目可以計算；然而因爲「好久以前讀過現在該重讀的書」和「你一直假裝讀過而現在該坐下來實際閱讀的書」等等的埋伏突襲，你剛才相對的鬆釋之感頓時消失了。

你蜿蜒向前衝刺，擺脫上述書籍，躍入「作者或題材吸引你的新書」的要塞。甚至在這堡壘之內，你還可以從防禦行列找出一些缺口，將之分成：「（對你或一般讀者）作者或題材不算新穎的新書」以及「（至少對你而言）作者或題材完全不認識的新書」，同時根據你對於新穎和不新穎的慾望和需求（你在不新穎中找新穎，在新穎中找不新穎），判定它們對你的吸引力。

這一切只意味著：你快速瀏覽書店裏的那些書名後，轉向放有剛出版的《如果在冬夜，一個旅人》的架子上，取下一本，拿到收銀台結賬，這樣你對它的所有權才能完全確立。

你又迷惑地望一望你周圍的書，（或者應該說，是書在看你，那些書眼神迷惑，像是關在城市牲口收留處的獸欄中的狗，看到原來的同伴被主人牽著皮鍊救走了，）你走出書店來。

你可以從一本剛出版的書獲得快樂，因爲你手上拿著的不僅是一本書，同時也有這本書所帶來的新鮮感。這種新奇感可能只是類似剛出廠的嶄新產品所帶給人們的感覺，新書初綻的花朶，會持續到書皮變黃，一層薄薄的煙霧沾到書頁上方，封皮摺了角，旋即進入暮秋，放置在書堆當中。不，你希望永遠接觸眞正的新鮮，不只新鮮一次，而是持續不斷。乍讀剛出版的新書，你會擁有這種新鮮感，不用去尋找，不用去追求。這次也會這樣嗎？你不敢說。讓我們來看個分曉。

也許你在書局就已開始翻這本書了，或許書包裹在蠶繭般的玻璃紙裏，使你無法翻閱？現在你人在公車上，擠在人羣中，一手抓著車上的吊環，另一手將包裝打開，動作像猴子抓著樹枝同時又要剝香蕉皮一樣。小心，你的手肘已擠到旁邊的乘客了；最起碼，道歉一下。

也有可能，書商並沒有把書包起來，而是用袋子裝給你，這就簡單多了。你手握方向盤，等紅綠燈，把書從袋中拿出來，撕開透明的包裝，開始讀前幾行。突然一陣喇叭聲大作：原來是綠燈亮了，你阻礙了交通。

你坐在書桌前，不經意之間把書放置在公事文件堆裏；在某個時刻，你移動了一個卷宗，發現了這本書。你心不在焉，翻開書，手肘靠在書桌上，握拳撐著太陽穴，似乎在專心審閱文件，而事實上你在探索這本小說的前幾頁。漸漸地你在椅子上向後躺靠，把書舉到鼻子的高度，將椅子傾斜，僅靠椅子後面的兩隻腳來平衡。你打開書桌旁側的抽屜，腳蹺在上面；讀書時腳的姿勢最重要。你把腿伸到桌上，放到那些等著發送出去的檔案上。

但是難道這不算是不恭嗎？那是指對書不恭，而不是指對你的職務不敬，（沒有人膽敢評判你的專業能力：我們假定不事生產的活動占了國家與國際經濟體系非常大的一部分，而你的職務便是其中正常的一環，）不管你願不願意，如果你和某些人士一樣，認爲工作意味著眞正的工作，刻意或不假思索地履行職責，工作對別人和對自己都一樣，若不是必要，至少不是毫無用處，若是這樣，那就更糟了；你帶到工作場所的這本書，如同護身符或避邪物，斷斷續續地誘惑你，每一次總有幾秒的時間會分散你的工作注意力，不管你做的是電路板打洞，廚房火爐的燃燒器，推土機操縱器，或是正爲一個躺在手術台上的病人動內臟手術。

換言之，你最好按捺一下迫不及待的情緒，等到回家後才打開書。好，現在你人在自己的房間裏，心平氣和；你翻開第一頁，不，翻到最後一頁，你想先知道書有多長。還好，不算太長。現代人寫的長篇小說也許是一種自相矛盾的東西：時間感已變得支離破碎，零碎的時間片段依循其本身的軌道在瞬間消失無踪，吾人只能在各個瞬即消逝的片段中喜愛或思考。只有在某一個時期的小說中，我們才能發現時間的連貫性，在那個時期，時間似乎永不休止，不曾爆碎過；該時期爲時不超過一百年。

你雙手把玩著那本書，掃瞄封底的句子，那些概括性的詞藻沒多大的意義。這樣最好，書本身必須直接溝通的訊息，你必須從中摘取，不論多寡；除此之外，不該有其他訊息喧賓奪主。當然，你如此這般地在書的外緣打轉，在登堂入室閱讀以前，先在周圍迴旋，這可是讀新書之樂趣的一部分，但就像一切快樂的前奏一樣，時效有限，必須適可而止，你才可望以它作爲衝刺，促進行樂之完成——即閱讀本書，從而獲得更大的實質樂趣。

你現在一切就緒，準備開始讀第一頁的頭幾行。你以爲一眼便可認出該作者特有的語調。錯了，你一點也認不出來。想想看，誰說過這位作者有明顯的語調呢？恰好相反，這位作者向來都以新書和舊作大不相同而出名。你就是從這些變化來辨認他的。然而，這本書似乎和他從前所寫的一切著作截然無關，至少就你記憶所及是這樣的。你大失所望嗎？讓我們來瞧瞧。也許，起初你感到若有所失，就像有個人出現在你面前，你把那名字等同於某一張臉，你嘗試叫你眼前所見的五官特徵和你腦海中的某些輪廓相互印證，但卻辦不到。不過，你繼續讀下去，卻發現此書可讀性不低，撇開你對作者的期望，這本書本身激發了你的興趣，事實上，清醒思考一下，你發現自己比較喜歡這樣子：面對某些東西，卻不甚清楚它是什麼。（初譯：強勇傑）

如果在冬夜，一個旅人

小說開始於某個火車站，火車嗚嗚地響，活塞冒出的蒸氣瀰漫著本章的開頭，一團煙霧遮掩了這第一段的一部分。車站的氣味中，夾著一股從咖啡店飄來的香味。有個人正透過霧濛濛的玻璃朝內看，他打開酒吧的玻璃門，裏面也是朦朧一片，彷彿是近視眼，或者眼睛被煤渣刺痛時所看到的景象。這本書的內頁正像是老舊的火車的玻璃，煙塵聚積在字句上，晦暗不清。這是個陰雨的夜晚；有個男子走進酒吧，解開潮濕的外套，一團濕氣包裹著他；汽笛聲沿鐵道逐漸隱沒，舉目所及，但見鐵軌上閃亮著雨水。

哨聲響起，有如火車的鳴笛，一股蒸氣由壓縮咖啡機裏冒出，年老的櫃台服務生努力加壓使水蒸氣通過磨好的咖啡，好像在傳遞某種信號，至少從第二段的這幾句看來是這樣的。看到這暗號，圍在桌前打牌的人不約而同闔上排成扇形的紙牌，貼近自己胸前，分別轉過頭，回身，或者轉動椅子，朝向剛走進來的人；吧檯上的顧客，或舉起杯子，半開著嘴唇和眼睛，輕吹咖啡表面，或一副小心翼翼的樣子，吸吮著杯中的啤酒泡沫，唯恐溢出。貓弓著背，收銀員關掉收銀機，發出叮的一聲。種種光景告訴我們，這是個鄉下的小車站，任何人來到這裏都會立即引起注意。

車站都一樣：不管昏黃的燈光能否照亮光暈以外的地方，這是你所熟知的場景，另外還有火車特有的氣味，在末班列車開出後仍縈繞不去的火車站的氣味。車站的路燈，以及你現在正在讀的句子，似乎都爲了使畫面更朦朧，而不是要凸顯那些浮現於夜幕和霧氣之上的事物。今晚，我有生以來頭一次在這車站下車，進出這間酒吧，穿梭於月台的氣味與盥洗室內濕木屑的味道，所有的味道混合成一種等待的氣氛，電話亭的氣味。你撥了空號，只好重新取回銅板。

我就是來往於酒吧和電話亭之間的那個人。或者，應該這麼說：那個人叫作「我」，除此之外你對他一無所知，正如這個車站叫作「車站」，除此之外就只有沒人接的電話鈴鈴地響，在遠方城市一個黑暗的房間裏。我掛上聽筒，等著銅板從電話機金屬的喉頭卡嗒卡嗒落下，再一次推開玻璃門，走向吧檯那疊堆起來準備陰乾的杯子。

車站咖啡店內的壓縮咖啡機喧嘩著與火車有親戚關係，似乎昨天和今天的咖啡機與今天和昨天的火車和蒸汽引擎沾親帶故。我如此這般往來穿梭，正好掉入陷阱裏：那所有的車站準確無誤總會設下的今昔相同的陷阱。鐵路全面電氣化已經好些年了，卻仍有一團煤塵籠罩在車站的空氣中，這本提到火車和車站的小說也免不了帶點這種煤煙味。目前你已經讀了好幾頁了，我早該清楚告訴你，到底我下車的這個車站是老式的，還是現代化的車站；但我卻一直行文含糊，語句晦澀，如在一個經驗已化約成最基本元素的無人之境。小心，這是趁你還沒察覺前，把你漸漸捲進來，困在故事中的方法——陷阱是也。或者也許作者尙未決定要寫些什麼，就像你，讀者一樣，還不確定你最想讀些什麼：倘若是抵達一個古老的車站，便會令你有復古的感覺，感懷逝去的時光和地點；倘若是燈光閃爍，音樂流瀉，則會讓你感到自己活在今日，活在所有人都相信活著便是喜悅的世界裏。不知是近視還是煤灰掉進眼裏，對我而言，我只能隱約看見這模糊黯淡的酒吧，（又名車站小吃店，）然而也可能是因爲霓虹燈漫射的光芒籠罩整個酒吧，這麼一來，從鏡子反射出來的光線便自然地貫注每一通道和縫隙，燈火通明處充斥著由「寧靜剋星」轉到最大音量時爆發出來的音樂，震耳欲聾，至於其他彈球戲、模擬賽馬、搜索逃犯等的電動玩具也都在熱烈進行中，五光十色的影子在電視螢幕和熱帶魚水族箱內游移，裏頭的魚不斷往上吐出成行的氣泡，生氣蓬勃。我的手臂可能不提一只塞滿東西而有些微磨破的手提箱，卻在推一個帶有小輪子並由鉻黃色可摺式長棒引導的塑膠方形皮箱。

你，讀者，相信我在月台上，目不轉睛地盯著老車站圓形時鐘如戟般銳利的指針，徒然以爲可以將時間撥慢，好回頭穿越逝去光陰的墓地，死了的時光，動也不動地躺在它們圓形的萬神殿內。但誰說時鐘的數字不正是由長方形的窗戶向外窺探，像我也是從這兒看見每一分鐘如斷頭的利刃咔喳落在我身上？然而結果並沒什麼改變：即使行進在一光亮平滑的世界中，我擺在行李上微微彎曲的手仍然表現出內心的抗拒，無憂無慮的行李在我眼中似乎是既不受歡迎而又累人的負擔。

一定有什麼地方不對勁：情報誤傳，行程延誤，或者聯繫中斷；或許早在到達之前，我就該取得聯繫，這多少又和這只令我憂心忡忡的皮箱有關，雖然我搞不清楚到底是因爲害怕失去它，還是等不及想擺脫它。可以確定的是，這不是我可以登記，檢查，或假裝遺漏在候車室的普通行李。不斷地看錶也毫無用處，假如有人曾來等候我，他一定早就走了。我絞盡腦汁想使時光倒流，重回到不該發生的事情發生之前的那一刻，這似乎也沒什麼意義。假如我要在這個車站和某人碰面，這人也許和車站毫無關聯，只是從一班火車下來，又要搭另一班離去，就像我一樣，然後其中一位把東西遞給另外一位——例如，假設我本應把這只帶輪子的皮箱交給另外一個人，脫手不成，反倒把燙手山芋留在自己手上——那麼唯一要做的事，就是試著重建失去的聯繫。

我已經來往於咖啡店好幾次，從前門望向那模糊難辨的廣場，每次黑暗之牆總迫使懸盪於錯綜複雜的鐵軌，以及霧濛濛小鎮間的一帶明亮往內撤退。我該到那去？外頭的那小鎮還沒有個名字，我們不知道這小鎮是否將被排除在小說之外，或者，整個故事將永遠被籠罩在這片漆黑中。我只知道這一章花了一會兒功夫想脫離車站和酒吧：但或許還會有人來這裏找我，我離開這兒，或者給其他人看見我帶著沉重的行李，都是不智之舉。所以我繼續不斷地把銅板塞入公共電話，但電話每次都把銅板吐回給我。許許多多的銅板，彷彿要打長途電話：天知道我要去接受指示的那些人到底到哪兒去了。顯然我只是個下屬，不像是那種因私人原因或接洽公事而旅遊的人；相反地，你會說，我正從事的工作，複雜遊戲中的一名小卒，巨大齒輪上的一個小齒，甚至微小到看不見：事實上，按計畫我應不著痕跡地經過這裏，然而我待在這裏的每一分鐘，都留下更多的線索。即使我不和任何人說話，還是會暴露形跡，因爲永不開口的人在人羣中反而顯眼；如果我和某人講話，必定又留下線索，因爲所說的每個字都可能成爲把柄，以後不管是否被加上引號，勢必還會再出現。或許這就是爲什麼作者要在沒有對話的長篇段落中，堆砌各式各樣的揣想推測，讓我得以不爲人知地穿過一層厚實而不透光的鉛，消失無蹤。

我絕不是那種會引人注目的人，我不具名地出現在不爲人知的背景裏。假如你，讀者，不得不從下車的人羣中把我找出來，然後又跟著我在酒吧與電話亭之間走來走去，只因我叫作「我」，這也是你唯一知道關於我的事，但單單這理由，就足以使你投注一部分的自己在此陌生人「我」的身上。就像作者，既然不打算談到他自己，索性把自己藏起來，把這角色叫作「我」，用不著取名字，也不用加以描述，因爲其他任何名稱或屬性都比這空泛的代名詞更限定了他的意義；就寫作這件事來說，每當寫到「我」字，便使作者覺得非得要在這個「我」上頭放入一些他自己，他的感受，或想像中的感受。對作者而言，把他和我視爲同一人是再簡單不過的事了；此刻我的外在行爲正是那種錯過聯繫的旅人的行爲，這也是每個人都曾經歷過的狀況。但小說開端所發生的狀況總令你聯想到已經發生，或即將發生的其他事情，也就是這其他事情，使得與我認同成爲危險的事，你，讀者，還有他，作者都岌岌可危；小說的開始愈是晦暗，普通，平凡，不起眼，你和作者就愈覺得危機四伏，你草率地投注自己在「我」這個角色，卻對其內在的來歷一無所知，就像你不曉得他急欲脫手的行李中到底裝了些什麼。

甩掉行李成爲重建先前情況的首要條件：那是在往後相繼發生的每件事之前。這就是我說我想在時間之長流中逆流而上的意思：我想刪除某些事件的影響，重回起始狀態。但生命中的每一刻皆伴隨著新事件的累積，這每一個新事件又產生新結果；所以我愈是強烈地想要返回出發時的原點，就離它愈遠；雖然我所有的舉動都爲了拭去先前行動所造成的後果，雖然我設法做有效的刪除，好使我的心有希望立刻得到解脫，但我必須謹記在心的是，我抹煞先前事件的每一動作都會引發一連串的新事件，使情況更形複雜，接著我又必須試著一一刪除這些新事件。所以我得仔細盤算每一步動作，以求能用最不複雜紊亂的方法獲致最好的刪除效果。

如果不是樣樣都出差錯的話，我一下車便該有一個我不認識的人來和我碰面。這人帶著一個有輪子的行李箱，和我的完全一樣，而且是空的。兩件行李在兩列火車之間旅人雜沓的月台上意外地相撞，這雖然可能是個偶發事件，但那個人見了由我口袋露出的報紙上端的新聞標題，必會傳個有關賽馬的口令給我，「啊！愛莉亞的姿諾率先抵達終點！」同時，我們分別把行李脫手，交換金屬棒，或許還交換些關於賽馬的意見，做些預測，並分析勝算；然後兩人各自推著行李，走向不同的火車。沒人會注意到我拿的是另外一個人的行李，而他也已經帶走我的。

一個十全十美的計畫，完美到不容許細微的破壞。現在，我，人在這裏，在車站中等候的最後一位旅客，不知接下來要做什麼，明天早晨以前不會再有火車進站或離開。這是鄉下小鎮匍匐爬回殼中的時辰。還待在車站酒吧的，都是彼此熟識的當地居民，他們和車站毫無關係，但卻穿過黑暗的廣場遠道而來，可能是附近別無其他地方還開著，或許因爲偏遠小鎮的車站仍能發揮吸引力，會帶來一點點人們渴望的新鮮感，或者會教人緬懷舊時光，想起車站還是聯繫世界其他部分的唯一接觸點。

我大可告訴自己：現在不再有閉塞的小鄉鎮，也許過去也一直沒有：所有的地區都能隨時互相溝通，人只有在兩地之間的旅程中，才覺得孤立，那就是說，當你不在任何特定地點的時候。實際上，我發現自己雖然在此落腳，但卻覺得人不在此地亦不在其他任何地方。本地的人一眼就認出我是外地人，我也一樣一眼就認出在地人而嫉妒起來。是的，嫉妒。我以外地人的眼光觀看著一個平常小城的平常夜生活，感到自己被孤立於平常夜晚之外，天知道，我已經被孤立多久了。我想到數千個像這樣的鄉鎮，千百個華燈初上的地方，彼處，此時，人們任憑夜幕落下，而絲毫沒有我現在的感受，也許他們所想的事，沒什麼好教人嫉妒吧。此刻，我倒想和其中任何一人交換身分，比方說，換成那些年輕人當中的一個，他正爲了霓虹燈課稅的問題，拿著要向市府請願的請願書，逐家挨戶蒐集當地小店店主的簽名，此刻他正向吧檯侍者念請願書。

小說在此重複對話的片段，除了描繪一個小城的日常生活以外，似乎別無其他作用。

「怎麼樣?亞蜜達，你簽名了嗎?」他們問一個我只能看到她背部的女人。她穿著一件鑲毛草的長大衣，領子翻出，繫著皮帶。一縷煙自她握著玻璃杯柄的指間昇起。「誰說我的店要裝霓虹燈?」她答道。「如果市府打算從街燈上省錢，也不能用我的錢去點亮街道。反正，每個人都知道亞蜜達的皮製品店在那裏。再說，只要我拉下鐵門，整條街就暗暗的，就是這樣。」

「憑這理由，妳就該簽名。」他們對她說。他們熟稔地稱呼她「妳」;彼此間也如此稱呼，聊天大半都用方言;這些人年復一年，天天見面;重複從前談過的話題，互相嘲弄，甚至有些粗魯。「承認吧，妳就是喜歡街道暗暗的，叫人家看不到誰去妳那裏，誰在妳關門後從店後面進去拜訪妳。」

這些談話形成一陣語音模糊的呢喃，從中冒出一個字眼或一個片語，決定了接下來的話題。你要適當了解的話，必須同時考慮呢喃的效果和其中隱含的意義，但你（我也一樣）尙無從感受。因此，在閱讀中，你必須漫不經心，同時又保持高度警覺，就像我同時豎起耳朵，手肘靠在吧檯上，舉頭支頤。如果此刻小說已經漸漸去除模糊的面紗，開始提供一些人物神情的細節，它要傳達給你的，不只是第一次看到那些面孔的感覺，也是那些看過千百次的面孔的感覺。我們所在的這鄉鎮，居民經常在街上相遇；面孔都有一種慣常的神情，我雖未曾見過他們，也可以由此和他們溝通。這些人的神情從吧檯鏡面看起來，特徵更明顯。日復一日，他們都有了皺紋，也有人的臉漸漸鬆弛，肥滿。而這個女人，過去也許是鎮上的美人；即使現在是第一次看到她，我覺得她從前可以稱做一個迷人的女子。但我想像用酒吧裏其他人的眼光看她時，發現她神情疲倦，也許那只是這些客人的疲倦，（也許是我的或者是你的疲倦，）當她還是個小女孩，他們就認識她，知道一切跟認識她有關的事，也許有些人還曾和她有過關係，不過現在，就像橋下流水，流過去就完了；換句話說，有層紗使她的形象模糊了，似曾相識的回憶使我不能以第一次看到她的眼光去看她，其他人的記憶像燈下的煙霧懸在空中。

這些酒吧顧客最大的嗜好似乎就是打賭：拿一些日常瑣事作賭注，比方說，有人說「我們來打賭今晚誰會先來，馬因醫生或格林警長。」另一人說道：「還有，馬因醫生一來這裏，會怎麼避開他的前妻？他會玩撞球呢，還是會下注賭足球賽？」

像我的存在就不能預測：我從不知道下半個鐘頭自己會發生什麼事。我無從想像一個悉由細微變化所組成而且又經過小心規劃的生命可以用來打賭。

「我不知道，」我低聲地說。

「不知道什麼？」那女人問我。

我突然心有所感，覺得不必把它和我其他的感受一樣埋在心裏，我想告訴坐在我旁邊的女人，也就是皮製品店的店主，我想和她交談。「你們鎮上的人都是這樣嗎？」

「不，不是這樣，」她回答我。我知道她會如此回答。她堅稱沒有任何事可以預測，不管是那裏或其他地方：可想而知，每日傍晚這個時辰，馬因醫生關了診所的門，格林警長完成警察局的任務，都會來到這裏，總有人先來，但這意味著什麼？

「無論怎麼說，好像沒有人懷疑馬因醫生會迴避前馬因夫人吧，」我說。

「我就是前馬因夫人，」她回答，「別聽他們的。」

讀者們，你的注意力現在完全集中在這個女人身上，你環繞著她打轉已經好幾頁了。我——不，作者——一直圍繞著這位女性的形影，好幾頁以來，你期待這個女性人物的成形，依照那種女性幽靈在書頁上成形的方式發展。是你，讀者的期望，驅使作者注意她；雖然，我應該考慮別的事，但卻受到影響，對她講話，引出一段交談，我但願能夠儘快結束，以便離開，消失無踪。你一定想知道她的模樣，可是知道的卻都是表面的，她的面孔依然藏在煙霧中，藏在她的髮茨中。你必須了解她那苦澀扭曲的嘴形在她不苦澀扭曲時是什麼樣子。

「他們說些什麼？」我問，「我什麼也不知道，只曉得妳有一家店，沒有霓虹燈標誌，但我也不知道店在那裏。」

她解說給我聽，那是一家皮製品店，賣皮箱和旅行用具，地點不在車站廣場，而在一條邊街上，靠近貨運車站的平交道。

「但是，你怎麼會有興趣呢？」

「我但願早點兒到達此地，那我就會走過黑暗的街道，看到妳的店亮著燈光，我會走進去，對妳說：如果妳願意，我來幫妳拉下鐵門。」

她告訴我她已經拉下鐵門，但她必須清查存貨，她會在那裏待到很晚。

酒吧裏的男人拍背交換俏皮話。一項賭注的結果揭曉了：醫生走進酒吧。

「警長今晚慢了，怎麼回事？」

醫生進來，搖手向大家招呼；目光沒有落在前妻身上，不過他顯然注意到有個男子在和她說話。他走到屋子盡頭，背向吧檯；塞了一個銅板到彈球機裏。現在，本應不受人注意的我，開始被審視，被那一雙我無法佯裝自己逃避得了的目光所掃瞄，那雙眼睛……什麼都沒遺忘，卻不去瞄那嫉妒痛苦的對象。那有點沉重，水汪汪的眼睛，足以使我了解，那對夫妻之間的戲還未眞正落幕：他繼續每晚到這家館子來看她，又一度打開傷口，也許也想知道誰當晚送她回家；她也每晚來這家館子，也許故意要叫他痛苦，也許是希望他的痛苦會變成和其他習慣一樣，染上虛無的氣味，和那經年累月掩蓋她的生命的虛無一般。

「這世界上我最喜歡的事，」我對她說，因爲這時我想最好的辦法是繼續和她交談，「是使時鐘倒退。」

這女人給我一些平常的回答，諸如「你只須動手撥指針就得了。」「不，用意志，我集中精神力量，逼使時間倒退。」我說；或許，我也不清楚我是否眞的這樣說了，也許只是我想這樣說，或者也許是，作者如此詮釋我咕噥說出的半句話。「我一來到這裏，第一個想法是：也許我憑自己的意志獲致了一項成就，那就是時間的完全革命；此刻我在我第一次旅行所離開的車站，車站和過去一樣，沒有任何改變。我可能度過的一切生活從此開始；有個女孩可能成爲我的女朋友但卻沒有，和妳相同的眼睛，相同的頭髮……」

她四處環顧，好像在和我開玩笑；我對她翹起下頷，她嘴角揚起一絲笑意，旋又停止；因爲她已改變心意，或者因爲這就是她微笑的方式。「我不知這是不是恭維，我且當它是恭維好了，然後呢？」

「然後，我人在這裏，我是此刻的我，帶著這只皮箱。」

這是我第一次提到皮箱，儘管我一直掛念著想它。

「這是有輪子的方形皮箱的夜晚。」她說。

我保持冷靜，不動聲色，「什麼意思呢？」我問。

「今晚我賣出一個像這種樣子的皮箱。」

「誰買的？」

「一個陌生人，像你一樣。他正要去車站。他正要離開，帶了一個皮箱，剛買的，和你的一模一樣。」

「那有什麼奇怪的嗎？難道妳不是在賣皮箱嗎？」

「我店裏這型皮箱的存貨很多，本地沒有人買，他們不喜歡，也許他們用不到，或者不知道。但我想這種皮箱一定很方便。」

「不見得。譬如說，我正在想，對我而言，今晚可能是個美妙的夜晚，但我卻回想起來，我必須拖著這只皮箱走，無法顧及其他事項。」

「那你爲什麼不把它擱在某個地方？」

「比方說，一家皮箱店嗎？」我說。

「有何不可？多個皮箱而已。」

她從凳子上下來，整理一下大衣領子和皮帶。

「假如我晚點去敲門，妳聽得到嗎？」

「試試看吧。」

她沒和任何人說再見就走了。

馬因醫生離開彈球機，向吧檯走來，他想看看我的面孔，也許想聽聽別人的交談或竊笑。但人們在談論在他身上下的賭注，根本不在意他是不是在聽，氣氛愉快而親切，在醫生四周，互拍著背，說著舊笑話。不過這嬉鬧之中似乎有一股對醫生的尊敬，永不潰散。不僅因爲他是個外科醫生，大衆健康官員，諸如此類的人物，也因爲他是個朋友，也許因爲他維持做朋友的同時也是個遭逢不幸的可憐的烏龜。

「格林警長今晚比大家的預測來得更晚，」有人說。因爲這時警長正好走進酒吧間。

他走進來，「晚安，各位！」他走向我，垂下眼，看我的皮箱，報紙，咕噥著說「愛莉亞的姿諾」，然後走向香煙販賣機。

他們把我甩給了警察嗎？他是爲我們組織工作的警員嗎？我走向販賣機，假裝要買香煙。

「他們殺了傑，快溜吧。」他說。

「皮箱呢？」我問。

「帶走，現在我們不需要了。趕上十一點那班快車。」

「但它不在本站停車。」

「會停的。去第六軌，貨運車站後面，你還有三分鐘。」

「可是……」

「快走，不然我就得逮捕你了。」

組織是很有力量的，它可以控制警方，控制鐵路。我拖著皮箱，沿著鐵軌間，直走到第六軌，而後沿著月台走，貨車部在盡頭，平交道深入濃霧和漆黑之中。警長站在吧檯門口，看著我。快車以高速抵達，慢下來，停止，把我從警長的視線中拭去，駛開。（初譯：陳雅玲、楊靜如）

第二章

現在你已經讀了三十頁左右，漸漸被故事所吸引。這時候你突然說道：「這個句子看起來滿熟悉的，事實上，這整段像是我以前讀過似的。」當然啦：相同的主題反覆出現，正文中交織著這些迴述句，藉以表達時間的反覆縈廻。你這種讀者，對於諸如此類細緻的修辭功夫十分敏感；很快就能捕捉住作者的旨意，毫無遺漏。同時，你卻感到有點失望；就在你漸漸進入狀況的時候，作者突然獲得靈感啓示，覺得有必要展示一下現代作品中常見的大師技巧：逐字重複一個段落。什麼，你剛才說「段落」嗎？才怪，是一整頁哪；做個比較，你發覺作者甚至連一個逗點也沒改。繼續讀下去，後續發展如何？什麼也沒有：重複敍述，和你已經讀過的那一頁完全一樣。

等一下，看看頁碼。該死！你從第三十二頁回到了第十七頁！那些你認爲是作者安排的文體巧妙，不過是印刷工人的錯誤罷了：他們兩度插入相同的頁數。錯誤發生在裝釘的時候：每本書由十六頁的摺疊組所組成，每一個摺疊組是一張十六開的大紙，再摺疊八次，當所有的摺疊組裝在一起，一本書可能會出現兩個相同的摺疊組；這一類的意外事常常發生。你焦急地翻動書頁，想找第三十三頁，假定這本書有第三十三頁，多了一份摺疊組只是有點不便，最要不得的是該有的摺疊組不見了，跑到另一本書裏，而在那本書裏，可能會多一份你缺少的那份摺疊組，而少一份你多出來的那份摺疊組。總之，你想重拾閱讀的線索，此外，一切都無所謂，你已經到了連一頁都不能略過的地步了。

又是三十一頁，三十二頁……下一頁會是什麼呢？又是第十七頁，已經第三次了！他們到底賣什麼書給你？他們把同一個摺疊組的全部書頁都裝釘在一起，這本書裏，再也沒有一頁是有用的。

你把書甩到地上，你眞想把它丟出百葉窗，讓金屬板將它割成亂七八糟的碎片，叫句子、字詞、詞位、音位迸裂而出，不再能重新組成陳述；你把書一丟，讓書穿過玻璃窗，如果玻璃不會破，那就更好了，讓書穿過牆，粉碎成分子、原子；穿過鋼筋混凝土中的原子，進而破裂成電子、中子、質子，甚而變成更細微的基本單位。透過電話線，讓書變成電脈衝，進入資訊流，被冗長的訊息和雜音搖撼，就讓它退化成渦漩的熵吧。或許你想把書丟出屋外，丟出街區，拋到你住的社區之外，越過城市邊界，越過州郡界線，越過行政地區，越過國家社區，越過歐洲共同市場，越過西方文化，越過大陸棚，越過大氣層、生物區、同溫層、重力場、太陽系、銀河系、銀河積雲。最後你順利將它丟到銀河系之外的領域，在那裏沒有所謂時空，它將由虛無所接收，或者說，那虛無從未存在過，將來也不會存在，而這本書就消失在那絕對無可避免的否定中，這是它應得的，不多也不少。

然而你沒有這樣做。相反地，你把書撿起來，清一清灰塵；你必須把書帶回書商那裏，去換本新的。你知道自己有點衝動，但你已懂得控制自己。最令你惱怒的是，發現自己受制於人事方面的偶發、僥倖、散漫——本人或別人的不愼、馬虎、含混。在這樣的情況下，你的強烈反應是：迫不及待想消除那些因爲無理或渙散分心所造成的困擾，重建事情的正規順序。你坐立不安，急著想拿到一本沒有瑕疵的書，若不是此時書店已經打烊，你會馬上衝去書店，但你必須等到明天。

你整晚不安穩，睡眠斷斷續續，好像在閱讀那本小說，充滿一再重複的夢。你和那些夢搏鬥，就好像和沒有形狀且沒有意義的生活在搏鬥，你在尋找一種模式，一種必然存在於那些夢裏的路線，就像你開始讀一本書，而尙不知道它會引領你到何處。你想要的是抽象而絕對的時空的開啓，在其中，你可遵循一條精確的軌道移動；但就在你快要成功之際，你發現自己一動也不動，被堵住了，被迫一切從頭開始。

翌日，你一得抽空就跑去書店，進入，拿著已經翻開的書，指著其中一頁，好像單單這樣就足以說明全部的錯謬。「你知道你賣給我的是什麼書嗎？……看看這裏……就在故事漸漸有趣的時候……」

書商態度鎮定。「哦！您也一樣？我已聽到一些抱怨了。就在今天早上，我收到了出版社的信，你看，『我們行銷的最新書單中，業已發現伊塔羅・卡爾維諾的《如果在冬夜，一個旅人》一書有一部分版本有瑕疵，必須撤銷發行。該書與另一本新近出版的書，塔吉歐・巴札卡波爾的波蘭小說《在馬爾泊克鎮外》混在一起。本出版社對此不幸錯誤深感抱歉，當儘快更換瑕疵版本云云』。現在我問您，可憐的書商必須為別人的疏忽而受責備嗎？我們整天都快發瘋了。我們一本又一本地檢查卡爾維諾的書。幸好，有一些版本是對的，我們可以馬上換一本嶄新而毫無缺點的書給你。」

等一下，集中精神把你剛才一下子聽到的所有訊息綜合起來，理出個頭緒。一本波蘭小說。那麼說，你已開始十分專注閱讀的那本書並非你所認為的書，而是一本波蘭小說，那就是你現在渴望拿到的書。別讓他們愚弄你，把情況說清楚。「不，實際上我才不管什麼卡爾維諾，我剛開始讀的是波蘭小說，現在想要繼續讀下去的也是這本波蘭小說。你們有這本巴札卡波爾的書嗎？」

「隨你喜歡。剛才有個顧客，一位年輕小姐，也有相同的問題，她也想換成波蘭小說。你看那邊，櫃檯上就是巴札卡波爾的書，就在你鼻子正下方，請自己拿。」

「這本該不會有瑕疵吧？」

「聽著，現在我可不敢保證了，如果連最負盛名的出版公司都會出這種差錯，那就沒有什麼可以信任的了。我對那年輕小姐也講了同樣的話。如果還有其他原因引起抱怨，我們就退錢給你，我只能做到這樣。」

年輕淑女。他指那位小姐給你看，她介於兩排書架間，在企鵝版現代經典叢書中找書，可愛的手指俐落地滑過淡紫色的書背。她的眼睛大而靈敏，聲音悅耳，膚色皎好，還有一頭輕飄飄的捲髮。

就這樣，彼讀者幸運進入讀者你的視野，或者說，進入你的注意之中；說得更確切些，你已進入一個磁場，無法脫離那股吸引力了。那麼，別浪費時間，你有很好的藉口，一個共同話題，去跟她搭訕，想想看，你可以炫耀你閱讀廣博，過去啊，你還在等什麼？

「那麼說，妳也一樣，哈哈，那本波蘭書，」你一口氣說下去，「那本書後來就卡在那裏，太離譜了？我聽說你也遇到相同的情形；我也一樣，你知道了？我已經試過一次了，現在放棄這本，選擇另外這一本，多巧啊，我們兩個。」

嗯，或許你可以把這段話說得更加妥切一點，但至少你說出了要點，現在輪到她了。

她微笑，臉上露出酒渦，這就更加吸引你了。

她說：「啊，的確，我非常渴望讀到好書，這本書開頭並不特別吸引我，但是後來我逐漸感興趣起來……。眼看著中斷了，我生氣極了。並不是那作者，這本書似乎一開始就和他的其他小說不同。果然不是他，而是巴札卡波爾。這個巴札卡波爾不錯。我從未讀過他的書。」

「我也沒有，」你可以放心地這麼說。

「有點不集中，他說故事的方式，我不太能接受。我滿喜歡剛開始讀的時候，小說起頭給你的那種疑惑感，但如果最初的效果像霧一般，我很怕霧一消失，我的閱讀興趣也沒有了。」

你若有所思地搖搖頭，「事實上，有那樣的危險。」

她又補充說，「我比較喜歡那種立即帶我進入一個一切都很準確、具體、特殊的世界的小說。我如果發現一切事物都以那種方式，而不是另一種方式塑造，即使在實際生活我漠不關心的最平凡事物也如此，會有一種特殊的滿足感。」

你同意嗎？那麼，就說出來：「啊，是呀，那種書是眞正值得看的。」

她又接著說：「無論如何，這也是一本有趣的小說，我不否認。」

繼續啊，可別讓談話停止。說些什麼吧：繼續說下去就對了。「你讀過很多小說嗎？眞的嗎？我也是，至少讀過一些，雖然我比較喜歡非小說類……」那就是你所能想到的嗎？還有什麼？就此打住了嗎？再見囉，你難道不能問問她：你讀過這一本嗎？還有這一本？這兩本你較喜歡哪一本？如此這般，你便可以談上半個小時了。

麻煩的是她讀過的小說比你多得多，尤其是外國小說，而且她的記憶有條有理，能引述許多情節：她問你：「你記得亨利的姑媽說了什麼……」你只提書名，因爲你除了書名外，一無所知，起先你想要讓她相信你讀過這本書，後來卻必須使用一般泛論來解困，諸如「在我看來，它的進展速度有點慢。」或是「我喜歡，因爲它反諷。」她回答道，「眞的嗎？你覺得它反諷嗎？我不會這麼說……」然後你會相當沮喪。你開始發表對一位名作家的看法，因爲你讀過他的一本書，最多兩本，她毫不遲疑地攻擊 the opera omnia，她似乎非常熟悉，她若有一些疑問，那就更糟，因爲她會問你：「那個著名的照片的情節：是在這本書，還是另一本呢？我總是把兩本搞混了……」既然她搞混了，你不妨用猜的，而她會說：「什麼呀，你在說什麼呀？那是不可能的……」好了，就算你們兩個都搞混了。

你最好還是將話題引回昨晚的閱讀，回到你們兩人現在手上抓著的這本書，你剛才的失望將得到補償。你說，「但願我們這回拿到的是完美無缺的版本，裝釘正確，不會正好高潮迭起處中斷，就像發生在……」（就像發生在何時？如何發生？你的意思是什麼嘛？）「我的意思是，希望我們能順利而滿意地讀完這本書。」

「噷！會的，」她回答說。你聽到了嗎？她說：「噷，會的，」現在輪到你，就看你怎麼進行下一步了。

「既然你也是這裏的顧客，那麼我希望有機會能再見到你，如此一來，我們可以交換閱讀這本書的心得。」她回答說：「樂意之至。」

你知道你的目的何在，你正在撒出一張優雅的羅網。「最好玩的大概是：早先我們認爲我們在讀伊塔羅・卡爾維諾的東西，到頭來卻是巴札卡波爾；現在我們希望讀一讀巴札卡波爾，打開書來，卻發現是伊塔羅・卡爾維諾的書。」

「噉，不，如果這樣，我們就去控告出版商！」

「嗨，我們何不交換電話號碼？」（這就是你的目的，讀者啊，像隻響尾蛇環繞在她四周。）「如果我們當中任何一人發覺版本有問題，便可以向對方求助……如果我們兩人都發現有問題，也比較可能湊出一個完整的版本。」

看，你已經把話說出來了。多虧那本書，讀者和讀者之間得以建立一種聯繫、團結、共謀，有什麼比這更自然的嗎？

你這個人原本以爲自己對生命有所期待的歲月已經過去，現在，可以心滿意足地離開書店了。你現在懷著兩個不同的期待，兩個都充滿愉快的希望：一個包含在書中——你迫不及待想恢復閱讀；另一個期待包含在電話號碼中——期待再度聽見那聲音抑揚頓挫的顫動，當它回答你的第一通電話，不久以後，就在明天，你以這本書勉強作藉口，問她是否喜歡，告訴她讀了多少頁，或有多少頁沒讀，提議你們再見一面……

讀者，你究竟是誰？你的年齡、地位、職業、收入……這樣問或嫌輕率。那是你的私事，你就是你。重要的是你目前的精神狀態，此刻你在自己家中，安穩舒服，你試圖恢復平靜，好沉湎在書中；你伸展雙腿，收回來，又伸出去。自從昨天以來，事情起了變化，你的閱讀不再孤單：你想到彼讀者，她也在同一時刻打開書；待閱讀的小說與待展開生活的可能的小說重疊在一起，那是你和她的故事之延續，情況更好的話，一個可能之故事的開始。這就是你昨天以來的轉變，你原來堅稱自己喜歡書籍，那是紮實的東西，擺在你眼前，容易界說，享受，無風險，勝過實際生活經驗——總是捉摸不定、不連續、爭論不休。難道這意味著這本書已經變成一種工具，一種溝通的管道，一種約會？但這並不是說，閱讀這本書對你已經比較沒吸引力了；相反的，它的力量增加了。

這本書的書頁尚未裁開，這是橫阻你迫不及待之情緒的第一道障礙。以一把良好的裁紙刀做武器，你準備刺穿它的隱祕。決定性的一劃，你劃開標題頁和第一章開頭。接下來……

接下來，你在第一頁便發現手上的小說和昨天讀的那本毫無關聯。（初譯：徐鍬鳳）

在馬爾泊克鎮外

本頁的開頭，飄著一陣油炸香味，事實上，那是炸洋葱的氣味；炸得有點兒焦了，那洋葱的莖脈先變爲藍紫色，而後轉成棕色，特別是每片銀色的洋葱片的邊緣，先變成焦黑，而後轉成金黃色；洋葱汁經過一連串嗅覺和色彩上的微妙變化全裹在滾油的氣味中，產生碳化作用，本文將之標示爲「油菜子油」；這兒所描述的一切都很翔實，每樣東西都有其專有名稱，並傳達出特定的感官知覺，厨房爐火上的食物，統統放在有著確切名稱的容器裏：平底鍋、炒菜鍋、開水壺；就連準備工作的步驟也一樣：打蛋、撒麵粉、小黃瓜切成圓片，烤雞前抹上豬油。這裏的一切事物都十分具體而實在，全都以專業知識來描述；至少，給讀者你的印象是具專業水準的，雖然有些食物的名稱說了你也不知道，譯者又保留使用原文，例如 schoëblintsjia。然而，一念 schoëblintsjia 這個字，你就已經肯定 schoëblintsjia 是存在的，你可以清楚嘗到它的味道，儘管文章裏沒告訴你那是種有點兒酸酸的味道，或許是這個字的發音，或它給人的視覺印象，讓你感到酸酸的，也可能是你覺得在這首味道和詞句的交響樂中，需要加上個略帶酸味的音符。

布瑞德把碎肉糅進和了蛋的濕麵粉裏，她那散佈點點金黃色雀斑而且結實的紅手臂，便沾上了黏著生肉碎屑的白細粉末。每回布瑞德的身軀在大理石桌旁一移動，裙襬便提高一、二吋，露出小腿肚和大腿二頭肌之間的凹處，那裏皮膚較白，現出交錯的淡藍色微血管，隨著這些微末的細節和明確動作的累增，以及零星的言談和對話，角色便漸漸成形了。譬如，年老的韓特說：「今年沒讓你跳得像去年那樣。」再讀幾行，你才明瞭他指的是紅辣椒；優格姑媽一邊用木湯匙品嘗著什麼，一面說：「你這個人一年比一年跳得少！」一邊又捏一撮肉桂加到鍋子裏。

你每分鐘都發現有新的角色，你搞不清到底有多少人在我們這個大廚房裏，數也是沒用的，在古吉瓦，我們人數很多，人來人去的，總數難以計算：不同的名字可能指同一個人，依據情況有時用教名，有時用綽號，有時又用姓氏或他老爸的名字，甚至可能叫「傑的遺孀」、「包穀店學徒」之類的稱呼。但重要的應是這小說中所強調的身體細部描繪——諸如布朗哥啃爛的指甲，布瑞德凹陷的面頰——以及姿態、這個人或那個人在使用的器皿——搗肉杵、水芹濾鍋、奶油攪拌器——所以啦，透過這些性質或動作，每個角色都粗具輪廓；但我們又想知道更多，譬如說，有個人物出現在第一章，手裏拿著奶油攪拌器，奶油攪拌器便決定了他的個性和命運，而讀者你也已準備好，該角色一在小說中再度出現，便喊道：「噢！這就是那個拿奶油攪拌器的人！」如此一來，迫使作者不得不分派給這個人物情節和動作，符合那最初提到的奶油攪拌器。

我們在古吉瓦的廚房似乎是經過特意建造，任何時刻都有許多人待在那裏，各個都想爲自己煮點什麼；有人在剝豌豆，有人正把鯉魚放進滷汁裏，大家不是忙著加調味料，就是在煮東西或吃東西；一批人離去，另一批又進來，從黎明到深夜，那天早晨，我很早就下廚房，廚房裏早就熱鬧得很，因爲那是個與衆不同的一天：前一天晚上高德瑞先生帶著他的兒子來了，他今早就要離開，拿我取代他的兒子。這將是我第一次離開家，到佩特廓省去，在高德瑞先生家待上一整季，直到黑麥收成時，去學習操作從比利時進口的新乾燥機；這段時間，高德瑞家最小的孩子龐哥，則要留在這兒，學習接山梨枝的技術。

那天早上，房中慣有的氣味和雜音盈繞著我，好像提醒著我就要離別了：我即將失去我所熟悉的一切，而且失去好長一段時間——至少我覺得是這樣——當我再回來時，沒有任何事物會和原來一樣，我也不會是原來的我了。所以這次的離別就像是永久的分別，和這廚房，這房子，還有優格姑媽的水果布丁永遠告別了；因此，你在這小說開頭幾行所感受到的具體感其實也蘊含了失落感，一種對消失於無形的恐懼，機警的讀者你也察覺到這種感覺：雖然從第一頁起，你就因這書寫的描述精確而感到高興，但說實話，你也感受到一切都正從你的指縫間溜走；你告訴自己，這大概要歸罪翻譯吧，雖然它也許滿忠實於原文，但的確無法譯出原文中那些語詞所具有的紮實感。簡單地說，每一個句子都想向你傳達我和這古吉瓦屋子深厚的關係，以及我對這關係即將消失的悵然若失之感，還有那種衝動——也許你最初並不了解，但只要你回想一下，便看得出正好就是這麼回事——想要脫離這兒，奔向未知，翻動書頁，遠離 schoëblintsjia 酸酸的味道，開始新的一章，在阿哥德無盡的夕照中，在佩特廓的禮拜日，在西賽德宮殿的慶典中，會有嶄新的遭遇。

龐哥的小皮箱裏，露出一幅女孩肖像，黑色頭髮剪得短短的，臉蛋長長的；他急忙把肖像藏到防水夾克下。鴿舍下頭的那間寢室一直都屬於我，從今天起，就要成爲龐哥的了。他正打開自己的行李，把東西安放在我剛剛才清理出的空抽屜裏。我坐在自己打包好的行李箱上，機械似地敲打著一個翹出來又有點彎的飾扣，一語不發地盯著他；我們咕噥了一聲哈囉之後，什麼話也沒說；我隨著他每個動作，試著去徹底理解這一切正在發生的事：一個外來者取代了我的位置，正在變作我，我那裝歐掠鳥的鳥籠要變成他的，還有那立體鏡，那掛在釘子上的眞正的烏蘭頭盔，所有我帶不走的東西都變成他的；或者說，我和這些東西、地方及人物的關係正在變成他的，正如我即將變成了他，取代他，和他生命中的人與事發生關係。

那女孩……「那女孩是誰？」我問道，還做出不智的舉動，伸手去抓那張裝在雕花木框中的相片，她不像附近這一帶的女孩，統統都有圓圓的臉蛋和麥麩色的髮辮。直到此刻，我才忽然想到布瑞德；剎那之間，我看到龐哥和布瑞德兩人，會在聖塞德斯宴會上跳舞，布瑞德會幫龐哥補羊毛手套，龐哥則送給她一隻用「我」的陷阱捕到的貂。「放下照片！」龐哥用他鐵一般的手指攫住我的兩隻手臂大吼：「放下！立刻！」

「勿忘蘇伊妲・歐滋卡特」，我好不容易看出照片上的字。「蘇伊妲・歐滋卡特是誰？」我才問完，一記重拳已擊在我的臉上，我也握緊拳頭撲向龐哥，我們在地上扭成一團，彼此都想要扭斷對方的手臂，把對方壓在膝下，壓斷肋骨。

龐哥的骨架很重，手腳猛烈的撞我，我想抓他的頭髮，把他往後摔，卻像抓了一把狗毛般堅硬的刷子。在我們正扭打成一團的時候，我感覺到，我們的角色在這場打鬥中轉換，他再度站起時就成了我，而我則變成他，也許我是現在才想到這一點，也許，只有讀者你在想這一點，而不是我；的確，當時和他摔角，意味著緊緊抱住我自己，緊緊抱住我的過去，不叫它落入他手裏，即使毀滅也在所不惜，我想毀掉的是布瑞德，以免她落入龐哥手中，雖然我從不覺得自己愛她，即使現在也不覺得自己愛她，但有一回，也僅有這麼一回，我和她滾在一起，互相壓在對方的身上，就像我和龐哥現在一樣，我們在爐子後面的煤炭堆上咬對方，我現在覺得自己是爲了她在與未來的龐哥打鬥，我同時爲了布瑞德和歐滋卡特兩人而和他打鬥。我一直在設法撕裂一些過去的東西，不要留給我的對手，那個長著狗毛的嶄新的我，或許我也一直在嘗試從那個未知的我的過去擰絞出些什麼祕密，好加在我的過去或未來裏。

你現在所讀的這一頁，應當傳達給你沉悶而痛楚的重拳，憤怒而暴烈的反擊；以血肉之軀對抗血肉之軀的肉搏戰，兩人同時都使盡全力並保持最機敏的反應力，互相成為對方的鏡中映像。如果閱讀引起的這些感覺，與眞正體驗到的感官經驗相比之下顯得空洞，那也是因為我覺得將龐哥壓制在胸膛底下，一邊又阻止他將我的手扭到背後的感覺，並不是我眞正需要強調的感覺，那就是說，我想強調的是對布瑞德的愛的占有慾，那女孩豐滿的肉體，和龐哥的瘦削結實多麼不同啊！還有對蘇伊妲的愛的占有慾，那想像中軟綿綿的蘇伊妲，我感到自己已經失掉了對一個布瑞德的擁有權，而對一個蘇伊妲的占有也只是玻璃框內的照片中無實體的存在。我嘗試在男性相同卻又敵對的四肢糾結中，抓住那些消散在遙不可及的差異性中的女人幻影，但都落空了；同時，我也試圖打擊自己，或是那將要取代我在這屋子之地位的另一個自我，或是我想從對方身上奪走那最具有我的成分的自我；正是我感覺這部分自我壓迫著我，那是最不屬於對方的一部分，彷彿對方已經取代了我的位置和其他任何位置，而我就要從世上消失了。

最後，我猛力推開我的敵手，掙脫起身，站立起來，穩住了雙腳，這時這世界看起來很陌生，房間陌生，屬於我的小行李箱陌生，從小窗子看出去的景色也陌生。我好害怕自己再也無法與任何人或任何東西建立關係。我想去找布瑞德，卻不知道要對她說什麼或做什麼，不知道自己希望她對我說什麼或做什麼。我朝向布瑞德走去，腦子裏想著蘇伊妲：我找尋的是個布瑞德／蘇伊妲的雙頭人，就像我和龐哥分開時，也成了雙面人一樣。我拚命想用口水擦掉燈芯絨套裝上的血漬——搞不清是我的血，還是他的，是我牙齒上的血，還是龐哥鼻子裏的血——不過徒然無效。

我現在是兩面人了，我聽見而且看到在大房間的門口那頭，高德瑞先生站立著，比劃了個水平的大手勢，丈量著眼前的空間，說道：「然後我發現他們就在我眼前，庫耐和佩脫，二十二歲跟二十四歲，兩個都被狼牙似的子彈撕裂了胸膛咧！」

「什麼時候發生的事？」我祖父問道，「我們一點兒也不知道。」

「離開前我們參加了八日節儀式。」

「我們還以爲歐滋卡特家和你們家之間的事早已擺平。以爲這麼多年來，你們早埋了戰斧媾和，你們兩家之間可怕的紛爭早已終結了。」

高德瑞先生沒睫毛的眼睛，茫然望著虛空，他樹膠般黃色的臉毫無表情。「歐滋卡特家和高德瑞家之間的和平，只維持一個葬禮到下一次葬禮那麼長，埋葬的不是手斧，而是我們家的死者，我們在他們的墓上刻著：『這是歐滋卡特家族幹的。』」

「那，你們那一系怎樣？」布朗哥問道，他是個直腸子。

「歐滋卡特家族的人也在他們的墓碑上寫著：『這是高德瑞家族幹的。』」他接著用一隻手指摩擦著短髭，說道：「龐哥在這兒畢竟是安全的。」

這時，我的母親緊握雙手，禱告起來：「聖母啊，我們的葛瑞哲菲會不會有危險？他們不會傷害他吧？」

高德瑞先生搖搖頭，但並沒有看著她，「他不是高德瑞家的一份子，我們才是一直處在危險中的人！」

門開了。院子裏，熱騰騰的馬尿在寒凍刺骨的空氣中冒出一股蒸氣。馬僮一張紅咚咚的臉探進來通報道：「馬車已經準備好了！」

「葛瑞哲菲！你在哪兒呀？快點！」祖父大叫。

我向著高德瑞先生跨出一步，他正在扣皮大衣的扣子。（初譯：鄭嘉音）

第三章

使用裁紙刀所引起的快樂，既是觸覺、聽覺、視覺上的快樂，也是精神上的喜悅。進行閱讀之前，先做一個動作：貫穿書册的物質硬體，藉而進入它無形無體的內容之中。刀刃穿進書頁下緣，往上猛烈一劃，一刀又一刀連續往上垂直切割，碰擊纖維，割開——質料良好的紙張以友善而愉悅的噼啪聲迎接第一位訪客——它預告了風或凝視將掀起的無數次的書頁翻動，接下來的橫面摺疊比較堅韌，因爲需要用欠靈敏的反手動作，切割聲響是那種蒙罩下的撕裂，音調較低沉。書頁的邊緣已成鋸齒狀，露出纖維紋路；一道精緻的刨片——也就是「捲曲」——扯下來，看起來就和沖上海岸的泡沫一般漂亮。以一把刀的鋒刃，在書頁的阻礙中爲你自己開闢一條道路，你便得和文字所包含或隱藏的思想連結了：你在閱讀中披荆斬棘，彷彿經過一座濃密的森林。

你正在閱讀的這本小說，要呈現給你一個有形有體的世界，厚重而仔細。你沉湎於閱讀，機械性地在書卷中移動裁紙刀：你還沒讀到第一章的結尾，但劃割的書頁已遙遙領先。剎那之間，你被懸疑所深深吸引，一個關鍵句子才讀到一半，你翻到下一頁，赫然發現兩頁空空的白紙。

你錯愕迷茫，注視那空白殘酷如一個傷口，猶兀自希望那是你暈眩的視覺在書冊上投下的暈眩而已，油印字母所組成的紋條矩形將漸漸浮回書頁表面。不，這面面相覷的兩頁整個空白一片。你翻到下一頁，發現接下來的兩頁印得好好的。空白，印刷；空白，印刷；如此一直循環到書末。大張紙只印一邊，然後當做全印的紙摺疊裝釘起來。

你就這樣眼睜睜看著這本以感官經驗緊密交織而成的小說突然被無底的罅隙撕裂，彷彿原本理直氣壯要描繪生氣勃勃的盈充，但卻揭示了空洞。你嘗試跳過這個裂縫，藉由掌握後續的散文的邊緣（呈鋸齒狀有如裁紙刀割開的書頁邊緣，）來捕捉故事。你掌握不了方位：人物發生變化，背景你不了解，你發現一些人名，諸如赫拉，卡西米爾，但不知他們是誰。你開始懷疑這是另一本書，也許是眞正的波蘭小說《在馬爾泊克鎮外》，而你剛才所讀的開頭可能屬於另一本書，天曉得是那一本。

你已經想到，那些名字聽起來並不特別像波蘭名字：布瑞德，葛瑞哲菲。你有一本很好而且詳盡的地圖集，你翻到地名索引：佩特廓，這應該是一個相當重要的城鎮，而阿哥德可能是一條河流或一個湖泊，你查到那些地名位於一個遙遠的北部平原，在那裏不同的國家之間不斷地進行著戰爭及和平談判。或許波蘭也加入吧？你查閱百科全書和歷史圖集；不，與波蘭無關；在那兩次戰爭之間，這區域是個獨立的國家：西馬利亞；首都歐爾寇；官方語言西馬利亞語，屬於泊斯諾—猶加利克語系。百科全書中西馬利亞的那一條結尾不是很令人振奮：「在鄰國強權之間一連串的領土瓜分下，這年輕的國家一下子就從地圖上消失；原地區的人口分散；西馬利亞的語言和文化也停止發展。」

你迫不及待地想和彼讀者接觸，問問她的那一本是否和你的一樣，並告訴她你的臆測，你所蒐集到的資料……你在你的袖珍日記裏尋找她的電話號碼，就在她的名字旁邊，是你和她互相自我介紹時寫下的。

「喂，魯德米拉？你看到了嗎？那是一本不一樣的小說，但這一本，也是，至少我讀的這一本……」

電線另一端的聲音十分僵硬，帶著一絲嘲諷語氣。「聽著，我不是魯德米拉，我是她妹妹，羅塔莉亞。」這就對了，魯德米拉確實告訴過你：「如果不是我接電話，我妹妹會在那裏。」「魯德米拉出去了。什麼事？你要做什麼？」

「我只是要告訴她有關一本書……那並不重要……我會再打來……」

「是一本小說嗎？魯德米拉總是埋首於小說。作者是誰？」

「嗯，那是一本她也在讀的波蘭小說，我想我們可以彼此交換一些意見。巴札卡波爾的小說。」

「波蘭的?那一類?」

「嗯，在我看來不算壞。」

不，你誤會了，羅塔莉亞想要知道的是作者對「當代思潮以及必須解決之問題」的看法。她爲了減輕你的負擔，提供了一大串「大師」的名字，你必須根據這份名單給作者定位。

裁紙刀割出空白頁的感覺又出現了，「我無法很明確地說。你看，我甚至連書名和作者的名字都不確定。魯德米拉會告訴你有關的事：說來話長。」

「魯德米拉讀了一本又一本的小說，但她從未將問題搞清楚。對我來說，那太浪費時間了，難道你不覺得嗎？」

如果你開始辯駁，她一定不放過你。這時她正邀請你參加一所大學的研討會，在那裏，書本全根據「符碼、意識和潛意識」作分析，一切「禁忌」悉數解除，一切強勢性別、階級和文化所施加的禁忌。

「魯德米拉也會去嗎？」

不，魯德米拉似乎從不參加她妹妹的活動，但另一方面，羅塔莉亞正指望你參與。

你寧願不作承諾。「我再看看，我會試著順路過去，我無法保證。同時，可否請你告訴你姊姊我打過電話？……不過，這倒不要緊。我會再打來，非常謝謝。」已經說夠了，把電話掛斷吧。

但羅塔莉亞卻耽延你，「聽著，你沒有必要再打電話來這裏，這裏不是魯德米拉的地方，是我的地方。魯德米拉老是把我的電話號碼給她不認識的人，她說她和他們保持一段距離。」

你受到傷害了，又一個殘忍的震撼：那本似乎滿好看的書中斷了：你以爲這支電話號碼會是事情的開端，結果卻證明是一個死巷，由於這位羅塔莉亞堅持問話……

「啊，我明白了，抱歉。」

「喂？啊，你就是我在書店裏遇到的那位紳士嗎？」一個不同的聲音，接過電話，是她的聲音，「是的，我就是魯德米拉，你也有空白頁嗎？我們早該料到才是，又是一個陷阱，正當我要陷入的時候，當我想要進一步了解龐哥和葛瑞哲菲的時候……」

你高興得說不出一句話來。你說：「蘇伊妲……」

「什麼？」

「對了，蘇伊妲・歐滋卡特！我想知道葛瑞哲菲和蘇伊妲之間發生了什麼事……這本小說眞的是你所喜歡的那一類嗎？」

停頓片刻。然後魯德米拉的聲音又緩緩響起，好像她在試著表達某些難以界說的事情。「是的，正是。我非常喜歡……可是，我還是希望我所讀到東西不全部呈現出來，不那麼具體得讓你可以摸得到：我寧願感覺環繞著它們的某些存在，某些其他的東西，你不太曉得是什麼，某些未知事物的訊號……」

「是啊，在這方面，我，也……」

「即使如此，我並不是要說……這裏，也一樣，並不缺乏神祕的成份……」

你說：「嗯，注意，那種神祕，在我看來，是這樣子的。那是一本西馬利亞小說，是的，西—馬—利亞，不是波蘭，不是他們所說的書名和作者，你不了解嗎？讓我來告訴你。西馬利亞，人口二十四萬，首都歐爾寇，主要資源爲泥炭及副產品，瀝青化合物。不，這不在這本小說裏……」

一陣沉默，你和她雙方。或許魯德米拉用手蓋住話筒，正和她妹妹討論什麼。她也許自己有對西馬利亞的看法，天曉得她接下來會說些什麼，要小心才好。

「喂，魯德米拉。」

「喂。」

你的語調轉爲溫和、婉轉、迫切。「聽著，魯德米拉，我必須見妳，我們得談談這件事，這些狀況，巧合，矛盾。我想立刻見妳，妳在哪裏？妳喜歡在哪裏見面？我會在一分鐘內趕到。」

她像平常一樣冷靜地說：「我認識一個在大學教西馬利亞文學的教授，我們可以請教他。我來打電話給他，問他什麼時候方便見我們。」

你已經人在大學了，魯德米拉已經講好你和她一道去烏茲—突茲教授的系上拜訪他。在電話那頭，感覺得到教授似乎很樂意爲任何一位對西馬利亞作家有興趣的人提供服務。

你比較喜歡單獨和魯德米拉在某處會面，或者到她家接她，再陪她到大學去。你在電話中對她提議，但她不肯，不要你特地繞道過去，藉這時間她可以在附近辦理其他事項。你堅持；因爲你不清楚附近的道路，你怕在大學的迷宮裏走失：提早一刻鐘先在一家咖啡廳見面不是更好嗎？這仍然不合她意；你們將直接在那裏見面，「在泊斯諾—猶加利克語言學系，」人人都知道在哪裏，問問人就得了。此時，你了解魯德米拉，儘管態度溫婉，卻喜歡掌握情況，親自決定事情：你的唯一途徑是跟她走。

你準時到達大學，選擇經過坐在階梯上的青年男女，你迷惑地走過那些粗糙的牆壁，壁上塗滿了學生手寫的龍飛鳳舞的大字和細碎潦草的塗鴉，就像山洞的原始人覺得有必要裝飾他們的洞穴中冷漠的牆壁，以便能成爲那折磨人的曠物之疏離的主人，使山洞變得親切一些，將之轉化注入自己的內在空間，與生活的物理現實連結在一起。讀者呵，我們還不夠熟悉，我無從得知你是否在一所學校裏心不在焉地走動，或者由於過去的創傷或經過深思熟慮的抉擇使得一整個大學的學生和老師，對你敏感而醒覺的靈魂，構成夢魘。無論如何，沒人知道你在找尋的科系。聽他們的話，你從地下室走到五樓，每次打開的都是錯的門。

你在迷惑中退出，就像你迷失在那本夾雜空白頁的書裏，無法從中脫逃。

一個瘦長的青年走上來，身穿一件長毛衣，一看見你，便用手指著你，說道：「你在等魯德米拉！」

「你怎麼知道？」

「我看得出來，看一眼就知道。」

「是魯德米拉叫你來的嗎？」

「不，但我總是四處亂逛，我遇見張三，碰到李四，我在這裏聽到一些消息，在那裏看到一些事情，我自然而然把這些拼湊起來。」

「你也知道我要去哪裏嗎？」

「如果你願意，我可以帶你去找烏茲—突茲。魯德米拉若不是人已經在那裏有一會兒了，就是她遲一下會來。」

這位青年，如此外向，而且消息靈通，名字叫做伊湼利歐。你可以親切地稱呼他「你」，而不用稱呼「您」，因爲他已經這麼叫你了。「你是那位教授的學生嗎？」

「我不是任何人的學生。我知道他在哪裏，因爲我常去那裏接魯德米拉。」

「那麼，魯德米拉是在該系念書的學生囉？」

「不，魯德米拉總是在找她可以躲的地方。」

「躲誰？」

「哦，躲每個人。」

伊湟利歐的回答有點閃爍其詞，但看起來魯德米拉想躲避的主要是她妹妹，如果她沒有照我們的約定準時到達，那是爲了避免在大廳遇到羅塔莉亞；她這個時候有研討會。

相反地，你相信她們姊妹之間，不盡然彼此不相容，至少就電話而言是如此。你應該使這位伊湟利歐多談一點，看他是否眞的那麼見多識廣。

「你是魯德米拉的朋友還是羅塔莉亞的朋友？」

「當然是魯德米拉的朋友，但我也儘量和羅塔莉亞交談。」

「她沒有批評你讀的書籍嗎？」

「我？我不讀書！」伊湟利歐說。

「那你讀什麼？」

「什麼也不讀。我已經習慣於不閱讀，以至於我甚至不閱讀出現在我眼前的東西。這並不容易：人家教我們像小孩一樣地閱讀，我們終此一生一直是人家抛在我們眼前的書寫材料的奴隸。起初，我可能必須努力學習不去閱讀，而現在這已經是很自然而然的事了。祕訣不在於拒絕去看書寫的文字。相反地，你必須熱切地注視著文字，直到他們消失爲止。」

伊湼利歐的眼睛有著寬大、色澤淺淡而閃爍發亮的瞳孔；看起來像是不會錯過任何東西的眼睛，就像森林裏熱中於打獵和採集的原住民的眼睛。

「你是否介意告訴我你爲何來這所大學？」

「我爲什麼不介意？這裏人來人往，你遇見他們，跟他們交談，這是我來這裏的原因；我不知道還有什麼其他的原因。」

你試著在腦海裏勾勒：對於一個學會不去閱讀的人，這世界，這個被四周的文字所充斥的世界會是什麼樣貌？同時你反問自己，魯德米拉和這位「非讀者」之間會有什麼關係，忽然間，你認爲距離令他們湊在一起，因而壓抑不住內心的嫉妒。

你想更進一步詢問伊湼利歐，但是你們已經來到了一面矮門，上面掛著一個牌子，「泊斯諾—猶加利克語言文學學系」，伊湼利歐用力敲敲門，跟你說聲「再見」；留下你一個人走了。

門打開了，但僅僅開了一絲縫隙，你看到石壁上白色粉刷的斑點和出現在一件羊毛工作服之上的運動帽，你明白這地方正關閉整修，裏頭只有一個油漆工或是清潔工。

「烏茲—突茲教授在嗎？」

帽子底下投出的默認眼光，和你想像的漆工有所不同：那眼神就像預備跳越一個懸崖，心裏已預設好如何在對岸著地，雙眼正視前方，避免往下看或斜視。

「你就是他嗎？」你問道，雖然你已明白不可能是別人。

那位個子矮小的男人並沒有開大門縫，「你要做什麼？」

「對不起，是有一些資料……我們打過電話給你……魯德米拉小姐……魯德米拉小姐在這裏嗎？」

「這裏沒有魯德米拉小姐……」那位教授說道，往後退了幾步，指著牆上堆滿了書籍的書架，那些書背和書名頁上不易看懂的書名和標題，像一道粗硬而沒有隙縫的樹籬。「你爲什麼來我的辦公室找她？」這時你想起伊湼利歐所說的，這裏是魯德米拉的藏身處之一，烏茲—突茲做個手勢，似乎要強調他辦公室很狹隘，好像在說：「自己找吧，如果你認爲她在這兒的話。」他似乎覺得有必要保護自己，洗脫藏匿魯德米拉的罪名。

「我們原本要一道來的，」你希望把事情說清楚。

「那麼她爲什麼沒有跟你在一起？」這個合乎邏輯的問話也同樣以狐疑的口吻提出。

「她就快到了……」你強調，但卻是以疑惑的語調說出來的，好像在要求烏茲—突茲證實魯德米拉的習性，那是你一無所悉，而他可能知道得比你多得多。「你認識魯德米拉，不是嗎？教授？」

「我認識……你爲什麼問我？……你試圖找出什麼？……」他變得緊張起來，「你是對西馬利亞文學有興趣呢，還是——」他似乎想說「還是魯德米拉？」但他並未把話說完。爲表示眞誠，你應該回答說：你再也無法分辨自己的興趣是在於西馬利亞小說還是該小說的彼讀者。此外，現在教授對魯德米拉這名字的反應，繼伊湼利歐的直言不諱之後，投出了一些神祕光芒，使你對彼讀者產生了一種令人不安的好奇，那種好奇和你對於正在追踪其下文發展的小說所產生好奇並無不同，和對於那本你前天開始閱讀而被迫暫擱一邊的小說中的馬因夫人的好奇也無兩樣，你同時在找尋那三個幻影，想像的以及生命的幻影。

「我想……我們想問你是否有一位西馬利亞作家，他……」

「請坐，」教授說道，忽然平息下來，或者應該說更穩固而堅持的關注再度出現，消除了邊際性而短暫的關注。

房間壅塞，牆壁上全被書櫃所覆蓋，另有一個書架，因沒有地方可靠放，就放在房間中央，隔開這湫隘的空間，所以教授的書桌和你即將坐下的椅子被一種翼壁分開，必須伸長脖子才看得見彼此。

「我們就被局限在這樣一個書櫥裏……這所大學擴張了，而我們卻縮小……我們是活語言可憐的繼子……如果西馬利亞語被當做活語言的話……不過，這正是它的價值所在啊！」他爆出斬釘截鐵的語調，大聲說道，但隨即又歸於平和，「事實上，它同時是現代語言和死語言……一種特殊地位，即使無人了解……」

「你的學生很少嗎？」你問道。

「你想誰會來呢？你想誰還會記得西馬利亞人呢？在這些受到壓迫的語言中，有許多種現在已引起較多的注意……巴斯可……布烈頓……羅曼尼……他們統統選那些……他們不是在研究語言：這個年頭沒有人會幹那種事……他們要可供辯論的題目，要可與其他一般概念相結合的一般概念。我的同僚順應潮流而作調整，把他們的科目名稱叫做『威爾斯社會學』、『普羅文斯語言心理學』等等……西馬利亞語卻不能這麼做。」

「爲什麼不能？」

「西馬利亞人已經消失了，如同被地球吞噬了。」他搖搖頭，顯然在盡力保持耐心，重複已經講過一百遍的話。「這是一個已經死亡的系，研究用已經死亡的語言寫成的已經死亡的文學，他們爲何現在還在研究西馬利亞語？我是第一個了解這問題的，也是第一個說出來的：如果你不想來，那就不要來；對我而言，這個系甚至可以廢除掉。但是來這裏只是要……不，說太多了。」

「只是要——做什麼？」

「一切。我被迫去看一切，一周又一周，似乎遙遙無期似的，沒有人來。若有人眞的來了，那是要做……你遠離了這裏，仍然會活得好好的，我是說，這些用死人的語言寫成的書籍有什麼吸引你的地方？他們卻故意這麼做，他們說，讓我們去泊斯諾—猶加利克語言學系，讓我們去找烏茲—突茲，我就這樣被牽扯進去，被迫去看，去參與……」

「參與什麼？」你問道，一面想起魯德米拉，她來這裏，藏在這裏，也許和伊湼利歐一起，也許和別人。

「參與每一件事……也許有什麼東西吸引他們，譬如說，生死的無常，也許這是他們所感受到的，但卻不了解。他們來這裏做他們要做的，但他們並不圈選這門課，也不來上課，沒有人會對西馬利亞人的文學感興趣，只任它埋葬在這些書架上的書中，就好像埋葬在墓地的墳塚裏……」

「事實上，我很感興趣……我是來問是否有一本西馬利亞小說，開頭是……不，最好還是直接告訴你角色的名字：葛瑞哲菲和蘇伊姐，龐哥和布瑞德。故事開始於古吉瓦，也許那是個農場的名稱；我認爲後來地點轉換到佩特廓，在阿哥德……」

「哦，那可以很快找到！」教授驚叫，在短短一秒鐘內，他從憂鬱的濃霧中解脫出來，像燈泡一般發出光芒。「毫無疑問，那是《從陡坡斜倚下來》，本世紀初最有希望的西馬利亞詩人之一烏寇・阿廸留給我們的唯一小說……這就是了！」他以魚兒逆溯激流而跳的方式躍起，朝著書架上某一點，抓下一本泥濘的綠色封面的書，拍拍書上的灰塵，「這本書從未翻譯成任何其他語言。其困難度無疑足以叫人退縮。聽著：『我正在講述一個信念……』不：『我正在說服自己去傳達……』你會注意到這兩個動詞都用現在進行式。」

有一件事立即變明朗起來，那就是這本書與你已經開始讀的那本毫無共通之處，只有一些專有名詞相同，這確實是非常奇怪的一個特徵，但你無暇思考那一點，因爲從烏茲─突茲吃力的即席翻譯，一個故事的輪廓正逐漸成形，在他費力地解讀一團團文字糾結下，一個流暢的敍述於焉出現。（初譯：鄭麗雪）

從陡坡斜倚下來

我逐漸相信這世界想要告訴我一些什麼，要給我訊息、徵兆、警告。自從我來到佩特廓，便注意到這一點。每天早晨，我離開科吉瓦公寓，作例行散步，一直走到碼頭，走過氣象台，我想到世界末日正在來臨，或者說，已經進行很久了。如果世界末日可以限定在某一特定點的話，那會是佩特廓的氣象台：四根不太穩靠的柱子和房屋支撐著一個波浪形的鐵皮頂蓋，一個棚架上頭排列著一些記錄用的氣壓計、濕度計和溫度計，以及劃線的紙捲，紙捲頂著一隻振盪擺動的筆尖，隨著緩慢的滴答聲轉動。氣象台的易脆儀器還包括一支高聳的天線頂端的一支風向標，一個量雨計的短胖漏斗。氣象台孤立在市立公園內一個陡坡的邊緣，襯映著靜止而無變化的珍珠灰的天空，看起來像是一個捕捉旋風的圈套，一個誘餌，擺在那兒吸引遙遠的熱帶海洋的捲水柱，它本身就是颶風肆虐過後最佳的殘留遺物。

好多天以來，我所看見的一切，對我而言似乎都充滿了意義：這些訊息很難和別人溝通，很難詮釋或用文字翻譯，唯其如此，在我看來才顯得關係重大。那是和我以及這世界有關的告示或預兆：對我來說，不僅我的生存的外在事件，也包括我的內在、我的內心深處所發生的事；對世界而言，非單指某一特定事件，而是一切事物的一般存在方式。你就會明白，除非利用寓言，否則我很難說得清楚。

星期一

今天，我看見一隻手從監獄的窗戶伸出來，朝向海。當時，我照例沿港口的堤防走，正走到古堡壘底下。堡壘四周以傾斜的圍牆圍住，窗子有兩三層鐵柵保護，看起來像窗帘。我明知有犯人關在裏頭，卻總是把這堡壘看成惰性元素、礦物界的東西。因此，那隻手的出現令我訝異，彷彿是從懸崖上伸出來似的。它的位置頗不尋常，我推斷窗戶設在囚室的高處，懸砌在牆上，囚犯得表演走索的特技或軟骨功，才能把手伸出重重鐵柵，在空中招搖。這不是某個犯人在對我或別人做信號，我不那樣認爲，當時在現場，我一點也沒聯想到犯人，我得說，那隻手細白而修長，和我的沒兩樣，毫無那種我們會在一般罪犯身上看到的粗糙。對我而言，那是一個來自岩石的訊號；石頭要告訴我，我們的本質相通，因此，某些構成我這個人的東西將會留存下去，不會隨著世界末日而消失；在喪失生命，喪失我的生命和我的一切記憶的荒漠中，某一種溝通仍舊可能。以上所敍述的是我所注意到的第一印象，那才是重要的印象。

今天，我走到瞭望台，從那裏向下望，可以看到一小片海灘，杳無人踪，對著灰濛濛的大海。一些柳條椅子，椅背高而曲折，有如籃子一般，迎著風，排列成半圓形，似乎暗示著一個人類已經消失而一切都在訴說其曠缺的世界。我感到一陣暈眩，彷彿我只是從一個世界躍入另一個世界，而我卻是在世界末日剛發生不久以後才抵達這兩個世界的。

半小時後，我又打瞭望台經過。一張背對我的椅子上，有一細條絲帶在飄揚。我沿陡峭的海岬小路，直走下岩棚，那裏的視野迥然不同。正如我所預期，蘇伊妲小姐坐在椅子上，整個人被柳條板擋住，戴著一頂白色草帽，畫具攤放在大腿上，正在畫貝殼。我並不樂意見到她；今天早晨那些不吉利的訊號使我打消了和她搭訕的念頭；大約三周以來，我在海邊懸崖和沙丘散步時，都會遇見她單獨一人，而我所想的，不過是和她說說話而已——眞的，我每天從公寓出來，所懷抱的就是這個動機，但每天都被一些事給耽延了。

蘇伊妲小姐住在海洋百合旅館；我到旅館向接待員問出她的名字。她也許知道此事，這個季節在佩特廓度假的人很少；年輕的更屈指可數。這麼常常遇見我，她也許也在期待有一天我會同她說說話吧。

構成我們會晤的障礙不止一端。第一，蘇伊妲小姐收集貝殼也在畫貝殼；我在童年也收集過漂亮貝殼，後來便放棄，而且把諸如各種不同的貝殼的屬類、形態、地理分布等等忘得一乾二淨了。和蘇伊妲小姐講話不免會談到貝殼，我不知道該採取什麼態度，假裝完全不懂呢，抑或喚回模糊的記憶？貝殼這東西迫使我思索我和自己的生命的關係，我的一生包括一些從未完成而卻大半被抹拭掉的東西；我由於忐忑不安而躊躇不前。

再說，這女孩專注於畫貝殼此一事實表示她在追尋形式的完美——這世界可能具有完美，因而必須加以追求；我卻相反，多年來相信完美可遇而不可求；因而不值得關心，事物眞正的本質只流露在分崩離析的狀態中。如果我要接近蘇伊妲小姐，勢必表示欣賞她的畫——就我所見，那是品質精緻優雅的東西——如此一來，一開始我就得假裝同意我所反對的一種美學和道德理想，或者一開始就表明我的感覺，冒著傷害她的危險。

第三種障礙：雖然依照醫生的指示，住到這海邊來，我的健康已經改善很多，但仍會影響我出門和陌生人接觸的機會；我仍受制於間歇性的疾病，尤其是令人不勝其煩的濕疹週期性的惡化，教我打消了任何社交的念頭。

我經常會在氣象台遇見氣象學家高德瑞先生，和他閒聊幾句。高德瑞先生總是在中午時分過來檢查儀表。他高高瘦瘦，臉色憂鬱，有點像美國印第安人。他騎腳踏車，一路上兩眼直視前方，彷彿必須全神貫注才能保持平衡似的。他把腳踏車停靠在小屋，從手把上滑下一個袋子，從袋中拿出一本紙頁寬窄的冊子。他爬階梯上了平台，寫下儀器所記錄的數字，有的用鉛筆，有的用一隻短胖鋼筆，謹愼專注，一刻也不放鬆。他在外套底下穿著燈籠褲；全身衣著不是灰色就是黑白花格子，包括有帽簷的帽子在內。他只有在記錄完畢以後才注意到我在看他，熱烈地同我打招呼。

我已經體會出高德瑞先生的存在對我意義重大：知道世上仍有人表現出小心審慎和系統性的專注——雖然我十分明白這一切全屬徒勞無功——帶給我安撫作用，也許因爲它彌補了我那含糊茫然的生活方式——雖然我對生命已有結論，對這種生活方式卻一直感到不安。因此，我會停下來，觀察這位氣象學家，甚至和他交談，雖則我感興趣的不是談話內容本身。他和我聊天氣，自然會引用專門術語，談到氣壓變化對健康的影響，也會談到我們生存的這個不穩定的時代，並引述一些當地人的逸聞或他在報上讀到的新聞做例證。這時，他的個性不像初看時那樣含蓄；他熱中他的話題，語言也冗長囉嗦起來，特別是在談到對大多數人的行動和思考方式不敢苟同的時候，更是如此，因爲他是個有不滿足傾向的人。

今天，高德瑞先生對我說，他計畫離開幾天，要找人代他記錄資料，但不知有誰可以信賴。話講到一半，他問我是否有興趣學習如何閱讀這些氣象儀器，他可以教我。我未置可否，至少，我無意給他確定的答覆。但卻發現自己隨他站在平台上，聽他解釋如何設定最大値和最小値、氣壓變化、雨量、風速等等。簡言之，在我不知不覺中，他已託付給我未來幾天代替他工作的差事，明天中午就開始。我接受得有點勉強，因爲我沒有時間考慮或暗示我無法當場作決定，但我並不討厭這份差事。

星期二

今天，我第一次和蘇伊妲小姐說話。記錄氣象資料的差事的確對我克服猶豫有所幫助，因爲在佩特廓的這些日子中，這是我頭一次有了預先設定而無可逃避的事務；因此，不論我們談得怎麼樣，十一點三刻的時候，我會說道：「啊，我差點忘了：我必須趕去氣象台。」然後我便告辭，也許不太情願，也許如釋重負，不過，可以確定的是我別無其他選擇。我相信昨天高德瑞先生對我提議時，我便已模模糊糊了解到，這份差事會鼓舞我和蘇伊妲小姐講話，但現在整個事情才明朗起來——我假定事情已經明朗了。

假定蘇伊妲小姐正在畫海膽。她坐在碼頭的一張摺椅上，海膽平躺在岩石上，張開著，收縮尖刺，試圖翻正過來，但徒勞無功。這女孩畫的是該軟體動物的柔輭部分，她用明暗對照方式，以及粗而斜豎的平行線，畫出海膽的收縮和膨脹。我原來想說的話：「貝殼的形狀係一種欺罔的和諧，它是一個容器，隱藏著自然眞正的實質」，這時顯得不貼切。海膽和畫兩者輸送出令人不適和殘酷的感覺，就像注視掀開的內臟。我訕訕說道，沒有什麼東西比海膽更難畫，不論從上看尖刺，或者輭體倒轉過來，雖然其構造顯現出輻射狀的均衡對稱，實在沒什麼理由用線條來表現。她答稱她所以有興趣畫海膽，是因爲那意象不斷出現在她夢中，她想擺脫它。我在告辭之際，問她我們明天是否會在同一地點相遇。她說她明天另有事情，後天會帶著畫具出來，我很容易遇見她。

我在查氣壓計時，有兩個男人走近小屋。我從未見過他們：他們裹著厚外套，全身黑色，領子翻起。他們問我高德瑞先生在不在，去了哪裏，我是否知道他住址，他幾時回來。我答說不知道，還問他們是誰，有何貴幹。

「不重要，」他們說著走開了。

星期三

我到旅館，留下一束紫羅蘭給蘇伊妲小姐。櫃台服務員告訴我，她很早便出去了。我在附近逛了很久，希望撞見她。堡壘前面的院子排了一列囚犯的親戚，今天是探監的日子。在戴頭巾的卑微婦女和哭叫的小孩當中，我看見蘇伊妲小姐。她的臉被帽子下沿的黑紗遮住了，但她的舉止儀態錯不了：她頭擡得高高地站著，脖子挺身，有點倨傲。

院子的一角，是那兩個昨天在氣象台問我話的男子，好像在觀察監獄門口的行列。

海膽、面紗、兩位陌生人：黑色一直持續出現於勢必會引起我注意的場合，我把這解釋爲一張夜晚發出的傳票。我知道，長久以來，我儘量減少讓黑暗在我生命中出現，醫生不准我日落後外出，幾個月以來把我局限在白晝世界的範疇內。但這並不是全部的眞相：事實上，我發現白天的光線中，這普及、蒼白而幾乎沒有陰影的明亮中，有一種比黑夜更深的黑暗。

星期三晚上

每天傍晚，天黑以後的頭幾個時辰，我在這些紙張上塗寫，我不知道將來是否會有人讀到。科吉瓦公寓我的房間內，地球儀燈照亮我的書寫過程，也許太緊張了，未來的讀者不易解讀。也許，在我死亡很多年很多年以後，這本日記會重見天日，那時候，我們的語言經歷了不知什麼樣的變化，有一些我現在按照正規用法寫下的字眼和詞藻，會變得過時，意義曖昧。無論怎麼說，發現這本日記的人會比我多一個便利：藉由一種書寫語言，總可能再組構一部字典和文法，孤立文句，以另一種語言轉譯或釋義；另一方面，我則正在嘗試從每天呈現我眼前的一連串事件中解讀這世界要向我傳達的企圖，我自行摸索，知道沒有字典可以將潛伏在那些事物中的晦澀的寓意要點轉譯成文字。我希望這種揮之不去的預感和懷疑能傳達給閱讀我的人，不把它當做是了解我所寫的東西的意外障礙，而當做是它的根本實質；如果讀者覺得我的思想過程飄忽不定，他從劇烈改變的心靈習慣出發，會設法加以追踪，重要的是，我傳達給他：我正試圖努力在事物的字裏行間閱讀出爲我而儲存的難以捉摸的意義。

星期四

多虧典獄長辦公室特准——蘇伊姐小姐向我解釋——她得以在探監日進入監獄，她坐在會客室的桌旁，帶著畫簿和炭筆，想研究生命的話，因犯親屬單純的人性倒可提供一些有趣的題目。

我沒問蘇伊姐任何問題，不過，因爲她發現我昨天看見她在院子裏，覺得有義務解釋她爲什麼會在那裏出現。我寧可她什麼也別告訴我，因爲我對人物畫並不感興趣，她要是拿給我看，我也不知如何評論。不過，她並沒有拿任何畫給我看。我想，那些畫很可能放在一本特別的册子裏，每次來去她會把這册子留在監獄辦公室。我所以這麼想，是因爲昨天——我記得很清楚——她既沒帶筆盒，也沒帶這本不可拆開的册子。

「如果我懂得繪畫，我會只專門研究那些無生命物體的造型。」我說得有點急切，因爲一方面想改變話題，另一方面天然傾向使我在事物靜止不動的受苦狀態中認出我自己的情緒。

蘇伊姐小姐馬上表示同意；她說她最想畫的物體，是一種小型的錨，有四個錨鉤，叫「小錨」，漁船上用的。我們經過綁在碼頭的船隻時，她指了幾個小錨給我看，向我說明，畫這種錨的人，在描繪四個錨鉤時，從各自不同的角度和透視法來畫，相當困難。我明白，這東西包含了要給我的訊息，我必須加以詮釋：錨代表一種告誡，要我攀附，依靠，深掘，結束我那起伏不定的狀態，我在地面上剩餘的日子。然而，這樣的解釋仍有疑問：這錨也可能在邀請人解纜放船，航向無垠的大海。小錨的四隻鉤狀的齒，在海底與岩石衝撞而磨損的四隻鐵臂在警告我，沒有任何決心可以排除傷害和折磨。不過我可以鬆一口氣，因爲這是輕型的小錨，而不是出海用的重型的錨。我並沒有被要求放棄年輕人的心靈開放，只是稍微遲疑一下，來作反省，並說出內心深處的祕密。「爲了能在空閒時從各個角度畫這小錨，」蘇伊妲說：「我必須擁有一個小錨，放在身邊，好好熟悉它。你想，我能從漁夫那兒買到嗎？」

「我們可以問問看，」我答道。

「你何不試著去買買看？我自己不敢去，因爲都市來的年輕女子，如果表示對粗野的漁夫的工具感興趣，會引起驚異。」

我幻想，當我把鐵錨拿給她看，那個動作彷彿在向她獻一束花：這不協調的意象，帶有尖銳而強烈的特質，自然也會有一種我沒發覺的意義，發誓要冷靜的想一想，我答應了她。

「我要的小錨是附有索纜的，」蘇伊妲具體說明，「我可以花上好幾個小時畫一堆盤起來的繩索。要找條長一點的繩子……十公尺——不，要二十公尺長。」

星期四晚上

醫生允許我有節制的飲酒，爲了慶祝這好消息，我在黃昏時分走進叫「瑞典之星」的酒店，喝了杯烈酒。酒吧內有漁夫、海關代理商、還有日班勞工。在人聲中，有個穿著監獄警衛制服的老人在一片喧嘩中，嗓門突出，正在醉醺醺的大事吹噓，「每逢周三，那個身上灑香水的年輕女子塞給我一張五百先令的紙幣，要我讓她與囚犯獨處。這幾百先令在周四之前，就會變成啤酒。訪客時間一到，她就走出來，高雅的衣服沾染著監獄的臭味；囚犯走回自己的囚房，囚衣上帶著女子的香水味，我呢，帶著啤酒味離開。生命只不過是氣味的交易罷了。」

「你可以這麼說，生與死是一樣的，」另一個醉漢突然插進來說。我馬上明白，他的職業是替人挖墳坑。「我試著用啤酒味來驅除身上的死亡氣味，也只有死亡的氣味可以驅除你的啤酒味，像那些我得幫他們挖墳坑的所有醉漢一樣。」

我把這些活動當做必須提防的警告：世界即將崩潰，也正引誘我進入這分崩潰瓦解之中。

星期五

漁夫突然懷疑起來：「你要它幹什麼？你要一個小錨有啥用處？」

對這些輕率的問題，我本來可以回答說：「爲了要畫它。」可是我了解蘇伊妲小姐羞於在一個不能夠欣賞藝術創作的環境下，揭露她的藝術創作活動；再說，對我而言，正確的回答應當是：「爲了思考。」不妨想看看，我是否能夠讓漁夫明白。

「那是我自己的事，」我答道。自從前晚在酒店碰見他，我們便一直以親切的方式交談，但，突然之間，我們的對談變得唐突起來了。

「你去找船上雜貨的零售商好了，」漁夫突然冒出這句話，「我不出售自己的東西。」

到了零售商那兒，也遇到相同情況：我一提問題，他的臉色就變得冷峻起來，「我們不能賣這東西給外地人，」他說，「我們可不想讓警察找麻煩。再說，交易還包括十二公尺長的繩子……並不是我懷疑你，但這已經不是第一次了，有人扔小錨到監獄的欄杆上，幫囚犯逃獄……」

「逃」，我一聽見這個字眼，就會陷入無邊的沉思。我正在做的事——找尋小錨，彷彿向我指出一條逃走的途徑，也可能是一種蛻變，復活。我抖抖身子，摒棄以下這個想法：監獄是我難免一死的軀體；而在前方等待著我的逃獄是靈魂的脫離，是超越這地球之生命的開端。

星期六

這是好幾個月以來，我第一次在晚上外出。這令我滿懷恐懼，尤其患了感冒，頭正痛得厲害。出去之前，我戴上垂肩頭巾，上面再加羊毛帽，在這之上又戴了氈帽。就這樣裹起來，此外在脖子圍上圍巾，腰際也圍一條，再穿上羊毛夾克、毛皮夾克、皮革外衣，腳上穿著有襯裏的靴子，這麼一來，我才多少恢復一些安全感。後來我確定，這是個溫柔而平靜的夜晚。然而我仍不明白，爲什麼高德瑞先生以十分機密的方式傳給我神祕紙條，約我深夜在墓地見面。假如他人回來了，我們爲何無法像以前一樣天天碰面？如果他還沒回來，我往墓地去會遇見誰？

替我開門的是那個挖墳人，我在「瑞典之星」酒店遇過他。「我來找高德瑞先生，」我對他說。

他答道：「高德瑞先生不在這裏。不過，既然墓地是那些不在這裏的人的家，請進。」

我在墓碑之間行進，一個迅速移動而發出沙沙聲響的影子擦身而過；這影子煞住車子，從座位上跳下來。「高德瑞先生！」我叫道，吃驚地看著他騎腳踏車在墓地之中穿梭，車前燈關掉了。

「噓，」他要我安靜，「你犯了嚴重的不小心。我把氣象台交託給你時，沒有想到你會扯入越獄的計畫。我得告訴你，我們反對個別逃走。你必須學會等待。我們更全面性的計畫正在執行，一個長程計畫。」

他一面說「我們」，一面做出一個大範圍的橫掃的手勢，我想他是以那些死人的名義在說話。高德瑞先生顯然是死者的發言人，他宣布表示我尚未被接受而成爲他們之中的一份子。我大大鬆了一口氣。

「由於你犯的錯，我必須延長不露面的時間。」他接著說。「明後天你會被警長叫去，他會問小錨的事。千萬要小心，別把我扯進這件事；你要記住，警長會一直問問題，要你承認一些和我有關的事。你對我一無所知，除了知道我在旅行，我也沒有告訴你何時會回來。你可以說，我只是要你代替我記錄幾天的表記而已。至於這件事，從明天起，你不必來氣象台做事了。」

「不，不要這樣！」我喊叫著，覺得自己突然陷入絕望，彷彿在那一刻，明白只有核對氣象儀器，才能使我掌握宇宙的力量，才能了解宇宙的秩序。

星期日

我一大早便去氣象台，爬上平台，站在那裏傾聽記錄儀器發出的滴答聲，有如來自天體的音樂。風在晨空中疾行，運送來輕柔的雲。雲朵列成垂花飾的捲雲，然後是積雲，近九點半時，下了一陣雨，雨量計收集了幾公勺的雨水，接著出現一截彩虹，爲時甚短；然後天又暗下來，氣壓記錄計的指針下降，畫出一條接近垂直的線；雷聲隆隆，冰雹嘎嘎降下。從我的高位置，我感覺彷彿我把風雨和晴空掌握在手中，雷電和霧靄也在我的控制之中，不是像神，不，別以爲我瘋了，我並沒有把自己當成雷神宙斯，倒有點像指揮家，面前有自己譜好的曲子，他知道樂器奏出的旋律與某種模式相調和，而他是那模式的主要管理員、持有者。大雨落在波狀鐵皮屋頂上，響聲像打鼓一樣；風速計的指針旋轉；整個宇宙跳躍，墜落，皆可在我的分類册上轉化成數字，排列成一行；一份超絕的冷靜在主宰著這劇變的結構。

在那和諧而盈滿的一剎那，忽然有轆軋聲，我往下望，一個蓄鬍子的人，在高台的階梯和小屋的支柱之間縮成一團，身上穿粗布條紋緊身上衣，被雨水浸濕了。

他用蒼白但堅定的眼神看著我。

「我逃出來了，」他說，「別出賣我。你得跑去通知人。會嗎？那個人現在在海洋百合旅館。」

我馬上感覺到，宇宙完美的秩序已經裂了一個缺口，那是個無法彌補的裂縫。（初譯：陳蕙君、郭文慧）

第四章

聽人大聲朗讀，和自己默讀是大不相同的。你自己讀的時候，可以任意停頓，也可以跳幾句不讀；你自己就是定步調的人。當別人朗讀時，你很難讓注意力與他的速度一致；不是太快，就是太慢。

聽人家從另一種語言翻譯過來，更牽涉到情緒的起伏，對文字的遲疑，面臨猶豫邊緣，以及模糊不定的東西。你自己讀的時候，本文就在面前，等著你去向它挑戰；若是有人翻譯出來給你聽，那便是一種似有若無的東西，一種你沒辦法碰到的東西。

烏茲—突茲教授已經開始口頭翻譯，他似乎不太確定能使文字串在一起，一再回頭檢查各個句子，壓平句構上的縐褶，把弄片語，務求不太離譜，使其平順，並加以修裁，一字一頓，解說其習慣用法及涵義，一面說一面做無所不包的手勢，彷彿在懇請你滿足於近似的對等詞，他也會突然停下來，敍述文法規則，語源衍變，引述經典作品。可是就在你逐漸相信對教授而言文字考據和博學多識要比故事在說些什麼來得更爲重要的時候，你發現事實正好相反：學術包裝正是爲了保護故事所說以及所沒說的一切，一種內在靈感一直瀕臨著一接觸空氣便馬上消散的邊緣，一種消失的知識之回音顯露在半陰影和含蓄的典故中。

教授既需要在原文有多重涵義的地方插入註釋解說，又明知一切的詮釋對原文都是冒犯，不免左右爲難，在面臨最複雜的章節時，除了念出原文，實在找不出其他更好的辦法，以幫助大家理解。那種不爲人知的語言，從理論性規則演繹而來，而非經由腔調各異的聲音來傳輸，不以經過形成和轉變的使用痕跡來標示，因而擁有無需答覆之聲音的絕對性，正如瀕臨絕種的最後一隻鳥兒所唱的歌曲，或者剛剛發明的噴射機第一次試飛，震裂天空所發出的尖銳轟鳴。

然後，從這紛亂的吟誦中，字句逐漸通順流暢起來。小說的散文敍述戰勝了聲音的不穩定，變得流暢、平易、連貫了：烏茲—突茲如魚得水般地泅游起來，配合著手勢，（他雙手張開如魚鰭，）嘴部動作，（這使得他的話語如小氣泡般冒出，）還加上眼神（他的雙眼搜尋書頁有如魚的眼睛搜尋海底，也像參觀水族館的人，眼光跟隨著照明的水箱裏的魚擺動）。

現在，你四周的房間、書架及教授都不在了：你已進入小說的世界，你看見諾廸克海濱，你亦步亦趨地跟著這位高雅紳士。你是如此地專注，一會兒功夫以後才意識到身旁有人，你從眼角瞥見魯德米拉，她坐在一堆對開的書卷上，全神貫注地傾聽故事的發展。

她是此刻剛到，或是聽見了故事開頭了？沒有敲門悄悄溜進來？還是人早就在這裏，藏在書架間？（伊湼利歐說，她是來躲藏的。烏茲—突茲說，他們來此是爲了做些不堪告人的事。）或者她是這位通靈教授用咒語召喚來的幽靈？

烏茲—突茲繼續他的朗讀，對這位新聽衆的出現並無驚訝的跡象，彷彿她一直就在那兒。甚至當他停頓太久，她問他：「然後呢？」他也沒有吃驚的反應。

教授啪一聲闔上書。「然後就沒有了。《從陡坡斜倚下來》在此中斷。烏寇・阿廸寫下小說開頭幾頁，就陷入深沉的絕望中，隨後幾年，他三次試圖自殺未遂，第四次終於成功。這些片段出版在他的遺著中，連同零散的詩篇、一本翔實的日記，和一篇關於佛敎輪迴之論文的筆記。很不幸，我們不可能找到任何計畫或大綱，說明阿迪想要如何發展情節。也許正因爲《從陡坡斜倚下來》不完整，因爲它有所揭示，有所掩蔽，因爲它的緘默保留，它的隱遁……因而成爲西馬利亞散文最具代表性的作品。」

教授的聲音愈來愈小。你伸長脖子，想確定他的人還在那兒，在擋住你視線的書架後頭，但你卻不再看得到他；他或許已掉入學術作品及種種評論著作的叢籬，愈變愈小，終於滑入裂縫中，貪婪地追尋細小塵埃，或許震懾於那籠罩著他的研究對象的抹煞一切的命運；或許陷入那戛然中止之小說的空洞深淵裏無法自拔。你也想在這深淵的邊緣站穩腳步，來支持魯德米拉或抓緊她；你試圖去握她的手……

「別問這本書其餘的部分在哪裏！」書架間傳來了尖銳的喊叫，「所有的書都在超越處繼續著……」教授的聲音忽高忽低；他人到哪裏去了？也許他正在書桌下滾動，也許正懸掛在天花板的燈上。

「在哪裏繼續？」你問道，有如棲息在絕壁邊緣，「超越什麼？」

「書本是入門之階……所有西馬利亞的作者都已超越它……然後，死者沒有文字的語言開始，這種語言只有死人會說。西馬利亞是這活人世界裏最後的語言，是入口的語言！你到這裏來試聽那裏的語言，超越……聽……」

但是你們兩人再也聽不到什麼。你們已消失，屈服在角落，彼此依附著。這就是你的答案嗎？你是否想要說明生者也有一種沒有字的語言，不能用來寫書，只能一分一秒地去生活，無法記錄，也無法記憶？首先出現的是這種活人的無字的語言——這是你希望烏茲—突茲會列入考慮的前提嗎？——然後才是用來寫書的文字，嘗試去詮釋那初始語言的功夫全屬徒然；然後……。

「西馬利亞的書全都是未完成的。」烏茲—突茲歎息道，「因爲那些書在遠方繼續著……以另一種語言，以一種我們相信我們讀到的一切文字所指涉的靜默的語言……」

「相信……爲什麼是相信？我喜歡閱讀，眞正去讀。」這麼說的人是魯德米拉，語氣堅定而熱切。她坐在教授的對面，穿著簡單高雅，色澤輕淡。她的生活態度積極入世，對世界所能給她的東西充滿興趣；她摒棄那種以沉溺自我作結的自殺式小說的自我中心的深淵。在她的聲音裏，你尋求鞏固，承認自己有需要依附實際存在之事物，閱讀被寫下來的東西，不管其他，驅散那些你把握不住的幽魂。（承認吧！即使你只能在想像中擁抱，那仍然是隨時可能發生的擁抱……）

但魯德米拉總是快你一步。「我想知道那本書確實存在，好讓我能繼續閱讀……」她說道，確信具體但未知的存在物必定呼應她的強烈欲求。這女人總是同時在讀著她眼前以外的另一本書，縱使這本書尚未出現，但只要她想要，就一定存在，這樣的人你怎能跟得上？

教授坐在書桌前；在一盞桌燈的圓錐形光芒中，他的手浮移著，或輕輕擱放在一本闔著的書卷上，好像在傷心地摩挲那本書。

他說，「閱讀總是這樣的：有一樣存在那兒的東西，一件由書寫構成的東西，一種固定而無法改變的物質實體，透過這東西，我們藉以衡量另外那些不呈現的，那些屬於非物質而肉眼無法察覺之世界的東西，因爲那些東西只能被思維想像，或者因爲它曾經一度存在但現在已不復存在，過去了，失落了，觸摸不到，在死的境域……」

「沒有呈現或許是因爲它尚未存在，是一種被渴望、恐懼、可能或不可能的事物，」魯德米拉說，「

閱讀是邁向將要發生的事物，而沒人知道那是什麼……」（這時，你看到彼讀者身體向前傾，眼光穿過書頁的邊緣，凝視著出現在地平線上的救難船或入侵者，暴風雨……）「我現在想讀的書是一本小說，在其中你會感覺故事的來到像是悶雷，歷史性的故事伴隨著個人的故事，一本透過無名且尚未成形的驟變來使人感受到生命的小說……」

「說得好，親愛的姊姊，我看妳進步了！」書架間出現了一個女孩。這女孩脖子長長的，一張小鳥般的臉龐，眼神堅定，一頭捲髮，還戴著眼鏡，她穿著寬鬆的長外衣和緊身褲。「我是來告訴妳，我已經找到妳要的小說了，那正是我們討論女性主義革命所需要的小說。想聽我們分析、辯論這本書的話，歡迎妳來。」

「羅塔莉亞，」魯德米拉叫道，「妳是要告訴我，妳也讀過《從陡坡斜倚下來》這本西馬利亞作家烏寇‧阿廸未完成的小說！」

「妳搞錯了，魯德米拉。是那本小說沒錯，但並非未完成，而且不是西馬利亞文，而是辛伯利文；書名後來改成《不怕風吹或暈眩》，作者還用了另一筆名，叫佛茲‧菲爾然廸。」

「騙人！」烏茲—突茲叫道。「這是著名的僞造案例，材料眞僞不明，是辛伯利民族主義分子在第一次世界大戰終了時從事反西馬利亞宣傳所散播出來的！」

一羣年輕的娘子軍站在羅塔莉亞的背後，她們有著清澈明亮的眼睛，也許就是因爲太過清澈明亮，顯得有點嚇人。一個臉色蒼白，留鬍子的男人從她們之中擠了出來，嘴唇浮現徹底失望的表情，帶著冷諷的眼光，說道：「我很抱歉我必須反對我一位傑出同事的意見，但是西馬利亞人所藏的手稿的出土，業已證明這本書的眞實性。」

「我很驚訝，高利格尼，」烏茲—突茲悲歎道，「你竟把你的亞魯羅—阿爾泰語言和文學系主任之權威，濫用在一個粗鄙的欺詐上頭，更何況這欺詐是與文學無關的領土主權問題！」

「烏茲—突茲，拜託！」高利格尼反駁道，「不要降低這辯論的層次。你應該很清楚我對辛伯利族主義沒什麼興趣，就如同我希望你對西馬利亞的沙文主義減低興趣。我比較這兩種文學的精神，我捫心自問：究竟誰在否定價值方面陷得較深？」

這場辛伯利—西馬利亞的爭辯似乎沒有影響到魯德米拉，她現在只想著一個問題：那本中斷的小說是否有可能繼續下去。「羅塔莉亞說的可是眞的嗎？」她小聲地問你。「我一度希望她是對的，教授念的開頭部分應該有續篇，不管是用那種語言寫的……」

「魯德米拉，」羅塔莉亞說：「我們要開始小組討論了，如果你對菲爾然廸的小說有興趣就來吧，妳的朋友有興趣也可以來。」

你來了，加入了羅塔莉亞的旗幟後邊。討論地點在一間教室內，圍繞著一張桌子。你和魯德米拉都希望儘量能靠近羅塔莉亞拿著的那疊手稿，因爲那似乎就是討論中的小說。

羅塔莉亞首先提到，「我們必須感謝辛伯利文學系高利格尼教授，好意提供給我們一本稀有的《不怕風吹或暈眩》，並親自參加我們的討論會。我要特別強調這種開放態度，尤其在我們拿他與相關學科的其他教師相比，發現他們缺乏了解之後，高利格尼教授就益發值得敬佩了……」羅塔莉亞特別看了她姊姊一眼，以確保她不會忽略掉她話中所含的對烏茲—突茲的敵意。

爲了把小說擺在適當的脈絡中，她們要求高利格尼提供一些歷史資料。他說，「我來設法回想一下，組成西馬利亞的省分如何在二次大戰後變成辛伯利人民共和國的一部分。辛伯利人重新整理了那些在戰爭中失落的西馬利亞人的檔案文件，得以重新評估像菲爾然廸那樣人格複雜的作家，他使用辛伯利和西馬利亞兩種語言寫作，然而西馬利亞人只出版他的西馬利亞文作品，所以數量極少。質與量更好的是以辛伯利文撰寫的作品，但被西馬利亞人藏了起來；像這部長篇小說巨著《不怕風吹或暈眩》，其首章的草稿顯然也是用西馬利亞文寫的，並以烏寇・阿廸的筆名簽署。毋庸置疑，這位作家在明確選擇了辛伯利文以後，才發現了眞正的小說靈感……」

教授繼續說，「我不用告訴你們有關這本書在辛伯利人民共和國歷經各種命運變化的全部歷史，首先它以經典作品出版，然後被翻譯成德文，俾便散布到海外（這就是現在我們所用的翻譯本，）而後在意識形態改造運動中遭遇劫運，從發行網路，甚至圖書館被退回。從另一方面來看，我們現在相信其革命性的內容是超越時代的……」

你和魯德米拉迫不及待地想看到這本書再度從死灰中復生，但卻還得等待讀書小組的女孩和年輕男士們交出他們的作業，閱讀過程中，一定有人強調生產方式的省思，有人強調改造的過程，有人強調壓抑的昇華，有人強調性的語意符碼，有人強調身體的後設語言，有人則強調寫政治及私人生活方面的角色逾越。

羅塔莉亞打開她的書夾開始唸著，帶刺的鐵絲網像蜘蛛網一般開始散開，你們兩人隨著其他人一樣安靜跟隨。

你馬上明白你所聽到的東西，和《從陡坡斜倚下來》、《在馬爾泊克鎭外》、或甚至《如果在冬夜，一個旅人》不可能有任何關係。你和魯德米拉很快地交換了一眼，或者更正確地說，兩眼。第一眼是疑問，第二眼是同意。無論如何，這是一本一旦開始，就欲罷不能的小說。（初譯：林嫻）

不怕風吹或暈眩

清晨五點，軍車穿過市區；家庭主婦們提著油燈，開始在食品商店外排隊；臨時議會的各種不同派系團隊夜間在牆上塗寫的宣傳標語仍未乾。

樂團樂師將他們的樂器放回盒中，走出地下室，天空灰濛濛的。新泰坦組織的支持者成羣跟在樂師後走著，好像捨不得切斷夜間由於趣味相投，或由於機緣巧合和聚集在俱樂部的人所建立的關係似的，他們結成一羣向前走著，外套衣領向上翻起，表情一如死屍，像在石棺中保存了四千年的木乃伊，一拿到空氣中，即刻粉碎成灰燼；但另一方面，婦女們感染了興奮的氣氛，各自唱著歌，任斗篷敞開至低胸晚禮服上方，踏著搖擺不定的舞步，長裙颼颼作響地走過泥濘水坑。她們心中似乎仍在希望聚會尚未結束，希望這些樂師會忽然停在街道中央，再度打開盒子，拿出薩克斯風和大提琴來。

在從前的拉文森銀行對面，夜貓子由上刺刀及帽上有徽章的人民衛隊護衛著，如同接到命令一樣，沒有互相道別，便各自散開，我們三人一起留了下來：我和凡勒瑞安站在艾瑞娜兩旁，挽著她的手臂，我一直在艾瑞娜的右側，以便留空間給我佩掛在腰帶上的重型手槍的皮套；凡勒瑞安則穿著文官服，因爲他曾是重工業委員會的一員，如果他帶著手槍——我相信他有一把——那一定是扁平形狀，可以放在口袋中的那種。那時艾瑞娜安靜了下來，幾乎是沮喪的，我們有一種恐懼感——我是說我自己，但我確信凡勒瑞安也有相同的情緒，雖然我們不曾在這方面互相交換心事——因在她眞正占有我們兩人時，我們便感覺到這一點，一旦她的神奇圈套封閉並囚禁我們，不管她會逼使我們作多麼瘋狂的事，那些事與她想像中正在發明的事比較起來，就微不足道了，她的想像在面對極端，在感官探索，在心靈提昇，在殘酷方面，永無止盡。事實上當時我們都太年輕，對於我們正經歷的一切而言太年輕了；我指的是我們男人，因爲艾瑞娜有她那一類女人的早熟，雖然三人中她年紀最輕；她使我們依她的意思做事。

艾瑞娜開始無聲地吹起口哨，眼中帶著一絲笑意，宛如正在預先品嘗一個剛萌生的念頭；接著她的哨音變得可以聽見，是當時流行的一齣歌劇中一段十分逗趣的進行曲。我們一直有點害怕，不知她在預謀著什麼，就開始跟隨她，也吹起口哨，彷彿應合著不可抗拒的鼓號曲一般，我們踏著整齊的步伐前進，覺得自己同時是犧牲者，也是勝利者。

我們就這樣經過聖阿波羅尼亞教堂，當時改成一座霍亂病人檢疫所，外面陳列著棺木，放在鋸木架上，以大圈的石灰圍住，防止人們接近，等候靈車來運載。有個老婦人正跪在教堂外祈禱，在我們跟著無法抗拒的樂音前進時，差點踩到她。她對我們揮舞她的小拳頭，枯黃又皺巴巴像顆栗子，同時用另一隻拳頭放在鵝卵石上撐起身子，她高喊：「打倒上流階級」或是「打倒！上流階級！」，就像是逐漸增強的兩句咒罵，彷彿稱呼我們爲上流階級，我們就會變得雙重可惡，她接著說出一個本地方言意味著「妓院人家」的字眼，以及「一定完蛋」；但當她一注意到我的制服，馬上低頭不語。

我現在詳細敍述這事件的全部細節始末，因爲——並非在當時，而是後來——這事件被認爲是其後一切事情的前兆，也因爲這個時期的所有那些意象都必須通過書頁，就像軍車通過這城市一樣，即使「軍車」等字眼喚起某些不確定的意象；空氣中瀰漫著某些不確定感其實也不錯，滿適合這個時期的混亂，就像帆布標語旗旛掛在兩棟建築物之間，催促市民認購國民公債，就像工人隊伍遊行路線不重疊，因爲他們係敵對的工會所組成，一支示威贊成高德瑞軍火工廠無限期罷工，另一支要求結束罷工，以便幫忙武裝人民，對抗即將包圍這城鎮的反革命軍隊。所有這些斜線相互交錯，應已勾勒出我們移動的空間，凡勒瑞安、艾瑞娜和我，在這裏我們的故事得以自虛無裏冒現出來，找到一個出發點，一個方向，一個情節。

前線潰敗的那天，我在離東門不到十二公里處遇到艾瑞娜。當時市民自衛隊——十八歲以下的男孩及年老的後備軍人——正繞著屠宰場的低矮建築一帶在構築據點——屠宰場這地方的名稱帶有噩兆，只是我們尚不知道是誰的噩兆——人潮正由「鐵橋」退回鎮上：農婦頭頂上平放著籃子，鵝從籃中向外張望，豬歇斯底里地在羣衆的腿間到處奔跑，吶喊的孩子們跟在後面，（鄉下人家希望在軍隊的徵斂下搶救些什麼，於是儘量將小孩及豬仔分散，到處遣送，）士兵或步行或騎馬，正逃離其單位，或嘗試想找回走散的部隊；年長的高貴婦人走在前頭，後面有女僕和行李的車隊，擡有傷患的擔架，醫院遣散的病患，游動的小販、官員、僧侶、流浪人、穿著旅行制服的前「官員女兒學院」學生——這些人全在穿越鐵橋橋框，彷彿被冷濕的風所驅趕著，那風好像是從地圖上的裂縫，從已被突破的前線和邊境的裂口吹來似的。那一天，有許多人在城中找尋避難所：那些害怕暴動和擄掠擴大的人，那些自忖在反動軍隊的途中可能不會被發現的人；那些尋求在臨時議會脆弱的法規下得到保護的人；以及那些只想躲在混亂中，以便不受拘束地違反法律的人，不論那法律是新的還是舊的，人人自危，準確地說，任何鼓吹團結的說法似乎都不合時宜，因爲唯有撕抓啃咬別人才能爲自己清出一條生路，雖然如此，一種共識已經建立起來，所以在面對障礙時，力量會聯合起來，不需要說太多話，大家彼此都能了解。

也許因爲上述原因，也許因爲年輕人能在普遍的混亂中體認自我而感到高興：不管是什麼，那天早上當我在羣衆簇擁中跨過鐵橋時，我感到志得意滿，感到自己與別人、自我以及這世界的關係融洽和諧，我已經很久沒這種感覺了，（我不想用錯字；我比較想說：我感覺到與別人的紊亂、自我、以及這世界的關係和諧融洽，）我人已經在橋的盡頭，再走一段台階就到河岸，這時人羣的流動慢了下來，堵在一起，逼得一些人往後推擠，以免撞上那些以更慢的步伐走下台階的人——缺腿的退伍軍人，他們先靠在一個扶手上，然後換到另一個扶手，馬匹以馬銜牽引，以對角線方向前進，以免馬蹄在鋼鐵台階的邊緣上滑動，連帶側車的摩托車必須擡起來扛過去（他們要是走「馬車橋」會比較好，步行者也這樣對他們叫罵，厲言斥責，但那意味著行程會增加整整一英里）——這時我才注意到走在我旁邊的女孩。

她穿著一件袖口和邊緣有毛的斗篷，戴著一頂有面紗及玫瑰的寬沿帽：我立即注意到，她年輕、迷人而高雅。在我斜看她時，我瞧見她睜大眼睛，戴手套的手舉到因驚喊而張開的嘴巴，然後向後倒下。要不是我及時抓住她的手臂，她一定會跌倒，被像一羣大象在前進的羣衆所踐踏。

「妳病了嗎？」我對她說，「靠著我，沒什麼，別擔心。」

她身體僵硬，腳步也走不動。

「空，底下空空的。」她說著，「救命……暈眩。」

看不出有什麼可以引起暈眩的東西，但這女孩眞的嚇壞了。

「別往下看，抓住我的手臂，跟著別人走；我們已經在橋的盡頭了。」我對她說，希望這些是叫她放心的想法。

她接著說，「我覺得這些腳步，離開階梯，邁向空虛，然後跌落……羣衆往下掉……」她用鞋跟踩了一下。

我望進鋼鐵台階中間的空隙，看見下面無色的河流，飄浮著狀似白雲的冰塊。在片刻的沮喪苦惱中，我似乎感受到她所感受的：每個空虛連接著另一個空虛，每個裂隙，即使是小小的裂隙也都朝著另一個裂隙張開，每個罅口都開向無底的深淵。我把手放在她肩上，想擋開那些想要走下去的人的推擠，他們罵我們：「嘿！讓我們過去！到別的地方去摟摟抱抱！不要臉！」然而躲避這衝撞我們的人羣山崩的唯一方法是快步走上天空，飛起來……在此，我也同樣覺得像是吊在斷崖上……

也許這篇故事是一座橫過空虛的橋樑，隨著故事的進行，它釋放出消息、感覺和情緒，去製造集體和個人不安的境域，在其中，當我們仍陷身在許多關於歷史和地理情況的黑暗中時，可以開啓一條路。我從覆罩在我不想去注意的空洞的諸多細節中清理出我的進路，迫不及待地前進，然而當時這位女性角色卻在推擠的羣衆裏，僵凍在一階梯的邊緣，我設法帶她下來，幾乎是動也不動的死人重量，一步又一步地，最後才使她的腳踏在河邊街道的圓石上。

她鎮定了下來：揚起高傲的眼神，凝視前方：繼續走路，不停地跨大步前進，她向米爾街走去：我幾乎跟不上她。

這故事也必須編得快一些才跟得上我們，才能一句句地報導構築在空虛之上的對話。對這故事而言，橋還沒走完：每個字眼底下都是空虛。

「感覺好些了嗎？」我問她。

「沒什麼，我常會在出乎意料的時候有暈眩的毛病，即使眼前一點危險也沒有……高度或深度並無差別……如果我在夜間凝視天空，想到星星的距離……或者，即使在白天……例如，假使我躺在這裏，眼睛朝上，我的頭就會暈……」她指著那些被風追趕著迅速飄過的雲朵。她談起她的頭暈，彷彿在談一件吸引她的誘惑。

她沒說一個道謝的字，使我有些失望。我說：「白天或夜晚，這都不是躺下來看天空的好地方。你可以相信我的話：我知道這件事。」

這對話就像那橋樑的鋼鐵台階，每一次說話與下一次說話之間都有空虛的間隔。

「你知道看天空的事？爲什麼？你是個天文學家嗎？」

「不，是另一種觀察家。」我對她指指我制服衣領上的砲兵徽章，「遭轟炸的日子裏，看著炸彈飛。」

她的眼光從徽章移到我所沒有的肩章，移到繡在我衣袖上的不太明顯的山形階級章。「你從前線回來嗎，中尉？」

「亞力士・秦諾勃，」我自我介紹，「我不知道我是否可以被稱爲中尉。在我們的兵團，階級已被取消，但命令一直在變。目前，我是個衣袖上有兩槓的軍人，如此而已。」

「和革命前一樣，我是艾瑞娜・皮波琳，未來就不得而知了。我過去設計紡織品，但一旦布料缺乏，我就設計天空。」

「隨著革命的來臨，有人變化太大，不復辨認，有人覺得仍是以前的自己。那一定是他們預先爲新時代準備的訊號，對不對？」

她沒回答，我繼續說，「除非他們有整體的計畫，可以保持不變。這是妳的情況嗎？」

「我……你先告訴我：你認爲你改變了多少？」

「不多。我明瞭自己仍保有從前的一些德行：譬如說，扶住一個快要跌倒的女人，即使，如今沒人說謝謝你。」

「我們女人和男人都有脆弱的時候，中尉，我並不是不可能找到機會回報你剛才的好意呀。」她的聲音略爲苛刻，也許是老羞成怒了。

對話——全神貫注而幾乎使人忘卻這城市視覺上的動盪——此時可以中斷了：普通的軍車通過廣場和書頁隔開我們，要不然就是商店外一般婦女的行列，或是手持標語的一般工人隊伍。現在艾瑞娜已走遠了，那有一朵玫瑰的帽子漂航穿過一片灰色帽子、頭盔及頭巾所形成的海洋；我想跟隨她，但她並沒有轉過頭來。

接下來有幾個段落，充斥著將軍和議員的名字，涉及砲轟及前線撤退，及出席議會之黨派的分裂和聯合，用氣候用語來強調：傾盆大雨、霜、疾雲、暴風。不論如何，這些僅僅只是我情緒的架構：恣意放縱於事件的起落，或者自反而縮，宛如把自己濃縮成一個束縛性的模型，宛如我周遭的一切都只爲了僞裝、隱藏自己，就像四面八方都在築構的沙袋防禦工事，（這城市似乎在準備進行巷戰，）就像牆上每晚都有不同派系貼滿宣言，隨即被雨水浸濕，由於吸水紙張和廉價墨水的緣故，字跡變得模糊不清。

每當我走過那重工業委員會所在的大樓，我都會自言自語：我現在要拜訪我的友人凡勒瑞安。自從我到達之日起，我一再重複對自己這麼說。凡勒瑞安是我在這城市最親密的朋友。但每一次我都因爲某些重要差事要料理而將拜訪延後。你會說我顯然喜歡這種對於一個服役軍人而言頗不尋常的自由：我的任務性質並不十分清楚：我在各司令部的辦公室之間來來去去；我很少出現在軍營，有如不屬於任何單位；因此我也顯然不會被局限在辦公桌旁。

不像凡勒瑞安，他從不離開辦公桌。那天我去找他，他在辦公室，但他並沒在處理公事；他正在清理一把左輪手槍。他一看到我，便吃吃地笑起來，牽動他那沒刮乾淨的鬍髭。他說：「那麼，你也和我們一起掉進這陷阱了。」

「或者誘別人進陷阱，」我答道。

「這些陷阱是一個又包含著另一個，全都在同一瞬間突然關上。」他似乎想警告我。

這些委員會辦公室所在的建築物曾是一個戰時投機商人及其家人的住宅，現在已被革命組織沒收充公。有些裝潢粗俗而奢侈，保留下來和陰森森的官僚設施混合交織；凡勒瑞安的辦公室堆滿中國式的寢室陳設：雕龍花瓶、上漆的珠寶箱、一個絲質屏風。

「你想在這塔裏誘捕誰？一位東方皇后嗎？」

屏風後走出一個女人：短髮，灰色絲質洋裝，乳白色長襪。

「男性的夢想不改變，即使發生革命。」她說。從她聲音中攻擊性的譏諷，我認出那是我在鐵橋短暫結識的人。

「你看，隔牆有耳……」凡勒瑞安笑著說。

「革命並不審判夢想啊，艾瑞娜·皮波琳，」我回答她。

「革命也沒將我們救離夢魘，」她反脣相譏。

凡勒瑞安揷嘴說道：「我不知道你們兩人已經認識。」

「我們在一個夢裏相遇，」我說，「我們正跌下一座橋。」

她說：「不，各有所夢。」

「而且有某人碰巧在一個像此地的安全地方甦醒過來，保證不會暈眩……」我故意說道。

「暈眩無所不在。」她拿起凡勒瑞安重新組好的那把左輪槍，打開，檢視槍身，好像要看是否已適當清理，轉動轉輪，裝進一顆子彈，提起擊槌，拿起這武器對準自己的眼睛，再度轉動轉輪。「像個無底洞穴，你感到空無的召喚，引誘你陷落，走入正在招喚你的黑暗……」

「嘿，武器不是開玩笑的東西，」我說著，伸出一隻手，但她把左輪槍對準我。

「有何不可？」她說。「女人不可以，你們男人就可以嗎？眞正的革命將是女人攜帶武器時。」

「而男人被解除武裝？那對妳而言才公平，對不對？同志。女人武裝要幹嘛？」

「取代你們的地位，我們在上，你們在下。如此你們男人才能感受到一點點當女人的滋味。走！走到那邊去，過去你朋友旁邊，」她下命令道，仍用那武器對準我。

「艾瑞娜一向很堅持，」凡勒瑞安警告我，「違抗她沒什麼好處。」

「現在嗎？」我一邊問，一邊看著凡勒瑞安，期望他插手停止這玩笑。

凡勒瑞安看著艾瑞娜，但他的眼神渙散，精神恍惚，彷彿絕對屈服，彷彿只有順從於她的任性才能得到快樂。

有個從軍事指揮部來的傳令兵帶著一疊檔案進來。門開時，遮住了艾瑞娜，她於是消失了。凡勒瑞安像是什麼事也沒發生一樣，處理著他的工作。

「告訴我……」我們方便講話時，我問他。「你認爲那些玩笑是對的囉？」

「艾瑞娜不開玩笑的，」他頭也不擡地說，「你將會了解的。」

從那一刻開始，時間變了形，夜晚擴張，這些夜晚變成我們這分不開的三人通過城市的一夜，這個夜晚在艾瑞娜房中達到高潮，這一景該是私密性的，但也具有展示性和挑戰，在那祕密而帶有獻祭式的儀典中，艾瑞娜同時既是祭司也是神祇，既是瀆神者，也是犧牲者。故事在此繼續剛剛中斷的情節；現在它必須描述的空間超過負荷，沒有空隙留給對空無之恐懼，在這空間裏有含幾何形圖案的窗帘當中的空無之恐懼、枕頭，充滿著我們裸體氣味的空氣，艾瑞娜瘦削的胸膛微微突出的乳房，那如果在較豐滿的胸脯上會比較合乎比例的深色的乳頭暈，那成等腰三角形的狹窄的恥骨，（這「等腰」一詞，我一度把它與艾瑞娜的恥骨聯想在一起，對我而言，充滿色慾，因此一說這個詞，我的牙齒就打顫。）這場景的中央，線條扭曲，迂迴彎折像從炭盆冒出的煙，她在火盆中燒著從一間亞美尼亞香料店買來的剩餘香料，那家店鋪冒用鴉片館的盛名引起羣衆基於報復道德而予以洗劫。這些線條再度扭轉，像綁住我們三人的那看不見的繩索。我們愈是扭動想解脫，我們的結就愈緊，陷入自己的肌肉裏。在這糾葛的中央，在我們這個祕密組合的戲劇的核心，有個我心中私藏的祕密，不能透露給任何人，尤其是凡勒瑞安和艾瑞娜，那是我受交託的祕密任務：揭發那名業已滲入革命委員會，即將把這城市交到「白人」手裏的間諜的身分。

在那個颳風的冬天，革命猶如北風一陣陣掃過首都的街道，其中，有個祕密革命正在誕生，醞釀著要轉變身體和兩性的權力：艾瑞娜相信這個，她成功地把這信仰加諸凡勒瑞安身上，他是個地方法官的兒子，擁有政治經濟學位，也是印度聖徒和瑞士通神論者的追隨者，注定要精通想像範圍內的各種教條，她也成功地加諸我身上，我來自一個更堅硬的學派，知道未來即將很快由革命法庭和白人軍事法庭兩者決定，這兩個互相對立的派系，都執著武器在等候開火的命令。

我想逃脫，以匍匐爬行的動作慢慢移入那漩渦的中心，那兒線條像蛇一般，隨著艾瑞娜肢體的扭動而滑行，靈活、柔軟而不停息，那肢體緩慢舞動，不藉韻律，而藉由蛇形線條的糾結與鬆懈。艾瑞娜雙手抓住兩隻蛇的頭部，那兩隻蛇因她的緊握而產生反應，增強本身的直線穿刺的性向，相對的，她堅信極大的控制力必須與難以置信的扭曲彎下來壓倒征服她的爬蟲的柔軟彎曲度相呼應。

因爲這是艾瑞娜所建立的祭儀之信仰的第一項目：我們必須放棄標準的垂直，放棄直線觀念，放棄我們身上殘存而掩飾不良的男性優越——雖然我們接受情況，成爲一個女人的奴隸，而她不准許我們之間有嫉妒，有任何種類的尊貴。「低下去，」艾瑞娜說著，手壓著凡勒瑞安後腦袋，手指沒入這年輕經濟學家淡褐色羊毛般的頭髮裏，不許他的臉擡高超過她子宮的高度，「再下去一點！」同時她張大眼看著我，要我注視，要我倆的視線也沿扭曲而連續的途徑前進。我覺得她的凝視未曾一刻離開我，同時我覺得有另一種凝視無時無地跟著我，這看不見之力量的凝視只要我做一件事：死亡，不管那是我帶給別人的或者我自己的死亡。

我等待著艾瑞娜的凝視之鞭放鬆的時刻。那時：她半閉著眼睛；那時：我在陰影中滑行，在枕頭、沙發、火盆後面；在那裏：凡勒瑞安一如平常習慣那樣，把衣服摺疊得井然有序，我在艾瑞娜低垂的眼瞼陰影下爬行，我搜尋凡勒瑞安的口袋，他的皮夾，我躲在她緊閉的眼瞼的陰暗裏，躲入她喉嚨傳出來的叫聲的陰影中，我找到那文件，雙重摺疊，紙上有我的名字，以鋼筆寫的，上頭是判國罪宣判死刑的公式，軍團橡皮印章底下有簽名和附署。（初譯：黃志勝、林秀眞）

第五章

他們就在此時展開討論事件、人物、背景、印象全都擱置一旁，以便充分討論一般性的概念。

「多向放縱的性行爲……」

「市場經濟法則……」

「符徵結構的共同特性……」

「偏差與慣例……」

「閹割……」

只有你和魯德米拉仍懸吊在那兒，等待後續發展，此外，沒有別人想繼續讀下去。

你移近羅塔莉亞，一隻手伸向她面前的散頁，並問道：「我可以拿嗎？」你試圖拿到那本小說。但那並不是一本書，而是一份業已拆開的摺疊紙張。其餘部分在哪裏呢？

「對不起，我要找其餘部分，」你說。

「其餘的？……哦，這裏的資料夠討論一個月了，你還不滿足嗎？」

「我不是要討論；我想要閱讀……」你說。

「聽著，研究小組這麼多，而亞魯羅—阿爾泰語系卻只有一份稿子，所以我們便加以切分；因爲在切分時引起一些爭論，書因而變得支離破碎，不過，我確信我拿到最好的部分。」

你和魯德米拉坐在咖啡座裏，把整個情況理出頭緒。「概括來說；《不怕風吹或暈眩》不是《從陸坡斜倚下來》，《從陸坡斜倚下來》不是《在馬爾泊克鎮外》，後者又與《如果在冬夜，一個旅人》相當不同，我們唯一的辦法，是直搗這一切紊亂的源頭。」

「不錯，是出版社讓我們一再受挫的，他們理應給我們一個滿意的答覆。我們得去問問他們。」

「如果阿廸和菲爾然廸是同一人呢？」

「首先，問問《如果在冬夜，一個旅人》，要求他們給我們一份完整的版本，也要一本完整的《在馬爾泊克鎮外》，我是指那些我們開始讀的時候所認定的那些標題的小說；然後，倘若眞的標題和作者有所不同，那麼出版社就該告訴我們，並解釋這些經過移花接木的書頁背後的奧祕。」

「依這種方式，」你補充道：「我們也許會發現一條途徑，可以找到《從陡坡斜倚下來》，不論完整與否……」

「我得承認，」魯德米拉說，「一聽到其餘部分已經被發現，我就燃起了希望。」

「也可以找到《不怕風吹或暈眩》，這是我現在迫不及待想繼續讀下去的一本。」

「沒錯，我也一樣，雖然我得說這不是我理想中的小說……」

又來了。你才剛以爲自己步上正軌時，馬上情況一變，在你的閱讀，在搜尋散失的書，在辨認魯德米拉的品味等方面，又遇見阻礙了。

「此刻我最想讀的小說，」魯德米拉解釋說：「應是那種以敍述的慾望爲驅動力，堆砌一篇又一篇故事，而不企圖將人生哲理強塞給你，只讓你觀察小說本身的成長，像一棵樹那樣，枝葉交織糾纏……」

關於這點，你欣然表示同意，你把理智分析所撕裂的書頁，拋到腦後，夢想著重新發現一種自然的閱讀狀態：單純而原始……

「我們必須再找到失落的線索，」你說，「我們現在就去找出版社。」

她說，「我們無需兩個人都去和他們打照面，你去，然後回來報告。」

你受到傷害，這一次狩獵令你興奮，原因就在於你能和她一起追尋，在於你們倆能共同體驗，並將經驗加以討論。此時你才剛剛認爲已和她步調一致，產生一份親切，不光是因爲你們現在以「你」相稱，還因爲你們感覺形同一對共犯，在從事著別人或許無法了解的一樁事業。

「妳爲什麼不一起來？」

「這是原則。」

「什麼意思？」

「有一條界線是這樣的：線的一邊是製造書的人，另一邊則是閱讀者。我想待在閱讀者當中，因此總小心翼翼地留在界線的這一邊，不然的話，閱讀的純粹樂趣會消失，或至少會變成其他東西，那不是我想要的。這界線是暫時性的，而且逐漸有被抹拭掉的趨向，專業性處理書籍的人的世界是愈來愈擁擠了，並有和讀者的世界合而爲一的趨向。當然，讀者人數也在日益增多，但用書籍來生產書籍的人數似乎要比純粹愛看書的人增長得快。我知道，我即使是偶然一次，例外地越過界限，也有危險，會被捲進這股愈來愈升高的浪潮；因此，我拒絕踏入出版社，即使只是一會兒功夫而已。」

「那我呢？」你問。

「我不知道你怎麼辦。自己決定吧！每個人的反應方式各自不同。」

沒法子讓這女人改變心意，你只好自己進行探險，六點時，再和她在這咖啡座碰頭。

「你是爲了你的稿子而來的吧？問題在於閱讀者；不，我搞錯了，稿子已經看過了，當然十分有趣，現在我記起來了。語言感動人，退稿誠然遺憾，你沒收到我們的信嗎？很抱歉必須告訴你實話，一切都在信中說明了，信前一陣子就寄出了，近來郵遞眞是慢，你總會收到的，我們的名單負荷過量，對經濟情況不利喔，你已經知道了？你收到信了，信上還說些什麼？承蒙閣下讓我們拜讀大作，當即迅速奉還。啊，你是要來取回原稿的？不，我們還沒找到你的稿子，只要耐心再等一陣子，稿子總會出現的，我們這裏不曾掉過東西，今天我們才剛發現一份找了十年的稿子，哦，不會再來個十年的，我們會很快找到你的稿子，至少希望如此，我們的稿件太多了，堆積如山。你願意的話，我們可以讓你看看，當然啦，你要的是自己的稿子，不要別人的，道理很明白。我是說，我們保存了這麼多我們根本毫不在意的稿子，怎麼可能丟掉你的？它對我們意義重大，不，不是指要出版，而是說把稿子還給你這件事對我們而言意義重大。」

說話者是個矮小的男人，身體畏縮，彎腰駝背，彷彿每次別人一叫他，一拉他袖子，一向他提個問題或放一疊校樣到他手上，他就益發畏縮彎曲，「卡維達格納先生！」「看！卡維達格納先生！」「我們問問卡維達格納先生！」每回他一貫注於最近的一位對話者的質問，便瞪著眼，顫抖著下巴，扭曲著脖子，務求把其他懸而未決的問題一併納入考慮，流露出那種過度神經質的人可悲的耐性，以及過度有耐性的人所有的額外神經質。

你進入這出版公司的主辦公室，向門房說明你想要兌換裝釘錯誤的書。首先他們告訴你去找管理部；之後，你補充說，你不只想換書，也想知道原委。他們就送你去生產部；而後，你才說清楚，你關心的是中斷小說接下去的故事發展，「那你最好和我們的卡維達格納先生談談，」他們終於下結論道，「請在等候室坐一下；已經有些人在那兒等了；終會輪到你的。」

因此，你置身訪客之中，好幾次聽到卡維達格納先生重述找不到稿子的故事，每次都對不同的人說，包括你在內，每次都在悟出自己的錯誤之前，就被訪客或別的編輯和雇員打斷。你立即明白卡維達格納先生對每一個公司的職員而言，是缺少不得的人物，同事們本能地將一切最複雜、最難處理的差事交卸在他肩上，你才剛要和他說話，就有人拿來一份未來五年的生產計畫表要他更新，一份名稱索引的頁碼要全部更改，或者一種杜斯妥也夫斯基的版本，需要從頭到尾徹底重排，因爲讀做瑪莉亞的地方，應改成瑪爾維雅，而皮爾特必須更正爲貝特。雖然他一想到前一位求見者的談話被打斷，就苦惱不已，卻還傾聽每個人的話，試圖儘快安撫那些比較性急的人，保證沒忘記他們，一直把他們的問題放在心上。「我們十分讚賞幻想的氣氛……」（「什麼？」一位隸屬紐西蘭托洛斯基分支團體的歷史學家大聲地說道。）「或許你該將一些糞石學的意象予以軟化緩和。」（「你在說什麼?」一位研究供不應求現象的總體經濟學專家抗議道。）

卡維達格納先生突然消失了。這出版社的走廊佈滿陷阱：來自精神病院的戲劇社團，熱中於羣體分析的團隊以及女性主義攻堅隊員漫遊其間。卡維達格納先生危機四伏，每走一步都有被捕，被圍，被淹沒的危險。

當你在此地出現時，徘徊在出版社的人不再是那些有抱負的詩人或小說家，也不是未來的女詩人或女作家，一如從前那樣；此時（在西方文化史上）紙上的自我實現與其說是經由孤立的個人，不如說是透過集體力量，諸如研究討論會、工作團體、考察小組，彷彿腦力勞動太可怕，令人不敢單獨面對似的。作者的數目變成多數，而且總是團體行動，因爲沒有任何人能代表其他人：四名前科犯中有一名係逃犯，三位從前的病患，及其男護士，及男護士的稿子。也有成雙成對的，不必然、但通常是丈夫和妻子，好像一對夫妻的共同生活中最大的慰藉莫過於生產草稿。

這些人物均要求和某部門的負責人或某方面的專家當面晤談，但到頭來都被帶去找卡維達格納先生。談話的聲浪充斥著最專門和最獨特之學科與學派的辭彙，傾灌在這位年長的編輯身上，乍看第一眼，你形容他是「小個子，身體畏縮，彎腰駝背」，倒不是因爲他比別人更矮小畏縮，腰更彎，也不是因爲「小個子，身體畏縮，彎腰駝背」這幾個字是他表達自己的方式，而是因爲他似乎來自某個世界，那兒人們仍——不對，他似乎出自於一本書，在書中你仍碰到——就是這樣：他似乎來自一個人們仍在看書的世界，而在書中你會碰到「小個子，身體畏縮，彎腰駝背」。

他不允許自己陷入混亂之中，讓一整系列的問題流過他的禿腦，他搖搖頭，試著把問題局限在較實際的層面：「原諒我請求你，可否將註解含括在本文中？或者把內容濃縮一些，甚至把它改寫成一個註腳——這得由你自己決定。」

「我是個讀者，只是個讀者，不是作者。」你急著聲明，猶如要急衝前去援助一名即將失足的人。

「哦，眞的？好，很好！我眞高興！」他觀看你的眼神，眞的蘊含著友善和感激。「我好高興，我是愈來愈少碰到讀者了……」

他受到一股推心置腹之衝動的驅使；暫時忘卻其他任務；將你拉到一旁。「我替這個出版社工作已經很多很多年了……這麼多書從我手邊流過……但能說我讀了嗎？這不是我所謂的閱讀……從前在我們村莊裏，沒有幾本書，但我總是讀著，是的，過去我眞的在閱讀……我不斷盤算著，退休以後要回到那小村落，重拾起書本來閱讀，一如往昔。我不時把一本書擱在一旁，告訴自己，退休後我會讀這一本，但過後就想起，到那時這本書已非原貌了……昨晚我做了一個夢，夢見我回到那小村莊，在我家的雞舍裏，我在找尋，找尋某樣雞舍裏的東西，就在母雞下蛋的籃子裏，我找到什麼來著？一本書，一本我小時候看過的書，廉價版，書頁破損，黑白版畫都被我用蠟筆著上顏色……你知道嗎？小時候，爲了看書，我得躲在雞舍裏……」

你開始對他說明來訪的原因，他馬上會意過來，不讓你繼續說下去：「喔，你也一樣！那些弄混了的摺疊記號，我們淸楚得很，那些有開始卻沒有後續的書，你不知道，近來整個公司的生產，一團糟，我們理不出個頭緒來，敬愛的先生。」

他手中有疊校樣；他把校樣輕輕放下，唯恐輕微的振動也會弄亂印刷字的次序似的。「出版社是個脆弱的有機組織，敬愛的先生，」他說，「任何地方稍微出點差錯，便立即擴張蔓延開來，使我們陷入一片紊亂之中。請原諒我，好嗎？一想到這個我就頭暈。」他說著便闔上雙眼，彷彿有上億的書頁、文句、字詞，在一個塵埃的大風暴中迴旋，整個景觀都在追趕驅迫他。

「想開點，想開點，卡維達格納先生，別把這件事看得那麼嚴重。」現在該你去安慰他，「我的問題純粹是個讀者的好奇而已……不過，若是你不能告訴我什麼的話……」

「我所知道的，我很樂意告訴你。」這位編輯說道：「聽著，這事起源於一位年輕人出現在辦公室裏，他聲稱是某某翻譯家，某個名字的作家的翻譯者，從你所知道的某某語文迻譯過來……」

「波蘭文？」

「不，眞的不是波蘭文，一種很難的語文，很少人懂的……」

「西馬利亞文？」

「不是西馬利亞文，再猜下去，你怎麼稱呼這種語文來著？此人冒充能力非凡而且是精通多種語文的專家，沒有他不懂的語言，連什麼辛伯利文都懂，沒錯，辛伯利文，他帶來一本用辛伯利文寫的書，一本大部頭的小說，非常厚，名字是什麼《旅人》，不，《旅人》是別人寫的，是《在鎭外……》。」

「塔吉歐・巴札卡波爾寫的？」

「不，不是巴札卡波爾，那是《陡坡》，是誰……」

「阿廸？」

「對啦！就是他，烏寇・阿廸。」

「但是……請教一下，烏寇・阿廸豈不是辛伯利文作家嗎？」

「嗯，沒錯，阿廸從前是辛伯利人；但你知道曾經發生過什麼事，戰爭期間，戰爭過後，邊界調整，鐵幕，事實是現在的辛伯利，過去是西馬利亞的所在，而西馬利亞變化更大。因此，西馬利亞文學被辛伯利人占據爲己有，做爲戰爭賠償的一部分……」

「這是高利格尼教授的論點，烏茲─突茲教授所反對的……」

「噢，你可以想像大學裏各學系之間的對抗，兩位互相競爭的主任，兩位眼裏容不下對方的教授，想像一下烏茲─突茲竟允許他的傑作必須用他同僚的語言來讀……」

「事實上，」你強調，「《從陡坡斜倚下來》是一本未完的小說，或者說，才剛開始而已……我看了原作……」

「《斜倚……》啊，不要叫我搞混了。這個標題聽起來滿像的，但卻不一樣，這應該是跟《暈眩》有關，對，是菲爾然廸的《暈眩》。」

「《不怕風吹或暈眩》？請告訴我，這本小說經過翻譯了嗎？你們出版了沒？」

「等一等，那個譯者，那個厄米斯・馬拉拿，看起來是個年輕人，他帶齊了所有的有關的證件，並交來一份翻譯的樣本，我們就把那本書編入預定表，他按時交稿，每次一百頁，也拿了稿酬，我們開始將譯稿拿去印刷、排版，以便節省時間……後來，在作校樣時，我們發現有一些曲解、有一些怪異處……就請來馬拉拿，問他幾個疑點，他變得疑惑，說詞自相矛盾……我們就強迫他，當他面前打開一份原稿，要他口譯一些……他才招認完全不懂辛伯利文！」

「那他交給你們的譯稿呢？」

「他以辛伯利文表達專有名詞，不，是用西馬利亞文，我不記得了。不過他所譯的原文來自另一部小說……」

「什麼小說？」

「什麼小說？我們問他，他回答說：是一本塔吉歐•巴札卡波爾所著的波蘭小說（你的波蘭文！）……」

「《在馬爾泊克鎮外》……」

「完全正確。不過請等一下，那是他自己說的，當時我們也相信：書已經付印。我們只好停止一切作業，更換首頁和封面。這對我們可是一大挫折。但無論使用哪一個標題，無論作者是哪一位，小說畢竟在那兒，經過翻譯、排版、印刷……我們計算了所有往返印刷廠、裝釘廠以及更換錯誤首頁的全部疊紙——換句話說，這導致一場混亂，殃及所有庫存的新書，全部作廢，已經發行出去的卷冊必須自書商處回收……」

「有一件事我搞不懂：你現在談的到底是哪一本小說？有關車站那本？還是有個男孩離開農場的那本？或——？」

「耐心聽我說，我剛才告訴你的只不過是開頭而已，此時，很自然地，由於我們已不再信任這位仁兄，於是便想把情況搞清楚，對照譯本和原文。接下來我們有什麼發現呢？那本小說也不是巴札卡波爾的作品，而是一本譯自法文的小說，藉藉無名的比利時作家，伯特亨・凡德腓所著，書名爲……等一等，我拿給你看。」

卡維達格納走出去，回來時遞給你一小捆影印稿紙。「這就是，書名是《在逐漸累聚的陰影中往下望》，這裏有法文版的頭幾頁，你可以自己看看，親自判斷這是怎麼樣的一個騙局，厄米斯・馬拉拿逐字翻譯這本爛小說，冒充作西馬利亞文、辛伯利文、波蘭文而遞交給我們。」

你翻翻影印稿紙，一眼就看出這本伯特亨・凡德腓所寫的《在逐漸累聚的陰影中往下望》與你被迫放棄閱讀的四本小說毫無瓜葛。你想要馬上告知卡維達格納，但他正在拿一份附在檔案裏的文件，硬要你看：「你想看看我們控告馬拉拿詐欺的時候，他厚著臉皮抗辯些什麼嗎？這是他的信……」他並指出一段要你念。

「書皮上的作者名字有何作用？讓我們的思緒自現在往前推進三百年。誰知道我們這時代有哪些書會留存下來？誰又知道哪些作者會被記得？有些書可能很出名，卻被視爲作者不詳，正如我們看吉爾伽美希（Gilgamesh）史詩一般；另外一些作者可能仍享盛名，但作品卻一部也不存，蘇格拉底即是一例；也許，所有留存下來的書籍都劃歸給一位神祕作家，例如荷馬。」

「你曾聽過這樣的推理嗎？」卡維達格納叫道，接著又說：「他也許是對的，這便是麻煩之所在……」

他搖搖頭，彷彿心中有隱祕的念頭；他一邊低聲輕笑，一邊輕聲嘆息。他的想法，你，讀者，或許能從他額上瞧出端倪，多年來，卡維達格納逐步跟隨著書籍的製造過程，每天看著書誕生、死亡，然而對他而言，眞正的書卻一直是其他別的書，也就是那些對他而言，像是來自其他世界的信息的書。他也同樣看待作者：他天天與作者打交道，了解他們的固執偏激、優柔寡斷、善感多情，以自我爲中心，可是對他而言，眞正的作者卻只是書皮上的那些名字，標題的一部分，那些與其書中人物、地點同樣眞實的作者，他們同時既存在又不存在。作者是書之所由滋生的一隱形點，是個幽靈幻影神遊太虛幻境，是個溝通童年的雞舍和其他世界的地下隧道……

有人叫他，他遲疑了一下，不知道要把影印本拿回，還是留下來給你。「請你注意，這是一份重要的文件，不能帶離辦公室，違犯的話，以剽竊罪起訴，如果你想檢查看看，請坐在這書桌旁，就算我自己忘記了，你也要記得還給我，遺失的話可就糟了……」

你該告訴他不要緊，這並非你在找的小說，可是一方面你滿喜歡此書的開頭，另一方面，愈來愈憂心忡忡的卡維達格納先生，已叫出版工作的旋風給襲捲走了，你無事可做，只好開始讀《在逐漸累聚的陰影中往下望》。（初譯：黃意然）

在逐漸累聚的陰影中往下望

我總算把塑膠袋口拉起來了：這個塑膠袋只蓋到喬喬的頸部，而他的頭突伸在外面。另一種辦法是先把頭裝入袋子，不過那也無法解決問題，因爲腳還是會露出來。解決之道是他膝蓋彎曲，但無論如何踢他，他那僵硬的腿，始終不肯屈服。等我辦到了，他的腿卻和袋子一同彎曲：他更僵硬得難以搬動，頭部伸突得更厲害。

「喬喬，我到底何時才能眞正擺脫你呢？」我對著他說，而每一次我幫他轉身，總發現他那可笑的臉孔正對著我：觸目心悸的鬍髭，抹滿髮油的頭髮，還有伸出袋外如同露在毛衣外的領結，我所說的毛衣指的是他還在趕流行的那些年頭所穿的，也許喬喬跟上流行的速度有點慢，時間總在到處都不再流行的時候，不過身爲青年人，他羨慕那些人士的衣著和髮型，頭頂抹上髮油，腳上穿著絲絨鞍座的黑亮漆皮鞋，他把那種外觀和幸運等同齊觀，一旦自己也辦到了，便對自己的成功沾沾自喜，也不看看周圍那些他一心想模仿的人士已經完全變了一副樣子。

髮油抹得很服貼；即使我壓他頭殼，把他壓到袋子裏去，他的頭髮頂部仍保持球狀，分岔成弧狀的密集條狀。他的領帶有點歪斜；我本能地想把它弄直，彷彿領帶歪斜的屍體會比領帶平整的屍體更引人注意似的。

貝娜黛特說道，「你需要另一個袋子來套住他的頭。」我必須再次承認，那個女孩比你所能想到的相同背景的女孩聰明。

問題是，我們無法找到另一個大型的塑膠袋，只有一個，廚房垃圾桶用的，橘色的小袋子，很可以遮掩他的頭，遮得好好的，但卻掩藏不住這個事實：這是裝在袋子裏的一具死人的軀體，他的頭顱裝在一個小袋子裏。

但事情的發展是：我們不能再待在那地下室，必須在黎明以前把喬喬處理掉，幾個小時以來，我們攜帶這個人到處逛，把他當成活人，當成我的敞篷車上的第三名乘客，已經引起太多人的注意了。譬如說，就在我們要把他丟進河裏的前一刻，（泊西橋剛才似已杳無人踪，）兩名騎腳踏車的警察悄悄地過來，並停下來盯著我們，貝娜黛特和我馬上拍拍喬喬的背，他便倒在那兒，頭和手在欄杆上晃動，我大聲叫道，「繼續吧，全都吐出來，老兄，這會使你的腦子清醒過來！」說完，我們合力支撐著他，把他的手臂繞在我們脖子上，帶他回車上去。那時，屍體內累積的氣體大聲地排放出來；那兩名警察爆出笑聲。我想，喬喬死後和他生前刻薄的態度頗不相同；在他生前，絕不會那麼慷慨幫助兩個謀殺他的朋友逃過一劫。

然後，我們開始尋找塑膠袋和汽油桶，現在只欠塊地方。像巴黎這麼大的城市中，似乎不可能有適當的地點來燃燒屍體，尋找不過徒然浪費時間而已。「楓丹白露不是有座森林嗎？」我發動車子，對坐在旁邊的貝娜黛特說，「告訴我怎麼走，妳是知道路的。」我想，或許當陽光把天空染灰時，我們會和運蔬菜的卡車一同回到城裏，而在樹林中的空地，不會留下任何喬喬的痕跡，除了燒焦並發出惡臭的餘燼，還有我的過去。同時，這一次我可能可以說服自己，我的過去種種全都燒掉，遺忘了，就像從未存在過一樣。

我一再領悟，我的過去逐漸開始在壓迫我，太多人認爲我在物質上和道德上虧欠他們，例如：在澳門「玉花園」的女孩子們的父母，（我提起他們，因爲天下沒有什麼東西比中國式的家族關係更難擺脫的，）我雇這些女孩時，和她們本人以及她們的家屬訂下清楚的契約，我付現金，希望可以不必經常看到骨瘦如柴的母親和穿著白襪的父親出現，手上提著帶魚腥味的竹籃，一臉茫然，彷彿來自鄉下，其實全都住在港口地區。正如我剛才所說的，有多少次，當過去緊緊壓迫著我，我總抱著一線那種徹底改變的希望，換工作、老婆、城市、大陸——一洲換過一洲，直到我繞一整圈回到原點——也換習慣、朋友、事業及顧客。這是一個錯誤，但我明白時，已經太遲了。

因爲如此一來，我的一切所作所爲只是在自己身後堆積一個又一個的過去，繁殖過往曩昔，而假使一種生活已經太稠密，太紛歧而且混亂，使我無力承受，想想這麼多生活，各自承擔著它本身的過去以及其他生活中的過去，那些過去繼續互相交纏糾結。我大可以每次都說：我要將里程表歸零，我要把黑板擦乾淨，多大的解脫啊！到達一個新國度的隔天早晨，這個零早已轉變成好幾位數的阿拉伯數字，連計量表都不夠用，充滿了整個黑板，人，地，喜歡的，不喜歡的，過失等等。就像那個晚上，我們正在尋找適當的地方焚燒喬喬，我們的車頭燈在樹幹及岩石間搜索，貝娜黛特指著儀表板說：「嘿！別跟我說沒油了。」她說對了。我有太多的事情放在心上，以至於忘了加油，現在，在所有加油站都關門的時刻，我們跑了好幾里卻落在不知名的地方，車子拋錨了。幸好還沒燒掉喬喬：要是我們在離柴堆不遠處便停車，我們就不能徒步跑掉，而留下會使我的身分被查出的車子了。換句話說，我們只能將原先要用來浸漬喬喬的藍西裝和綢襯衫的汽油桶灌入汽車油箱裏，然後儘速返回城裏，再構想別的辦法擺脫他。

我大可以說，每一回我踏入困境中，無論是幸運的情況或災難，都能解脫出來。過去就像一隻絛蟲，蜷伏在我體內，持續地成長，從不失落其環節，無論我多麼用力試圖在各洗手間清理腸胃，無論是英國式的或土耳其式的洗手間，在監獄或在醫院的便盆，在軍營的茅坑，或者只是在草叢裏，都得先看清四周有沒有蛇會竄出來，就像那次在委內瑞拉碰到的。你不能改變過去，一如你無法更改名字；儘管我擁有的護照上的名字，多得讓我甚至記不得，大家始終叫我瑞士的魯迪。無論我走到那兒，無論我怎樣介紹自己，總有人知道我是誰，做過什麼事，即使這幾年我的面貌已隨歲月的流逝而改變許多，尤其是頭禿了，黃得像個葡萄柚似的，這是因爲當時搭乘的 stjärna 船上正流行斑疹傷寒，顧及我們所攜帶的貨品的關係，我們無法靠港，甚至也不能用無線電求救。

不管怎麼說，所有故事的結論都是：一個人所過的生活是一個生活，而且只是一個生活，一致而濃縮，像塊縮水的毛毯，讓你無法從中分辨出編織的纖維。因此，如果碰巧我在思索日常生活的問題的時候，有個錫蘭人來訪，要賣一窩裝在鋅桶裏的剛出生的鱷魚，我確信甚至在這微不足道的插曲裏，絕對有我所經歷過的一切，所有的過去，所有試圖丟棄但卻徒勞無功的諸多過去，這種種生活，最後總結爲一個整體的生命，我的生命，在這個地方持續著，這裏是我決定不再遷走的地方，這個小房子有庭院花園，位在巴黎近郊，在這裏我裝設了養熱帶魚的水族館，這種靜態的活動，比什麼都能夠驅使我過一種安定的生活，因爲你不能忽視魚兒，連一天都不能，至於女人的話，到我這年紀，你已經有資格不覺得會捲入新的麻煩了。

貝娜黛特就不同了。有她在，我可以說我進行順利，未犯任何錯誤：一知道喬喬已回到巴黎，並在追踪我，我就毫不遲疑，開始去跟踪他，我就這樣發現貝娜黛特，我贏得她站在我這邊，一起進行這項工作，絲毫不讓喬喬起疑心。時機適當時，我把帘子拉開，第一眼看到的——經過多年不見之後——是他那大而多毛的臀部，而後看到的是他靠在枕頭上的後腦上梳得整整齊齊的頭髮，就在她略顯蒼白的臉旁，她的臉移動了九十度，讓我方便重擊喬喬。一切都乾淨俐落，讓他無暇回頭來認出我，知道是誰破壞了他的聚會，他也許甚至還未意識到自己正在跨過生之囚獄和死之囚獄之間的交界呢。

這樣比較好，我當面看他，而他人已經死了。「遊戲結束了，你這個老雜種。」我忍不住以一種近乎深情的語調——對他說道，這時貝娜黛特正在幫他穿戴整齊，套上漆皮絨鞋，因爲我們得把他擡到外面去，假裝他喝得爛醉，無法站穩腳步。我突然想起多年前和他在芝加哥第一次碰面的情形，那是在堆滿了蘇格拉底半身像的麥克尼可夫人的店鋪後頭，當時我發覺我從僞造的火警中獲取的保險金是投資在他那生銹的吃角子老虎上，還發現我已在他和那位中風的色情狂的掌握控制之中。前一天，我從沙丘俯瞰冰凍的湖泊，體嘗到幾年以來未曾感覺到的自由，就在二十四小時之內，環繞我的空間又再度關閉起來，而一切都是在希臘區和波蘭區之間一排發臭的房子內決定的。我生命中這種轉捩點數以打計，各朝向不同的方向，自此以後，我從未放棄試著找他報復，從此之後，我的損失有增無減。即使現在，屍體的惡臭開始混著廉價的古龍水飄散出來，我感到我和他之間的遊戲仍未完未了，死後的喬喬還是能毀掉我，如同他生前常做的一般。

我之所以同時說出那麼多故事，是因爲我要你感覺，環繞著這個故事，還滲透著許多其他的故事，我有能力敍說，也許會加以敍說，或者，誰知道，有的可能已經在別的場合說過了，一個充滿故事的空間也許就是我的一生，其中，你可以往任何方向移動，如同置身於太空中一般，總會發現有些故事要先說出來才能說別的，因此，無論你從何時、何地出發，總會遇到有相同分量的題材要說。事實上，審視我在主要敍述中未交代的一切，我看出有些東西就像森林一般，向四面八方延伸，稠密得讓光線無法穿透：換言之，那種題材比我這次選來放在前景的東西要更豐富些，所以，跟著我故事走的人，可能會有點被騙的感覺。看出既然河川分散成很多支流，那麼實質事情傳到他身上的時候也只剩下最後的回音與振動罷了；可能這就是我在開始敍述時，所要達到的效果，或者可以說，那是我嘗試運用的一種敍述藝術的伎倆，一種謹愼的原則，其祕訣在於保持我的立場使其略低於我所支配的敍述可能。

如果你看仔細點，這是眞正財富的表徵，堅實而巨大，那是說，如果我只有一個故事要講，我會把故事弄得一團糟，而後在憤怒中加以拙劣地補綴，以求表達故事的眞意，可是，實際上我儲備了無限多值得敍述的題材，以不疾不徐而又超然的立場來處理故事，甚至允許某種惱怒顯現出來，讓自己盡情細述一些次要插曲和細微末節。

每一次，我在花園末端放置水槽的儲藏室裏，聽到小門嘰嘎作響，就會猜想這個人是從哪一段我的過去來找我，甚至能在這裏找到我；也許只是昨天那個過去；同樣這個郊區，從十月份起，那個矮胖的阿拉伯拾荒者，帶著賀年卡，挨家挨戶去要小費，因爲他說他的同僚都爲自己留下了十二月份的小費，他從沒拿到半毛；也可能是更遙遠的過去在追逐著老魯迪，發現「死巷」裏的小門：來自瓦萊的走私者，卡坦加來的外籍傭兵，瓦拉帝洛俱樂部的賭場主持人，以及傅建西歐・巴底斯塔的日子。

貝娜黛特與我的任何過去無關；她不知道喬喬和我之間從前那段逼我那樣幹掉他的恩怨，也許她以爲我殺喬喬是爲了她，因爲她曾告訴我喬喬如何迫害她。至於金錢，數目自然不少，雖然目前還不能說已經弄到手。我們的共同利益促使我們合作：貝娜黛特是個領悟很快的女孩；在混亂中，我們兩人若不是共同設法逃出，就是一起完蛋。但貝娜黛特心中自然也隱藏一些事項：像她這樣的女孩，若要混下去，就得依賴一個精明的人；如果她是利用我來甩掉喬喬，那就是要我取代他的位置。我的過去有太多這一類的故事，而我是徹徹底底的大輸家；因此我退出了是非圈，不想再回去。

就這樣子，我們即將開始夜間遊蕩，喬喬穿著亮麗，端坐在敞篷車後座，貝娜黛特則坐在我旁邊的前座，不得不伸手向後去扶喬喬。我正準備發動引擎時，她突然把左腿跨過排檔桿，放在我的右腿上，「貝娜黛特！」我大叫，「妳這是幹什麼？」她解釋說，在她不能被打擾的時候，我闖入房間打斷了她的好事；她不介意跟我們其中哪一個人，但必須重拾那一刻，繼續下去，直到終了。這時，她一手撐著死人，另一隻手解開我的扣子，我們三人擠在一輛小車上，就在巴黎近郊的公共停車場裏。這時，喬喬突然倒在我們身上，但她小心翼翼地把他推開，她的臉距離死者的臉不過幾吋，他瞪大了的眼白盯著她。我呢？被這件事嚇到，隨著肉體的反應，顯然寧願順從她而不願理會我那受驚的靈魂，我甚至不用移動，因爲她一切都顧到了——嗯，我發覺我們當著死人面前在履行一種儀典，她賦與它特殊的意義，我感受到柔轘、強韌的緊握正在封閉，我無法脫離她。

「女孩，妳弄錯了，」我很想對她說，「那個人是因另一個故事而死的，一個尚未完結的故事，而不是妳的故事。」我本想告訴她，在我和喬喬之間尚未完結的故事中，還有另一個女人，我之所以不斷從一個故事逃到另一個故事，那是因爲我總繞著這故事打轉，一直逃避，彷彿那是我逃避的第一天，我獲悉喬喬和她聯手要毀滅我的那一刻。遲早我會停止講這個故事，在所有其他的故事當中，不特別重視那一個，也不在這故事裏注入超乎敍述和回憶之樂以外的特殊感情，因爲甚至回憶罪惡也有樂趣，當罪惡混合了一些——不能說是良善，就說是變化吧，易逝的、善變的，也可以說混含了我可以稱爲良善的東西，這種樂趣來自於隔著一段距離看事情，並當做過去的事加以敍述。

我們帶著裝在塑膠袋裏的喬喬進入電梯時，我對貝娜黛特說：「等我們解脫後，談起這件事會很有趣。」我們計畫把喬喬從頂樓陽台推下，讓他掉在一個非常狹窄的天井，第二天早上人家發現他時，會以爲他自殺，或者在搶劫時失足摔死。萬一有人在其他層樓進入電梯，看到我們拎著大袋子，那怎麼辦呢？我會說我們要拿垃圾出去，而電梯已被按下要往上昇。事實上，天已快亮了。

「你有能力預見一切可能的情況。」貝娜黛特說。我怎能不如此安排呢？我很想告訴她，這麼多年來，我必須小心提防喬喬的黨徒，他的人馬散布在各大交通樞紐的城市裏。不過，我應該向她說明喬喬和那另一個女人的全部背景，他們始終不放棄，要求我償還那筆款項，他們說，那些錢是因爲我犯的錯而損失掉的，逼使我把脖子套在恐嚇的鍊條上，逼使我現在還在徹夜爲一個裝在塑膠袋內的老朋友尋找一塊安息之地。

我想，連賣鱷魚的錫蘭人來訪也是另有目的。我對他說：「年輕人，我不經營鱷魚，到動物園試試看，我搞別的買賣，供應貨物給城裏的店鋪，公寓內的私人水族箱，外國進口的魚，海龜則是大宗。不時有人要買大蜥蜴，但我進貨，太麻煩了。」

這男孩，應該有十八歲吧，待在原地不動；他的鬍髭和睫毛像是黑色的羽毛停落在橙色的雙頰上。

「誰派你來找我？滿足我的好奇心吧！」我問他，因爲一與東南亞扯上關係，我總會起疑心，我有我的道理。

「是西比莉小姐，」他說。

「我女兒和鱷魚有什麼關聯？」我叫起來。沒錯，她已經獨立生活好一陣子了。可是無論何時，我一聽到她的消息，就感到不安。不知道爲什麼，每次想到孩子，我就心生愧疚。

我因此得知，西比莉在克里西廣場的住所養了些美洲鱷魚；這消息起初讓我覺得很噁心，所以就沒有進一步詢問詳細的情形。我曉得她在夜總會工作，可是，對我這種在清教徒家庭中長大的人來說，想到唯一的女兒公然與鱷魚在一起作秀，實在是作父親的最不願意見到的事。

我憤怒地說，「這家偉大的夜總會叫什麼來著？我要親自去瞧瞧。」

他遞給我一張小紙板廣告，我頓時感到冷汗沿背脊流下，因爲那名稱，「新泰坦妮亞」，很熟悉，太熟悉了，即使這些是來自地球的另一邊的記憶。

「誰經營這家夜總會？」我問：「經理是誰？老闆呢？」

「啊！你是說塔塔雷絲克夫人……」他再度拿起鋅桶，要帶走這窩小鱷魚。

我瞪著那團綠色鱗片、爪子、尾巴、張大的嘴巴，一聽到這女人的名字，我彷彿被人敲了一記，耳朵裏只有嗡嗡聲、怒吼聲及遠處傳來的喇叭聲，爲了不讓西比莉受到她的壞影響，我處心積慮隱瞞我們橫渡兩大洋的行踪，想要給這女孩和自己一個平靜、安寧的生活。一切都白費了。薇拉達終究找到她女兒西比莉，並利用她再度控制我，只有這樣，她才能勾起我心中激烈的反感以及陰黑的媚力。她已送來一種我能夠辨識她的信號：一窩爬蟲類，提醒我邪惡是她唯一的生命要素，而這世界就是一個我逃不出的鱷魚穴。

我以同樣的姿勢，靠在陽台往下看那骯髒的天井。天空漸露曙光，但下面仍是一片漆黑，喬喬的身體穿越虛空，夾克如張開的鳥翼一般飄動，槍砲一般「砰」的一響，他的骨頭像輕武器發射後轟地一聲全部粉碎了，變成不規則的一點，我幾乎難以辨認。

我還拿著那個塑膠袋，我們可以把袋子留在那裏，但貝娜黛特怕一旦他們發現，就會重新組構事情發生的經過，所以最好還是帶走再丟掉。

到了一樓，電梯門開了以後，有三個男人手插在口袋裏，站在那兒。

「哈囉！貝娜黛特。」

她也說，「哈囉。」

她竟認識他們，這令我不舒服，尤其是他們的那種穿著，雖然比喬喬時髦些，叛逆些，在我看來，有些像家族血緣的相似。

「你袋子裏裝什麼？讓我們瞧瞧。」三人中最壯碩的一位開口說。

「自己看吧！裏面是空的。」我鎮靜地說。

他把一隻手伸進去，「那，這是什麼？」他拿出一隻有絲絨鞍座的黑亮漆皮鞋。（初譯：呂維珍、林宛瑩）

第六章

影印的文章到此終止，不過，現在你最關心的事就是繼續往下讀。什麼地方總會有完整的一本吧；你舉目四顧，到處搜尋，但卻馬上就灰心；在這間辦公室裏，書全被視爲原始素材、備用的零件、等待重新拆裝組合的齒輪。現在你明白魯德米拉爲何拒絕和你同來；你開始害怕也會越過所謂的「界限」，喪失讀者與書本間的特殊關係：有能力把寫下來的東西視爲完整而明確，增一分則太多，減一分則太少。但是一想到卡維達格納始終篤信單純閱讀之可能，即使在這裏，你也感到安慰。

現在那年老的編輯又從玻璃間裏走了出來。去拉住他的衣袖：告訴他你想看《在逐漸累聚的陰影中往下望》的下文。

「哎！天曉得那部小說到哪去了……馬拉拿的文件全都消失不見了，他的手稿，原文的、辛伯利文的、波蘭文的、法文的，一夜之間，他消失了，一切都消失不見了。」

「一直都沒他的消息嗎？」

「有，他寫信……我們收到很多信……一些沒啥意義的故事……我不打算告訴你，因爲實在不知從何說起。要看完全部信件，我可得花上好幾個鐘頭。」

「可以讓我看一看嗎？」

卡維達格納知道你堅決想把事情弄個淸楚，就答應叫人把馬拉拿的檔案自櫃中取來給你。

「你有空嗎？很好。就坐這兒看吧。看完後告訴我你的感想。誰知道呢？說不定你就能懂得他在寫些什麼。」

馬拉拿總有些實際的理由才寫信給卡維達格納：諸如辯解他爲何遲交翻譯稿件；催促預付酬勞，或提出一些他們不該錯過的國外新出版物。可是這些一般性的商業書信往來的話題當中，卻暗藏玄機、陰謀、詭計、祕密等等。馬拉拿爲了解釋這些暗示或爲了說明他爲何不願多說，到頭來信愈寫愈紊亂，支離破碎，嘮嘮叨叨。

這些信從散布在五大洲的不同地方寄出，看來並未交付郵局，而是交託給不同的人自別的地方投郵，所以信上的郵戳和原始發信國度並不相符。信的時間先後也不確定：有些信會提及他早先寫的訊息，而事實上那些訊息卻是後來才寫的；也有些信中答應進一步解釋，其實這些解釋在一週前的信中早已出現過了。

「希羅・尼格羅」出現在他最後那批信中，那名稱似乎是個南美洲偏遠的小村落；從信中所述及的那些相互矛盾而不協調的景觀來看，無從理解它的確實位置，無從確知它究竟是矗立在安第斯山脈的科迪里拉峯之上，或是掩罩在奧利諾科河的森林裏。你眼前這封信看起來像是一般商用信函：但西馬利亞文的出版公司怎麼可能會設在那裏？即使該公司的生意對象是南北美洲西馬利亞移民的有限市場，又如何能出版世界最知名的國際作家所寫的「新書」的西馬利亞文翻譯本？同時在這些作家的本國語的版本中，擁有「世界版權」？事實上，厄米斯・馬拉拿顯然已經成爲該公司的經理，他提供卡維達格納一項選擇——讀者熱烈期待的新小說，《在一片纏繞交錯的線路網中》，作者是愛爾蘭名作家賽拉斯・佛拉納利。

另一封信也是寄自希羅・尼格羅，但卻相反地，以一種彷彿受了神靈啓示的口吻寫成：信中報導——看似——鄉野傳奇，敍述一位印度老人，人稱「故事之父」，是個太古年紀的老人，眼盲又不識字，他不停地說故事，故事的時空背景是他根本不知道的國度和時代。這現象吸引了許多人類學家和超心理學家組隊前來探訪，他們判斷：許多著名作家所出版的小說，早在出現的數千年以前，已被這老人氣喘的聲音述說過了，而且一字不差。有人說這位印度老人是敍事素材的宇宙起源，各別作家的個人風格皆從這原始岩漿發展出來；也有人說這老人是個先知，因爲食用了產生幻覺的蘑菇，遂得以與人們的內在世界相通，和具有強烈想像傾向的心靈聯繫，並且體認出他們的心靈律動；更有人說他是荷馬的化身，《天方夜譚》中那個說故事者的再世，波爾法作者的投胎再生，亞歷山大・多瑪斯以及詹姆斯・喬伊斯等人的轉世；有人反駁上述說法，認爲荷馬根本無須投胎轉世，因爲他根本沒死，透過生活和寫作，千餘年來，他一直是個作者，除了歸在他名下的幾首詩之外，他還寫了許多著名的敍事作品。厄米斯・馬拉拿在老人藏身的山洞洞口那裏，放了一台錄音機……

但從一封早先從紐約寄出的信看來，馬拉拿提議的那本未出版的書，來源又大不相同了：

「你從信紙上的地址，可以知道『同質文學作品電子生產組織』總部，位於舊華爾街區，自從商業界捨棄了那些雄偉的建築——當初由於英國銀行影響而建成教會樣式，現在卻顯得十分不吉利。我按了門鈴說道：『我是厄米斯，帶來了佛拉納利小說的開頭部分。』他們已經等候我多時，因爲我在瑞士時早就拍電報告訴他們，我已說服了那位擅長寫驚慄故事的年老作者，把他無力繼續寫下去的小說開頭部分交託給我，我向他保證：我們的電腦有能力輕易完成，悉照作者風格及概念模式設定軟體，去發展一份文本的全部要素。」

如果我們把馬拉拿性喜完全自由的冒險納入考慮，採信他從黑色非洲某個首都所寄出的信函上的內容，那麼將那些紙張送達紐約委實不易。

「我們往前進，飛機隱入舒捲的奶油般的雲朵中，我正在閱讀著賽拉斯・佛拉納利未出版的作品——《在一片纏繞交錯的線路網中》，這也是國際出版界熱切期待的珍貴手稿，我大膽地從作者手中接了過來。突然間，我眼鏡的鼻樑架上，赫然出現了一把輕型機關槍。

「由一夥武裝的年輕人組成的游擊隊已控制整架飛機；空氣中濃烈的汗臭味令人難受；我很快就想到他們的主要目標是要奪走我手中的文稿。這些小伙子應是OAP的人沒錯；只是我對這些最近的好戰分子一無所知；光看他們嚴肅、毛茸茸的臉和盛氣凌人的態度，我無法分辨出他們究竟屬於該運動的兩支中的哪一支派。

「……我不打算細說我們的座機令人困惑的行程，由於沒有飛機場願意讓這架飛機降落，我們只好盤旋在各塔台之間。最後布塔馬塔利總統允許我們降落，他算是個有人道傾向的獨裁者，機場的跑道崎嶇不平，四周是灌木。飛機降落後，他擔起調停的任務，在偏激的游擊分子和飽受驚嚇的強權大國的首相之間斡旋。對我們這些人質而言，日子就像跛了腳一般，一吋吋地挪移著，在這塵沙漫天的沙漠中，我們卻得在一座鋅皮小屋裏苦捱，藍色兀鷹在地上啄食，自泥土中曳出一條條的蚯蚓。」

從馬拉拿面對那些掠奪者說話的樣子看來，很明顯的，他和他們之間有某種關聯：

「『回家去吧！小子們，回去告訴你們老闆，如果他希望更新他的書目的話，下次多派些眼睛明亮的斥候吧。』他們睡眼惺忪地望著我，表情像是擅離崗位而被逮住的警衛，這個致力於崇拜並發掘祕密書籍的黨派到頭來竟栽在一羣對本身任務只有模糊觀念的小毛頭手中。他們問我：『你是什麼人？』他們一聽到我的名字，當場愣住了。由於他們才新加入組織，因而對我所知不多，只知道我被放逐後所流傳的一些毀謗之詞：說我是雙面間諜，甚或三、四面都可能，天曉得我是在爲哪些人做什麼事。可是卻沒人知道我所創建的『僞經力量組織』只有在我的控制下，避免在不可信賴的宗師的影響下崩潰，才有意義。『你以爲我們是光明派的人？』他們這樣說。『讓你知道吧！我們是「黑暗派」的，我們不會上你的當！』這正是我所想知道的。我聳聳肩，笑一笑，因爲對光明與黑暗這兩派而言，我都是該消除的叛徒，可是在這兒，他們對我也莫可奈何。因爲布塔馬塔利總統已保證給他們庇護權，把我自已安排在他的保護之下……」

但是OAP投機者爲什麼要占有那文稿呢?你尋遍了所有的文件，想找一合理解釋，但卻發現，大多是馬拉拿在吹牛，把外交上的協議安排歸功自己，布塔馬塔利藉由該協定，解除那些襲擊者的武裝，獲取了佛拉納利的文稿後，保證原璧送還給作者，交換條件是要求該作者答應撰寫一部王朝小說，爲領導人物登基加冕，以及爲併呑邊界之領土的雄心作合理的辯解。

「我是該項協議之公式的草擬人之一，並且負責協商交涉事宜。我一介紹自己是『水星與繆司』經紀商的代表，特別擅長推廣兼發掘文學與哲學作品，事情便進行得十分順利，既得到那位非洲獨裁者的信任，又取回了那位賽爾特（愛爾蘭）作者的作品（盜取其手稿，以免爲不同的祕密組織設計的陰謀所奪），這時我才發現要說服雙方接受互惠的合約並不難……」

一封更早的信，信上標明了寄自里柯坦斯丁，讓我們得以重新評估佛拉納利和馬拉拿之間的關係：「你千萬別相信流傳中的謠言，根據該謠言，這個阿爾卑斯公國只有那家有限公司的行政和財政總部收藏這位多產而且暢銷的作家的版權和合約；其實那位作家動向不明，是否眞有其人也不得而知……我不得不承認，我最初的遭遇似乎證實了你所提供的消息，祕書把我推給律師，律師又把我推給代理商……那家公司，剝削利用這位老作家無數的語文產品，包括各種冒險、犯罪及溫情小說。公司結構有如一家高效率的私人銀行，但整個公司卻籠罩在一片不安和焦慮的氣氛中，猶如處在破產前夕……

「沒多久我就發現原因了：幾個月以來，佛拉納利陷入了危機狀態之中。他必須完成好多部已經動手開始寫的小說，但卻連一行也寫不出來，全世界的出版商都預付了酬勞給他，其中包括了國際性的金融業及銀行，此外，也和廣告代理商簽約決定了小說裏的人物要喝的酒的商標，要遊覽的觀光地點，高級流行服裝、家具以及種種小玩意兒，但由於這種無從解釋和無法預測的精神危機，全部小說都未寫完。有一批代筆作家擅長模仿大師的文體，曲盡其風格和特徵，他們在一旁等候著隨時插手進來塡補空隙，潤飾並完成寫了一半的文本。這樣完成的作品，讀者也無從分辨哪一部分出自他人之手……（這些捉刀者在我們最近的產品上，似乎扮演了相當重要的角色，）但佛拉納利要大家再等一等：他一再拖延交稿的期限，宣佈改變計畫，答應儘快重新投入寫作工作，拒絕協助。根據較樂觀的傳言，他開始寫日記，反省式的筆記；裏頭沒什麼特別的事發生，只是些情緒和風景的描繪，是他從陽台上透過望遠鏡，花了好幾個小時觀察的心得……」

馬拉拿幾天後自瑞士捎來的信息以一種比較愉悅的語氣說道：「請注意這一點：其他人都失敗，馬拉拿卻成功了！我當面和佛拉納利談過話。當時他正在小木屋的陽台上，爲百日草的盆栽澆水。神經緊張不發作的時候，稱得上是個整潔、鎭靜的老人，儀態優雅……如果你肯保證多給我一些好處，我可以提供給你們許多關於他的消息，對你們的出版活動很有價值，你們可以打電報給我開設帳戶的銀行，我一收到你們有興趣的訊號，就可以立刻進行，我的銀行帳號是……」

從書信看不出馬拉拿被迫去找那位老作家的理由：就某程度而言，他自我介紹爲紐約「同質文學作品電子生產組織」的代表，可爲老作家提供特殊的技術協助，完成他的小說，（佛拉納利臉色轉白，身體發顫，緊緊地將手稿揣入懷中，說道：「不，不要那樣，我不會答應那樣做。」）；馬拉拿去那裏的部分目的似乎是：爲了保護一位比利時作家伯特亨・凡德腓之利益，因爲他的作品被佛拉納利恬不知恥地抄襲：：但是當馬拉拿寫信給卡維達格納，要求公司派他去和那位隱居的作者接觸時，原始構想顯然是去建議他下一部小說《在一片纏繞交錯的線路網中》，把風土情節之背景放在印度洋上的一個小島，「以其赭色沙灘襯托著湛藍汪洋，爲突顯的特色。」這項提議以一家米蘭的房地產投資公司的名義提出，目的是開發該島，在島上建設一平房村落，可以通信方式分期付款購買。

馬拉拿在這家公司的任務似乎是負責建立「發展中國家之開發的公共關係，側重在革命運動掌握政權前後階段，目的在於在不同的政體之下取得建設執照，並確保有效」。在這種僞裝下，馬拉拿的第一件任務是在波斯灣一塊蘇丹的領土上執行建造摩天大樓轉包契約的磋商工作。在一個偶然的情況下，由於身爲翻譯工作者的關係，他得到了一般歐洲人都不得其門而入的機會……「新的蘇丹王妃是我國的女子，性情敏感而不穩定，對於局限在與世隔離的地理環境、當地的風俗習慣以及宮廷中的繁文縟節種種束縛深感困擾，儘管她有永不止息的閱讀熱忱來支撐……」

蘇丹王妃手中的那本《在逐漸累聚的陰影中往下望》，由於印刷上有瑕疵，被迫中途停止閱讀，她便寫信向翻譯者提出抗議。馬拉拿連忙趕往阿拉伯。「一位年老的婦人，面覆輕紗，臉孔朦朧莫辨，她對我招手，示意我跟她走。在一座有屋頂的花園，四周種滿佛手柑，琴鳥爭鳴，泉水噴湧，她緩步向我走來，身著湛藍衣衫，覆著面罩，綠色的絲綢上綴著白金，眉上橫著一串水藍寶石……」

你一定很想多知道一些這位蘇丹王妃的事情；雙眼焦灼地搜尋這幾張薄薄的航空郵簡，期待她隨時出現……看起來，馬拉拿在添寫一頁又一頁的信紙中，似乎也爲相同的慾望所驅動，在追求那位想隱藏自己的王妃……故事隨著一封一封的信件愈來愈複雜：在那寫信給卡維達格納，寄自「沙漠邊緣的華麗住所」的信看來，馬拉拿好像要解釋自己突然失踪的原因，敍述蘇丹的密使如何以武力脅迫他，（也許是以誘人的約定說服他？）搬到當地繼續工作，和從前完全一樣……蘇丹王妃若沒有書可供娛樂，必不久留：這是婚姻契約上所包含的一項條款，是新娘同意結婚之前加諸顯赫的追求者的一個條件……在美滿和諧的蜜月中，年輕的蘇丹國王收到主要的西方文學最新的原文作品，王妃讀來十分順暢，而後情況變微妙起來……蘇丹國王顯然有理由害怕一個革命陰謀正在醞釀。他的密探發現密謀不軌者在接收藏在以我國字母印刷的書頁上的密碼訊息。於是蘇丹頒佈了一道禁令，沒收國土境內所有的西方圖書，即日起生效。王妃私人圖書室的書籍供應也同時停止。蘇丹原本生性多疑，同時似乎又有具體的證據支持，讓他不由得懷疑妻子與革命黨員有所勾結。但是若不履行婚約中那項著名的條款，會導致婚姻破裂，給統治王朝帶來麻煩，當衛士奪走她手中一本她已開始閱讀的小說——說得具體一點，伯特亨．凡德腓所寫的小說時，她勃然大怒，出口威脅。

就在這時，蘇丹的密探獲悉馬拉拿正在把那本小說譯成王妃的母語，所以就想盡各種辦法說服他前來阿拉伯。王妃每天傍晚定期收到事先約定的小說份量，不再是原來的版本，而是譯者剛出爐的翻譯稿，如此一來，原本可能藏在原版書中的密碼訊息，就也不能還原了……

「蘇丹派人找我去，問我還要翻譯幾頁，全書才告完成。我知悉他懷疑妻子政治和婚姻上的不忠，深恐小說一結束，緊張感便會隨著跌落，在開始閱讀另一部小說之前，他的妻子會對自己的情況不耐煩起來。他知道叛逆者就等王妃點燃導火線，但她曾下命令只要她在讀書，即使整個王宮就要爆炸，也不許打擾她……我害怕那一刻來臨有我個人的理由，那意味著我在皇宮的特權不保……」

因此馬拉拿向蘇丹獻計，此計謀係東方文學傳統所觸發：他將使譯文在最懸疑的時刻突然中斷，然後開始翻譯另一本小說，利用一些簡單的權宜之計，插入第一部小說中；例如，第一本小說中的一個角色打開一本書，開始閱讀，第二本書也會中斷而生出第三本，第三本進行不久，就打開第四本，依此類推……

翻閱這些馬拉拿寫的信，眞使人心中百感交集。你滿懷喜悅期待著透過第三者看到的那本書的後續發展又再度中斷了……厄米斯·馬拉拿在你眼中，就像一條蛇，把毒液注入了閱讀的樂園……取代那位說盡全世界小說的印度先知，是這位狡詐的翻譯家所設計的陷阱小說，其中有許多小說的開頭懸弔未決……就像那場革命懸弔未決，叛徒們徒然等候那位他們幻想中的同謀者共同起事，而時間動也不動地重重壓在阿拉伯平坦的海岸上……現在你是在閱讀，還是在做白日夢？這些描述眞的對你有這麼大的影響嗎？你是否也在夢想著那石油國的王妃呢？你羨慕那位在阿拉伯王宮裏從事移注小說工作的人的運氣嗎？你是否想取代他，建立那種獨享的締結關係，那種內在律動的溝通，那是藉由兩人同時閱讀一本書所獲致達成的，就像你認爲可能偕同魯德米拉一起達成那樣。你情不自禁地以你所熟知的彼讀者的特質去想像那位面目模糊的女子；你看見魯德米拉在層層的紗帳之中，側身而臥，她秀髮的波紋飄拂在書頁上，季風輕輕吹拂著，此時宮中的陰謀正靜靜地漸趨白熱化，而她卻沉浸在閱讀的洪流中，在那個世界，只有不毛的沙粒覆蓋在油質瀝靑之上，而爲了國家和能源括分的理由必須冒生命之險，彷彿閱讀是唯一可能的生命行動……。

你重看一遍通信，搜尋更多有關蘇丹王妃最近的消息……你瞧見其他女性人物出現而後消失：

在這印度洋的島上，沙灘上有位女子，「戴著一副大墨鏡，身塗胡桃油，她的身體和三伏天的陽光之間安放一本暢銷的紐約雜誌，」她所讀的那一期預先出版了賽拉斯・佛拉納利新的驚慄故事的開頭部分。馬拉拿告訴她說，那雜誌出版了第一章，表示那位愛爾蘭作家已經準備和有興趣的各公司簽約，讓他們廠牌的威士忌、香檳、汽車、觀光地點出現在他的小說。「他的想像力似乎因爲更多廣告商的委託而大受激發。」那女子有點失望：她是賽拉斯・佛拉納利的忠實讀者。她說，「我喜歡的小說就是那些自第一頁開始就叫你感到不安的那種……」

賽拉斯・佛拉納利在他那瑞士小木屋的陽台上，用架在三角架上的望遠鏡注視一位躺在帆布椅上的年輕女子。她正在山谷下二百米的另一個陽台上聚精會神的讀一本書。這位作家說道，「她每天都在那兒，每一次我要坐上書桌前，就忍不住想望一望她。誰知道她在讀什麼書呢？我知道那不是我寫的書，一想到這一點，心裏就難受，我可以感覺到我的書的嫉妬，它們一定很樂意被她那樣閱讀。她似乎生活在一個懸掛在不同的時空的領域裏，我永不覺厭倦地看她。我坐在書桌前，但卻沒法寫出我眞正想表達的故事。」

馬拉拿問他，是否這就是他無法再動筆寫作的原因。他答道：「哦，不，我寫的，只有現在，只有現在我才寫，自從我開始觀看她以來，日復一日，除了從這裏追隨那女子的閱讀之外，我什麼事也不做。我從她臉上，讀出她渴想讀些什麼，然後忠實地寫下來。」「眞是太忠實了」，馬拉拿冷冷地打斷他，「我以那女子正在閱讀的小說《在逐漸累聚的陰影中往下望》作者伯特亨・凡德腓的翻譯者及其利益的代表者之身分警告你，別再抄襲了。」佛拉納利臉色轉白；心中似乎只牽掛一件事：「那麼，照你的說法，那位讀者……她如此熱情狼吞虎嚥地讀著的書就是凡德腓的小說？我無法忍受……」

在非洲的機場裏，刼機事件中被挾持的人質，有的蜷屈在地上，扇攤開來，有的縮在空姐在傍晚時分因氣溫驟降而分發的毛毯裏。馬拉拿特別欣賞一位年輕女子的鎮靜，她蹲在一旁，雙臂緊抱膝蓋，撐在其長裙上充當小台架；她的秀髮披散在書頁上，半掩住她的臉；她的手癱軟地翻著書頁，好像一切重要的事就決定在那裏，在下一章。「我們這些人質由於長時受困的屈辱，行爲和神色顯得慌亂，相形之下，這女子在我看來就像是受到庇護，孤立，形同包裹在一個遙遠的星球裏……」這時馬拉拿心想：「我必須說服那些刼機者，他們整個冒險行動所要取得的那本書，不是從我這兒沒收的那本，而是那位女子現在正在看的那本……」

在紐約的控制室裏，有個讀者被人綁住手腕，固定在椅子上，身上佩戴著壓力計和聽診器的帶子，髮下的太陽穴牢牢地綁著大腦攝影圖蜿蜒的線路，圖上顯示著她專心的程度以及受刺激的頻率：「我們的工作主要在察看在我們控制下的對象，對控制測驗反應的敏感度；此外，受試者必須要眼力好，神經敏銳，能夠不斷地閱讀電腦所顯現出來的小說以及小說的變形。如果閱讀的專注程度達到一持續的高度，這產品就能上市；相反地，如果注意力有所分散或鬆懈，這部組合的作品就只好丟棄，將其成分打散，應用在其他的作品中。」那個穿白色工作服的人一張又一張地撕下大腦攝影圖，就像撕一頁又一頁的月曆。他說：「眞是愈來愈糟了，一本可上市的小說也沒有。不是程式該修改，就是測試的讀者不管用了。」我望著遮光板和遮物之間那瘦削的臉孔，由於塞著耳塞，而且下巴被用吊環固定著，使那張臉看來不帶絲毫的感情。她的命運會如何呢？

對於馬拉拿不經意留下的問題，你找不到任何答案。你屏息靜氣，從一封又一封信中追索女讀者的轉換變化，彷彿從頭到尾始終都是同一個人。但即使她們是許多位不同的人，你也都賦予她們魯德米拉的外表……這不就像她所堅持的，目前我們只能要求小說擾動那掩埋在深處的悲痛，那是眞理的最後條件，可以使它避免成爲裝配線上的產品——它不再能擺脫的命運？她在赤道太陽下裸露的形象，在你眼裏看來，似乎比她在蘇丹王妃面紗後的臉龐更眞實可信，但它仍可能是個馬它‧哈利的單身女子，愁眉苦臉地通過歐洲以外的革命運動，爲一家水泥公司的推土機開路……擺脫這影像，接受坐在帆布躺椅上那位女子的身影，當它穿過阿爾卑斯山上清新的空氣朝你而來。此時你準備好放下一切：離開，去追踪佛拉納利的隱居處，只爲用望遠鏡觀看這位女子閱讀的情形，或在這位文思枯竭的作者的日記裏尋覓她的踪跡……（或者說，眞正引誘你的是你自己得以繼續閱讀那本《在逐漸累聚的陰影中往下望》，即使書名和作者的署名有所改變？）但現在馬拉拿傳來了愈來愈令人沮喪的消息：她一會兒是刼機者的人質，一會兒又變成曼哈頓貧民窟裏的囚犯，她爲何會有如此的下場，被捆綁在折騰人的機器上？爲什麼閱讀這種對她而言自然不過的事竟被當做折磨？究竟是什麼樣的陰謀，使得這些角色的行徑經常交錯重疊呢：是她？馬拉拿？或是盜取文稿的祕密組織？

就你從那些散布在信件中的暗示判斷起來：「虛僞力量」由於內訌、爭鬥和逃避創始者厄米斯‧馬拉拿的控制，現在已經分裂爲兩派：一派是受啓蒙的光明天使之追隨者，另一派是追隨陰影統治者的無政府主義者。前者堅信能在充斥世界的僞書裏，找到那些記載著超乎人類或地球之外的眞理的少數幾本書。後者則相信，只有僞裝、神祕化、國際性的僞造才能展示一本書中絕對的價值——一種不受主流的虛假眞理所污染的眞理。

「我覺得猶如獨自置身在一架升降機裏，」馬拉拿如此寫道，這次同樣是寄自紐約。「身旁出現了一個身影：是個年輕人，頂著一頭像樹一般雜亂的頭髮，裹著粗帆布衫，蹲伏在角落裏。這只是個運貨的升降機，是一個以摺門封閉的籠子。在每層樓都可看見空房間，斑駁的牆面，有家具移走後及水管被連根拔起的痕跡。地板和發霉的天花板全都空無一物。那年輕人伸出有修長手腕的紅潤雙手，把升降機停在兩層樓中間。

「『手稿交給我，你該交付的人是我們，不是別人。即使你所想的正好相反。雖然這位作者寫了許多僞書，這本卻是「眞正」的書，所以它是給我們的。』

「他以一個柔道動作把我摔倒在地，搶走了手稿。我這才明白，這名年輕的狂熱分子以爲他搶到手的是佛拉納利記錄心理危機的日記，而不是他再普通不過的一部冒險故事的大綱。這些祕密黨派消息靈通，實在令人吃驚，不管是眞是假，只要與他們的預期相符，他們便採取行動。佛拉納利的心理危機引來『虛僞力量』的兩個敵對派系各懷鬼胎，兩邊都派了眼線到這小說家所住的小木屋所在的村落。陰影派的人，知道這位裝配線小說的製造者，已不再相信自己的伎倆，遂認爲他的下部小說將會有所轉變：自低俗和相對的惡劣信仰轉變爲本質上絕對邪惡的信仰。那將是以虛假作爲知識的經典之作，因此也正是他們尋訪已久的書。另一方面，光明派的追隨者認爲，這位虛僞的職業作家的心理危機，只會導致眞理的大變動，而他們也深信引人議論紛紛的那位作家的日記裏一定寫了許多有關這類的事情……而佛拉納利所散播的謠言說，我偷竊了他的一份重要手稿，這麼一來，雙方面的人都認爲那稿件，就是他們尋找的目標，所以雙方都派出了人手來尋找我，陰影派造成刼機，而光明派造成眼前這升降機事件……

「這個有頭亂髮的年輕人，將手稿塞入夾克裏，溜出升降機，把我面前的門砰然關上，而後按下按鈕讓我往下降，並向我咆哮，威脅道：『神祕的代理人，我們和你之間的恩怨尚未了斷！我們還要去解救被捆在測試機上的姊妹！』我在緩緩下沉的升降機中笑道：『小鬼，根本就沒什麼機器。口授給我們故事的是故事之父！』

「他把升降機再升上來。『你是說那位故事之父嗎？』他臉色轉白。多年來這一派的追隨者一直在尋找這位既老又盲的故事之父，他們找遍了世界各大洲，到處流傳著各種不同的關於他的傳說。

「『是的，快回去告訴你們光明派天使！告訴他我找到了故事之父！他在我手中，而且爲我做事。電子機器？我才不信哩！』現在按『下降』鈕的人可是我自己了。」

就在這一刻，三種慾望同時在你的靈魂中交戰著。你隨時可以立刻離開，橫渡大洋，搜尋南十字星座下的陸地，直到你找到厄米斯·馬拉拿的藏身之處，向他逼問事實眞相，至少取得他那些中斷的小說之續集，同時你也想去問卡維達格納，是否可以馬上讓你讀眞假難辨的佛拉納利所寫的《在一片纏繞交錯的線路網中》，那也許和眞假難辨的凡德腓所作的《在逐漸累聚的陰影中往下望》是相同的東西。你迫不及待，想跑去咖啡屋見魯德米拉，告訴她你所調查到的混亂結果，以會見她來説服自己：她和那謎樣般的翻譯家在世界各地邂逅的那些女子不可能有相同之處。

後面兩個慾望容易獲得滿足，而且並不互相牴觸，在咖啡屋裏等魯德米拉，你開始閱讀馬拉拿寄來的書。（初譯：謝靜芳、郭滋）

在一片纏繞交錯的線路網中

這本書應該首先傳達我聽見電話鈴響的感覺；我說「應該」，因爲我懷疑書寫文字甚至無法表達部分感覺：我的反應是一種拒斥，是對那種侵略性而帶威脅的召喚的一種逃避，光這樣表示還不夠；那也是一種急迫，不堪承受，強制壓迫之感，逼我服從那聲音的命令，衝去接聽，儘管我確知，除了受苦和不舒服，不會有其他結果。我也不相信，不嘗試去描述這種精神狀況，改用暗喻——譬如說，「利箭穿射屁股的刺痛」——那效果就會更好。這倒不是因爲我們不能使用一個想像出來的感受去描繪一個已知的感受——儘管當今之世沒人知道被箭矢射中的感覺，我們卻統統相信，不難想像那種感覺，那種無助之感，在毫無防禦的情況下，面對來自生疏而不明的空間的東西迎面擊來，這也非常適用於電話鈴聲——更正確地說，這是因爲箭矢射到，斷然無從抗拒，沒有任何緩衝，看不見之人的聲音中可能有意圖、暗示和猶疑，早在對方開口之前，我可以預先猜測，如果不是預測他所要說的話，至少可以預測我對他要說的話會有什麼反應。按照理想來說，這本書一開始應先提供我的存在呈現所占有的空間是什麼感覺，因爲我的周圍都是一些沒有生命的東西（包括電話在內），一個顯然只能容納我一人的空間，我孤立在自己內在的時間裏，然後我的時間的連貫性中斷了，空間也不再是先前的空間，因爲已經被那鈴聲占領，而且我的存在呈現也不是原先的存在，因爲它已被那發聲之物的意志所制約。本書不僅要一開始立即傳達這一切，而且要傳達穿刺時間、空間和意志之連續性的那些電話鈴聲在空間和時間上的擴散。

或許錯誤存在於一開始便設定我和電話是在一個像我的房子那樣的有限空間裏，而其實我必須傳達溝通的是我的情況所牽涉到的與無數的電話鈴聲之間的關係：這些電話也許不是打給我的，跟我一點關係都沒有，但是有一個可能是打給我的這個簡單的事實，便足以說明事實上有可能或者最少足以叫人相信，所有的電話都是找我的。譬如說，當附近房子裏電話鈴響時，我會想一下是不是我屋裏的電話聲——這種懷疑雖然很快地證實是沒有根據的，但卻仍會遺下餘波蕩漾，因爲這電話可能實際上是要找我的，只是撥錯號碼或是線路出了問題，才打到鄰居家去。也許更可能的是：那屋子裏沒人去接電話，鈴聲響個不停，這些鈴聲令我想入非非，我想：我的鄰居明明在家，但他知道這電話是找我的，所以故意不去接，或許這打電話來的人自己知道撥錯號碼，但故意讓電話就這麼響著，叫我陷入目前這樣的狀態中，我知道自己應該去接，但又沒辦法去接。

我的另一項苦惱是剛好在我離開家門時，突然聽到電話鈴響。鈴聲可能是我家的，也許是另一間公寓的，我立刻跑回去，當我氣喘咻咻地趕到，衝上樓梯，這時，電話聲沒了，而我也永遠無從知道這電話是不是打給我的。

要不然，就是當我走在街上，聽到了自陌生房子傳來的鈴聲；即使在陌生的城市，那兒沒有任何人知道我的行踪，即使在那種情況，一聽到電話鈴響，刹那間，我腦中閃過一個念頭：這會不會是找我的，但轉念一想，隨即鬆了一口氣，因爲這時候，我已暫時不用接任何電話，我是安然無虞，沒人找得到。但這種輕鬆的時候也只維持短短的一瞬，因爲我很快地想到，不只是陌生房子裏有電話在響；許多公里外，百里千里外，我家同樣也有台電話，它一定也同時在沒有人的房間裏響個不停，此時我又再次被這種必須去接卻不可能接的心情所困擾。

每天早晨，在我去上課前，都會慢跑一小時；我穿上奧林匹克牌運動衫出外慢跑，因爲我覺得有動一動的必要，醫生也建議我，應把我身上多餘的重量消耗掉，放鬆一下緊繃的神經。在這個地方，白天若不去校園走走，或上圖書館，也不去旁聽其他同僚的課，或是在校園咖啡屋坐坐，就簡直不知該上哪兒去；因此，唯一可做的事就只有在這兒跑跑步，或到山上去跑，就像許多學生和同事那樣，置身於一片楓木和柳樹之間。我們跑過樹葉聲沙沙響的小徑，彼此相遇的話，有時打聲招呼，有時什麼也不說，以保持呼吸的順暢。這也是慢跑優於其他運動的地方：人人各行其是，不需要招呼別人。

這座山丘整體開發過，當我跑過那些看似不同其實相似的帶庭院的雙層木屋，我常聽到電話鈴響。這使我十分緊張，我本能地放慢腳步；豎起耳朵傾聽是否有人去接聽，如果鈴聲響個不停，我就會變得煩躁不安。我繼續跑下去，又聽見另一間房子裏電話響的聲音，我想：總是有電話在追逐我，一定有人查遍電話簿上所有栗子巷的電話號碼，挨家逐戶地打電話，想看看是否追得上我。

有時，這些房子裏靜悄悄，空無一人，松鼠爬上樹幹，鵲鳥飛撲下來，啄食那些爲牠們而準備的木碗中的食物。我一路跑下去，隱約之間有所警戒，雖然耳朵還沒聽出電話鈴聲，心中卻惦記著鈴聲可能隨時響起，即使電話沒響，我也幾乎想把它召喚出來，從無變有。就在這時，有間房子傳來一陣電話鈴聲……起先有點模糊，而後逐漸清晰，也許我身體中的接受器，在聽力察覺之前，已經接收到這電話鈴聲的音波振動了。我慌亂地衝去，我成了一個圓圈的囚犯，以那房子內的電話聲爲中心，繞著奔跑，跨著大步，久久盤桓不去。

「假使到現在都沒人來接，那就表示沒人在家……那麼，爲什麼人家會一再打個不停呢？他們到底希望怎麼樣？屋裏住著一個聾子嗎？他們希望以持續的鈴聲叫他聽見嗎？也許裏面住著一個中風患者，他得爬很久才能接電話……也許有個想自殺的人在屋裏，只要一直以鈴聲吵他，或者還有些希望，使他不致做出任何極端的行爲來……我想，也許我該去幫幫忙，幫助那個聾子，中風病人，或是那個想不開的人……

此時我心中又有個荒唐的想法：如果我這麼做了，就能確定這些鈴聲不是衝著我來的……」

我仍不停地跑著，推開大門，進了庭院，繞著房子跑，看看屋後的空地，也跑去車庫後、工具倉庫、以及狗屋等處看看。四下無人，空蕩蕩的。自屋後房間那扇開著的窗戶望進去，可以瞧見一片混亂中，有台電話在桌上一直響個不停。百葉窗砰然作響；破舊的窗帘蓋著窗框。

我繞著房子跑了三圈；繼續做著慢跑的動作，擺手擡腳跟，調整跑步的呼吸，儘量使我自己的貿然闖入看來不像是小偷的行徑；如果這時有人逮到我，那我會難以解釋說因爲我聽見電話響，所以才進來。有隻狗在吠著；不是這屋子的狗——不知道是哪個房子的狗——剎那間，對我而言「狗吠」是個比「電話鈴響」更強烈的訊號，足以叫我從兜圈子中奔逸出去；此刻我又繼續在沿街的樹林中奔跑著，將那些愈來愈模糊的鈴聲拋諸腦後。

我一直跑下去，跑到看不見任何房子。在一個曠地上，我停下來喘口氣，彎彎腰，做做伏地挺身，按摩腿部肌肉，以防肌肉僵冷。我看看時間，我已經遲到了，如果不想讓學生等的話，我現在就必須回去了。如果謠言散佈開來，說我在該上課的時候，卻在森林裏跑步……我猛然衝向回程的路，什麼都不去注意；我甚至不去認那屋子，跑過去而不去注意它，這樣一來，那間房子和其他房子就沒什麼兩樣，只有當電話鈴聲再度響起時，才會使房子看起來較特別，那是不可能的……

我跑下山坡，心中愈是盤想那些念頭，愈好像眞的再度聽到那鈴聲，當鈴聲變得愈來愈淸晰時，我又看見了那間屋子，裏面電話仍在響著。我進入屋子的花園，繞到屋後，跑到那個窗口。我只要一伸手就能拿起聽筒。我屏住呼吸，說道：「他不在……」而自聽筒中傳來一個聲音——有點兒惱怒，但僅僅只有一點點而已，最驚人的是那聲音的冷靜語調——那聲音說：「你聽好，馬裘莉在我這兒，她一會兒就會醒過來，她已經被我們綁住，逃不掉的。謹愼寫下我說的地址：山邊大道一一五號。如果你來接她，那就好；否則，地下室裏有瓶煤油接上定時器，半小時後，這棟房子會爆炸，起火燃燒……」

「但我並不是——」我才開口要回答。

他們已掛上電話。

現在我該怎麼辦？當然我可以報警，通知消防隊，就用這支電話，但我又該如何解釋呢？我要怎麼去解釋自己與此事並無關聯，而卻又有關聯呢？我又開始奔跑起來，繞了屋子一圈，然後繼續跑回去。

我眞同情這位馬裘莉，但是如果這麻煩是她自己惹的，那她必定牽扯了一堆天知道是些什麼的麻煩事，如果我插手去救她，沒人會相信我不認識她，那將是一樁大醜聞！我是另一所大學的教授，應邀來這所大學任客座教授。如此一來，我在這兩所大學的聲望一定會受損。

可是，當一條人命安危未卜，這種種顧慮無疑必須放在一旁……我放慢速度。我可以隨便找個人家，問他們是否願意借我電話報警，首先說清楚我並不認識這個馬裘莉，並不認識任何一個叫馬裘莉的人……

老實說，這所大學的確有個學生名叫馬裘莉，馬裘莉•史塔伯斯：在我班上那羣女孩中，我一眼就注意到她了。她眞是個你可以說很吸引我的女孩，糟糕的是，那次我邀她來我家，要借幾本書給她看，場面弄得十分尷尬，邀她來眞是一大失策：我才剛來這兒教書沒幾天，大家都不了解我的爲人，她可能誤解了我的用意，而這誤會也眞的發生了，令人不悅的誤會，即使現在也還很難解釋清楚，因爲她總以那種譏刺的眼神看我，每次跟她說話，都會變得結結巴巴，就連其他女學生，也對我露出嘲諷的笑容……

是啊，我不該因爲馬裘莉這名字所帶給我的不安，就不插手援救另一位叫馬裘莉的女孩，現在她命在旦夕……除非是同一位馬裘莉……除非那通電話眞是衝著我個人來的……一幫有勢力的歹徒正虎視眈眈地監視著我，他們知道每天早晨我獨自沿著那條路上慢跑，也許他們在山上有個守望員，用望遠鏡在追踪我的行踪，我一跑近那空無一人的屋子，他們就打電話，他們要找的人就是我，因爲他們知道那天在我家我不幸讓馬裘莉留下了壞印象，想藉此對我勒索、敲詐……

不知不覺中，我來到了校門口，仍繼續在跑著，我當時身著慢跑裝，腳穿球鞋，我沒回家換衣服拿課本。現在我該怎麼辦呢？當我跑過校園時，看見草坪上三五成羣的女孩，她們是我的學生，現在正要去上我的課。她們又以那種叫我難以消受的嘲弄的笑容望著我。

我仍保持著跑步的動作，擱下了蘿娜・克利佛，問她：「史塔伯斯人在這裏嗎？」

她眨眨眼說道：「馬裘莉嗎？已經兩天沒見人影了……怎麼回事？」

我早已跑開了，我離開校園，跑上格羅斐儂大道，然後香柏街，然後轉入楓林大道。我幾乎喘不過氣來了，跑著跑著，幾乎使我感覺不到腳下的地面以及胸中的肺。「山邊大道」到了。十一，十五，二十七，五十一；感謝上蒼，號碼跳得很快，十號十號地過去，這裏就是一一五號了。門沒關，我跑上階梯，進入那昏暗的房間。馬裘莉在那兒，被綁在沙發上，嘴巴被塞住了。我替她鬆了綁，她嘔了幾下，以輕蔑的表情望著我。

她說：「你這個混蛋。」（初譯：謝靜芳）

第七章

你坐在咖啡廳裏一邊閱讀卡維達格納先生借給你的賽拉斯・佛拉納利小說，一邊等魯德米拉。你心中同時有兩種牽掛：其一是閱讀，另一個是魯德米拉，她已經遲到了。你試著不去想她，專心閱讀，彷彿希望她從書裏走出來，但是卻無法繼續讀下去，只是一直盯著眼前的那一頁，似乎只有魯德米拉出現，事件的鎖鏈才能又動起來。

他們呼叫你，侍者來回穿梭，重複呼叫你的名字。站起來，有你的電話，是魯德米拉嗎？沒錯，「我稍後再解釋，我現在不能去。」

「嘿！我有書了！不，不是那一本，也不是其中的一本：是一本新的，聽我說……」當然啦，你不會想在電話中告訴她這本書的內容？等會兒，聽她說，聽她想說些什麼。

「你來我這兒吧！」魯德米拉說道，「是的，來我家，我現在不在家，但我一會兒就回去。如果你先到，先進去等我，鑰匙在墊褥底下。」

她的生活方式簡單，有點隨便，把鑰匙放在墊褥下，居然如此信賴人類同胞——當然她屋內也沒有什麼好偷的。你照著她給你的住址，找到那個地方，按了門鈴，但沒人在。如她所說的，她不在。你找到鑰匙，進入房子裏，屋內昏暗，窗帘是拉上的。

這就是單身女郎的房間，魯德米拉的房間：她獨個兒居住。這是你想證實的第一件事嗎？這屋內有沒有男人居住的跡象呢？可能的話，你寧可不知道，寧可在不知情，在懷疑的狀況下生活。不錯，你有點拘謹，不敢四處窺探，你輕輕的拉開窗帘，只是輕輕地，也許你認爲自己若利用她對你的信任，加以偵探般地調查，那你就不值得她的信任。或許單身女郎公寓的樣子，你早就心裏有數；甚至不用看，你便可以列出公寓內所有物品的清單。文明的生活千篇一律，我們生活在早已定型的文化模式中：家具、裝飾、毛毯、電唱機。但這些能告訴你她是個怎樣的人嗎？

彼讀者，你是什麼樣的人呢？是時候了，這本採用第二人稱的書，不該再對一般男性的你訴說，（那個「你」也許是虛僞的我的兄弟和替身，）而應該直接向第二章以第三人稱出現過的你訴說，因爲這本小說要成爲小說，需要第三者，需要讓第二人稱的男性和第三人稱的女性之間發生一些事情，需要讓一些事情按照人類事件進展的階段，成形、發展或惡化。或者說，遵照我們實驗人類事件的心理模式，或說，遵照那些我們藉以賦與人類事件意義而讓那些事件被體驗的心理模式。

到目前爲止，這本書一直小心翼翼地保持開放，好讓在進行閱讀的讀者有可能認同被閱讀的讀者：這就是爲什麼他未被命名的原因，因爲一取名字，他就自動等同於第三人稱，等同於一個角色，（對你而言，第三人稱就該有個名字，叫做魯德米拉，）所以，他一直被用代名詞來稱呼，因爲代名詞是抽象的，適用於各種特徵和行爲。彼讀者，且讓我們看看，這本書是否能夠成功的刻畫出一幅妳的眞實畫像，從框架開始，再從四面八方來圍繞妳，建立妳形體的輪廓。

妳第一次在書店裏出現在讀者面前；妳從一片書牆抽離出來，現身成形，彷彿龐大的書籍使得一位年輕女讀者的呈現成爲必要似的。妳的房子，也就是妳讀書的地方，可以顯示書本在妳的生活中所占的地位，書籍是否就是妳爲遠離外界所設立的防禦，書籍是否像迷藥般引妳陷入夢境，或者是妳投向外界的橋樑，投向妳所嚮往的世界，妳想透過書本擴大延伸這個世界的範圍。爲了瞭解這點，我們的「讀者」知道第一步是參觀廚房。

廚房是整個房子裏面最能夠告訴我們有關妳的事情的部分：妳做不做飯，（有人會說做：，雖然不能天天做，至少經常做，）只爲自己做，或是也爲別人？（通常只爲自己做，相當用心，就像在爲別人做一樣；有時候也爲別人做，但卻是漫不經心的，就好像做給自己吃一樣。）妳是儘量省事，還是十分注重烹調？（妳的荷包和預算可讓妳吃得考究，至少妳有此意圖；妳未必貪吃，但一想到晚餐只吃幾個煎蛋就會沮喪起來，）站在爐邊對妳而言是非做不可的苦差事，或是一件快樂的事？（小小的厨房設備齊全，走動方便，不用太費力氣，雖說並不想在裏頭待太久，但待下去也不至於十分不情願。）各類器皿都歸定位，雖然對常用的物品不必太重視，但它們的好處倒應記著。器皿中有一種引人注意的美感傾向，（全套半月形的切肉刀，依大小排列，其實切肉刀只需一把就夠了，）整體而言，裝飾品也是有用的物品，不那麼講究美觀。儲藏的食品可以讓我們知道一些有關妳的事：藥草蒐集品，有些供一般使用，有些似乎只是補足收藏而已；芥末的情況也一樣；特別的是，伸手可及的地方掛著一串大蒜，顯示出妳在飲食方面並不隨便。瞄一眼冰箱內的東西，可以獲得其他珍貴資料：蛋槽裏只剩一個蛋；檸檬有半個，而且已經半乾掉；換句話說，我們注意到妳忽略了某些基本儲存。從另一方面來說，冰箱裏還有栗子濃湯、黑橄欖、一小瓶婆羅門參或蕁菜：顯然妳在購物時禁不起展示貨品的誘惑，也沒記住家裏欠些什麼。

參觀妳的厨房之後，可以知道妳是個既外向又敏銳的女人，重視感官刺激卻又有條不紊；妳教妳的實際常識服務妳的想像力。男人光看妳的厨房就會愛上妳嗎？天曉得，或許讀者早就希望和妳談戀愛了。

他繼續查看妳交給他鑰匙的那房子。妳收藏在身邊的東西多得數不清：扇子、風景明信片、香水瓶，還有掛在牆上的項鍊。再看仔細點，每一件東西都很特別，有些出乎意料之外。妳對物品知所選擇，有個人的偏好；只有感覺屬於自己的東西，才會變成妳的；妳和物品的關係是物理性的，不讓理智或感情上的觀念取代實際觀看觸摸。一旦妳買下這些物品，變成妳的所有，不再是碰巧放在那兒，而開始具有意義，像一篇論述的元素那樣，像訊號和徵象組成的記憶一般。妳的占有慾強嗎？也許證據還不夠，無法判斷：目前只能說妳對自己的占有慾很強，妳依附於妳自己部分認同的符號，唯恐喪失。

牆的一角掛了許多裝框的相片，全都掛在一起。誰的相片？妳在不同年齡所拍的相片，還有其他許多人的相片，男的、女的都有，都是很舊的相片，像是從家庭相簿裏取下的；這些相片加在一起似乎有某種功能，與其說是使人回想起某些特定的人，倒不如說形成了一幅各種生存層面的集錦畫。每個相框都不一樣，十九世紀的裝飾藝術花樣，相框以銀、銅、琺瑯、龜甲、皮革、木雕做成：反映出想要點綴這些眞實生活片段的意願，但也可能是在蒐集相框，相片不過是用來塡補空間罷了；事實上，有些相框內裝的是報紙上剪下來的圖片，有個相框裝的是一頁字跡莫辨的舊信件，有一個相框裏空無一物。

除此之外，這面牆上沒有掛其他的東西，牆邊也沒有任何家具。整幢房子的陳設有點相似：一邊的牆上空無一物，另一邊則掛滿東西，彷彿是由於需要把符號濃縮寫進一種稠密的稿本所造成的結果，周圍的空間則又可找到怡然自得的樂趣。

家具及其上頭物品的安排也不對稱，妳企圖獲致的秩序，（妳能使用的空間十分有限，但妳謹愼利用，使它看起來較寬廣些，）並不是要強套上一種設計，只是在原有的物品當中達到一種和諧罷了。

長話短說，妳愛不愛乾淨？妳的房子並不以「是」或「不是」來回答專橫的問題。不錯，妳有秩序觀念，甚至十分苛求，但在實際應用時，卻不按部就班。顯然，妳對家的興致是斷斷續續的；隨著生活中的艱難，隨著情緒起伏而變化。

妳沮喪或快樂呢？就其巧思而論，這幢房子似乎得到了妳快樂時刻的好處，以備在妳沮喪的時候庇護妳。

妳眞的好客嗎？或者，妳隨便允許認識的人進入屋子的行徑就是漫不經心的記號？「讀者」在找一個舒適的地方坐下來閱讀，不去侵犯那些顯然是妳專屬的地方；他開始覺得，在妳的房子裏，客人只要遵循妳的規則，就能感到十分自在。

其他還有什麼呢？盆栽似乎好幾天沒有澆水了，或許妳故意挑不太需要照顧的盆栽來養。房間裏看不到貓、狗、鳥的蹤跡：妳是個不想爲自己增添責任的女人，這顯示出妳若不是自我中心，就是專注於其他比較不內向的關懷，同時，這也顯示出妳不需要象徵性的代替品，來取代自然的驅動力，那驅動力使妳關心別人，參與別人的故事，生命中或書本上的故事。

讓我們來看看藏書。就妳所擁有的書籍來說，顯而易見，對妳而言，書籍的用處是供閱讀；而不是研究或參考的工具，也不是按照某種秩序來排列成藏書的一部分。也許妳偶爾想賦予書架上某種秩序，但各種分類的嘗試總是馬上被新購的各種各類不同的圖書所破壞。書册交錯並列的理由除了尺寸長短外，最主要還根據購進的時間的先後秩序；妳總是找得到妳要的書，這是因爲藏書並不多，（妳一定把某些書架遺留在從前住過的房子裏，）也許妳不常去找已經看過的書。

簡單地說，妳似乎不是愛重讀舊書的讀者。妳對讀過的一切記得很淸楚（這是妳給人的最初印象）；或許妳一下子就能融入每本書裏，一勞永逸。由於妳把每本書的內容保存在記憶裏，妳也喜歡把書本當作物品來保存，留在身邊。

但是，在妳的藏書當中，從那不足以構成圖書館的分類中，仍可以看出死的或靜滯不動的一部分，也就是那些擱在一邊的書，已經讀過而很少重讀的書本，或者還沒看，以後也不會去看，但卻加以留存的書本（上面佈滿灰塵），接下來是活的一部分，那是妳正在讀，或打算要讀的書，妳不能割捨的書，喜歡把玩，所以擺在身旁的書，不像厨房裏的東西，這活生生的部分，是馬上要讀的，最能說明妳這個人。不少書册到處散放，有的打開著，有的夾著書籤，有的書摺起內角。妳顯然有同時看好幾本書的習慣，妳在不同的時辰閱讀不同的書，看書的角落也因時而異，雖然房間湫隘；有的書是在床邊茶几看的；有的書擱在扶椅上，有的在厨房，有的在浴室。

至此我們又多認識了妳的另一項特徵：妳心中有層層內牆，能劃分時間，隨意停止或繼續下去，交替注意好幾個平行的頻道。這是不是代表妳可能同時想過多重的生活？或者妳實際已經在過多重的生活了？妳是不是和別人交換過生活方式呢？一個人？還是好幾個人？在這些不同的經驗中，妳想當然耳地認爲總會有缺憾，而只有所有缺憾的總合才能加以補救？

讀者，豎耳傾聽吧！懷疑已潛入你的心靈，使你滿心疑慮，有如一個好妒之人，而自己卻渾然不覺。魯德米拉一次看好幾本書，以避免只讀一個故事而陷入失望，所以她傾向於同時進行好幾個故事……

（讀者，別以爲這本書忽視了你。雖然你變成彼讀者，但任何一個句子，都可能是對你而發的。你永遠都是一個可能的你。誰敢宣判你消失了，這毀滅就如「我」的消逝同樣恐怖。爲了讓第二人稱的陳述言談成爲小說，在一大堆他、她、他們當中，至少需要兩個有所不同卻又一致的你一起出現。）

看了魯德米拉家裏的書，再次證明閱讀是孤獨的。在你看來，魯德米拉似乎受到翻開的書頁的保護，就如貝殼中的牡蠣一樣。另一個男人的陰影如果還沒被抹拭掉的話，可能，不，確實已被推到一邊了。就算有人在旁，閱讀還是一件孤獨的事。那麼，你還在這兒找什麼？你想刺穿她的外殼，滲透進入她正在閱讀的書頁當中嗎？「一位讀者」和彼讀者的關係有如兩個貝殼，只有藉著彼此專有的經驗的局部遭遇，才得以相互溝通。

你拿著在咖啡館裏所看的書，渴想繼續讀下去，好把書拿給她，藉由他人的話語所挖掘的管道和她再度溝通，雖然，那些話語是疏遠的聲音所發出的聲音，是那墨汁和排印下的空間所組成的那個靜默的無名氏發出的聲音，但卻可變成你和他自己的語言，你們兩人之間的符碼，以此交換訊息，彼此辨認。

有人在轉動鑰匙開鎖。你默不作聲，像是你想要給她驚喜，像是要對自己，同時也對她證明，你人在這兒是很自然的事。但腳步聲不像是她的。慢慢地，一個男人，現身在大廳裏，你從窗帘看到他的影子，他身穿皮夾克，腳步顯示對這兒很熟悉，但有點猶疑，好像是在找東西的樣子。你認得他，就是伊湼利歐。

你必須馬上決定要採取什麼態度，眼看著他好像是在走進自己的房子，令你惱怒，這感覺強過你人半躲藏在這兒所引起的不安。就事論事，你很明白，魯德米拉的房子永遠爲朋友敞開大門：鑰匙在墊褥底下，你一進屋後，便一直感覺有無臉孔的幽靈擦身掠過。現在，伊湼利歐起碼是個認得的鬼影，你對他而言也一樣。

「啊！你人在這兒。」他首先開口，但並不驚訝。如此這般的泰然自若，是你剛剛還想裝扮的樣子，這會兒令你高興不起來了。

「魯德米拉不在家，」你說道，以此表示你先知道這消息，或者實際上先占領這個地方。

「我知道，」他漫不經心地說。他四下觀看，把玩書册。

「我可以幫忙嗎？」你更進一步彷彿故意要激怒他。

「我剛剛在找一本書。」伊湼利歐說。

「我以爲你從來不讀書，」你回答。

「我不是要讀，而是要加以變造，我用書來做東西。不錯，做藝術作品：雕像，畫，隨你怎麼稱呼。我還開過展覽，我用膠固定書，使其保持不變，閤上或打開著，要不我就把書塑成形狀，在上面雕刻，鑽洞。書是很好的工作材料，可以用來做各種各類的東西。」

「魯德米拉同意嗎？」

「她喜歡我的東西，還給我建議。批評家說我所做的有重要意義。現在他們正在把我所有的作品收集進一本書裏頭，還帶我去見卡維達格納先生。書中全是我的作品的照片，這本書印好後，我會用它來做另一件作品，做許多作品，而後他們會再把這些作品收集在另一本書裏，如此循環下去。」

「我是說魯德米拉同意你拿走她的書嗎……」

「她有很多書……有時候她自己特地給我一些書，讓我利用，都是些對她自己沒用的書，可是並不是所有的書都能加以利用。有些書很快就給我靈感，讓我知道該用來做什麼，有些則否。有時候我有一個觀念，但卻要等我找到適當的書才能動手去做。」他正在把書架上的書打亂；用手磅一本書的重量，觀察書背和書沿，放下。「我發現有些書很可愛，有些卻令我無法忍受——我老是碰到這種書。」

我原希望那長城般的書牆能保護魯德米拉，拒斥這位野蠻的侵犯者於千里之外，但卻發現那書牆只不過是他滿懷信心一拆就散開的玩具。你苦笑起來，「顯然你記得魯德米拉的藏書……」

「噢，總是相同的東西，大部分……但看到書本堆在一起眞好，我愛書……」

「我不懂你的意思。」

「是的，我喜歡看到四周都是書。這也就是爲什麼在這兒，在魯德米拉家覺得很好的原因。你不認爲這樣嗎？」

大量書寫的書頁把房間縛住，有如茂密林中的樹葉，不，有如層層堆積的岩石、板岩的層理、片麻岩的薄片組合；你想經由伊湟利歐的眼中窺探魯德米拉的生活方式及其背景。如果你能贏得她的信任，她會說出引你興趣的祕密——這位非讀者和彼讀者魯德米拉之間的關係。快，趕緊問他有關這方面的事，任何問題都可以。「但是你」——你腦海想到的就只有這個——「她在看書時，你做些什麼呢？」

「我不介意看著她閱讀，」伊湟利歐說，「何況，有些人總該看書，不是嗎？至少我很安心：我自己不必閱讀。」

讀者，你沒有什麼好高興的。祕密揭曉了，他們兩人間的親密關係存在於兩種重要韻律的互相補充關係。對伊湟利歐而言，要緊的是一分一秒度過的生命；對他而言，藝術的作用在消耗旺盛精力，不在於留下一件作品，不在於那種魯德米拉在書本中尋找的生命之累積。但他無須閱讀，便體會到那種累積起來的精力，自己覺得有義務將它導入循環流通，使用魯德米拉的書本作爲材料基礎，來創造他至少可以暫時投注自己之精力的作品。

「這本適合我，」伊湼利歐說著就要把一本書揷入他的風衣口袋。

「不，別動那本書，那是我正在閱讀的書。再說，書不是我的，我還得還給卡維達格納。另挑一本，拿這一本……幾乎相同。」

你撿起一本書，上頭有一條紅色帶子——賽拉斯‧佛拉納利著最新暢銷書——這一項已足以解釋其相似性了，因爲所有佛拉納利的小說都以一種特殊設計的系列方式出版。但不僅這一點而已；突出在封套上的標題是：《在一片……交錯的線路網中》……這是兩本相同的書！你沒料到這一點。「唉，這眞奇怪，我沒料想到魯德米拉已經有書了……」

伊湼利歐擧起雙手，「這不是魯德米拉的書，我不想跟那種東西有什麼關係。我想這裏再沒有其他相同的書了。」

「爲什麼？書是誰的？你是什麼意思？」

伊湼利歐用兩根手指撿起那本書，走向一個小門，打開，把書丟進去。你跟隨著他，你把頭伸進一間幽暗的小儲藏室；瞧見一張桌子上有一架打字機、一架錄音機、字典、一個大型的卷宗夾。你從卷宗取下作爲標題頁的紙張，拿到燈光下，你讀到：「厄米斯‧馬拉拿翻譯」。

你嚇得目瞪口呆。讀馬拉拿的信，你覺得總是到處遇見魯德米拉……因爲你不能停止想她：這是你的解釋，一個你正在戀愛的證據。此刻，在魯德米拉的房子四處走動，你卻碰見馬拉拿的形跡，是一種縈念牽掛在折騰你嗎？不，打從一開始，你所感覺到的便是一個警示：他們之間存在著一種關係……吃醋妒忌，那一直是你在跟自己玩的一種遊戲，現在無情地抓住你。那不僅是妒忌而已：那是懷疑，不信任，你不能相信任何事或任何人的感覺……追求中斷的書灌輸給你一種特殊的興奮，因爲你和彼讀者一起在進行，結果變成和追求她是相同的一件事，而她以一再繁衍擴充的神祕、欺騙、僞裝來閃避你……

「但……馬拉拿跟她有什麼關係？」你問道，「他住在這裏嗎？」

伊涅利歐搖搖頭，「他曾在這裏。但時間已經過去，他不會再回這裏來了。但，截至目前，他所有的故事是如此充滿虛假僞造，因此任何關於他的事情也都是假的。最低限度，他在這一方面成功了。他帶來這裏的書從外表看和別的書一樣，但我隔著距離，一眼就認出來。我認爲這裏不再有更多其他的書，其他的文件，除了在那間儲藏室……但偶爾他的痕跡又啪一聲跳了出來。有時候我懷疑是他放在這裏，趁沒人在的時候來，繼續經營他往常的交易，偷偷地……」

「什麼交易？」

「我不知道……魯德米拉說，不論他接觸什麼東西，如果那東西還不是虛假的，都會變成虛假。我所知道的是：如果我嘗試用他的書來製作我的作品，到頭來，都會變成虛假：即使那些書看起來和我平常在做的書一樣……」

「那爲什麼魯德米拉保存他的東西在那儲藏室？她在等他回來嗎？」

「他在這裏的時候，魯德米拉不快樂……她不再閱讀……然後她跑開……她先跑開……然後他走了……」

陰影消失了，你可以再度呼吸，過去關閉了。「如果他再度出現，那怎麼樣？」

「她會再一次離開……」

「去哪兒？」

「哼……瑞典……我不知道……」

「瑞典還有另一個男人嗎？」你本能地想到那個使用望遠鏡的作家。

「你不能稱他做另一個男人，不過，那是一個全然不同類的故事，那個寫驚悚故事的老傢伙……」

「賽拉斯·佛拉納利？」

「她說，當馬拉拿說服她，眞假之間的差別只是吾人的偏見，她覺得她需要去看看那個人如何製造書，就如同南瓜藤生產南瓜——那是她所使用的說辭。」

門突然打開，魯德米拉走了進來，把她的外套和一些大包小包的東西拋向椅子，「喔，太好了，這麼多朋友！抱歉，我來遲了！」

你在飲茶，和她坐在一起。伊湼利歐應當也在場，但他的椅子上空空的。

「他原來在這裏，人去了哪兒？」

「喔，他一定已經走了。他來來去去，不打一聲招呼。」

「人們像那樣來來去去，在你的房子？」

「爲什麼不？你怎麼進來的？」

「我，和所有其他的人！」

「這是怎麼一回事？妒忌嗎？」

「我有什麼權利妒忌？」

「你認爲有朝一日你會有那種權利嗎？如果那樣，最好連開始都不要。」

「開始什麼？」

你把茶杯放在咖啡桌上。你從扶手椅移向她所坐的沙發。

（開始：妳是說那個詞的人，魯德米拉。但如何設定一個故事開始的準確時間呢？一切都在從前就已經開始了，每一部小說的第一頁的第一行都指涉某件在書本之外早已經發生的事情。否則的話，眞正的故事會是後頭十頁或一百頁才開始的那一個，而在它之前的一切只是個前言而已。人類個體的生活形成一個固定不變的情節，若想從其間嘗試孤立一個具有與衆不同之意義的生活案例——例如，兩個人的相遇，對兩人都有決定性作用——心中必須謹記兩人中的各方都各自携帶著一個事件、環境、其他人的脈絡，那個相遇隨後會衍生其他故事，脫離他們共同的故事。）

你們兩人雙雙躺臥在床上，你們兩位讀者。時機已經來臨，該以第二人稱複數的方式來對你（們）說話了，這是一樁嚴肅的運作，因爲這不啻等於把你們兩位當做單一的主體。我在對你們兩位講話，綢繆的床單下一個十分難以辨認的糾纏。也許，事情過後，你們會各自分道揚鑣，故事也得痛苦的變換齒輪，在陰性的「妳」和陽剛的「你」之間交替更換；但現在，由於你們的身體在嘗試著肌膚相親，尋求感官中最大量的黏結，在輸送並承受震盪和波動，在穿透滿脹和空虛。由於在心靈活動方面，你們也幾乎完全看法一致，你們可以聆聽一篇清晰的說詞，把你們兩人當成單一的雙頭人。首先，行動的範疇，或說是存在的範疇，必須爲這個你們所形成的雙重個體而設定。這相互認同要導向哪裏？什麼是你們的變奏和變調中一再出現的中心主旋律？一種張力，全神貫注於不失去它本身的任何潛力，貫注於延長一種反應狀態，貫注於利用對方之慾望的累積，以繁衍擴充自己本身的電荷嗎？或者那是最順從的放縱，探測巨大的可划或相互可划的空間，自己的存在消融在一個表面是無限之觸感的湖？在那兩種情況下，你們除了在彼此的關係之中以外，當然是不存在的，但，要使那些情況成爲可能，你們各別的自我與其說要抹除本身，不如說要毫無保留的占領心靈空間的整個空隙，在自己身上以最高利息投資，或者自行消費，一毛錢也不剩下。簡言之，你們正在進行的是非常優美的，但結構上卻改變不了什麼。在你們最像是一個結合在一起的「你們」（voi）——一個第二人稱複數——的時刻，你們是兩個「你」（tu's），比先前更分隔，更受局限。

（現在，這已成眞了，你們仍然以一種不足爲外人道的方式，各自牽掛縈念對方的呈現。試想像，過些時刻，隨著經過習慣檢驗的你們身體的接觸，當不相遇合的幽靈光顧你們的心靈，那會是怎麼回事。）

魯德米拉，此刻妳正被閱讀。妳的身體在接受系統性的閱讀，透過觸覺、視覺和嗅覺訊息的管道，還穿插著一些味覺的蓓蕾，聽覺也扮演著它的角色，警覺到妳的喘氣與震顫。閱讀的對象不僅僅是妳的身體：身體所以關係重大，乃在於它是一個繁複元素之綜合體一部分，不完全看得見，也不全呈現出來，但卻顯示在看得見和呈現出來的事件中：妳雙眼的朦朧，妳的笑聲，妳所講的話，妳收攏和散放的秀髮，妳的主動和收斂，以及一切介乎妳和用法、習慣、記憶、史前史、流行之邊境的象徵，一切符號，一切可憐的字母，藉著那些，有個人在某些時刻相信自己在閱讀另一個人的身體。

而你啊，喔，讀者，你也同時是一個被閱讀的對象：彼讀者此刻正在檢驗你的身體，形同在瀏覽索引，有些時候，她好像突然產生特殊好奇地在參考它，而後徘徊不去，審問它，直到她獲得一個沉默的回答，每個局部的檢查似乎只有擺在一個更寬闊的空間偵察來看，才會引起她的興趣。現在，一下子她停駐在微不足道的細節上，也許是風格上的小瑕疵，譬如說，突出的喉結，或你把頭埋在她肩窩的方式，她探索這些以建立起起碼的冷靜、批判性的審慎或戲謔似的親暱；現在，一下子，偶然發現的細節反而被極端珍惜——譬如說，你下巴的形狀或你咬她肩膀的樣子——從此開始，她衝勁十足，一頁又一頁地涉獵（你也一起涉獵），從頭到尾，連一個標點符號也不略過。同時，你從她閱讀你的方式，從你的肉體的客觀性被加以引述而獲得滿足，你開始萌生懷疑：她不是在把你當作一個單獨而整體的你來閱讀，而是在利用你，利用從整個文脈中抽離出來的你的片段來爲她自己建構一個捉刀的伴侶，那伴侶只有她一個人知道，存在於她的半意識的暗影中，而她正在解讀的就是那個可疑的訪客，不是你。

愛人閱讀彼此的身體（心身的集中專注，那是情人藉以一起上床的東西，）不同於閱讀寫下來的書頁，因爲前者不是呈直線形的。它可以從任何一點出發，跳略，重複，後退，持久，在同時並存而性質迥異的訊息中分叉，再會聚集中起來，有浮躁不安的時刻，翻動書頁，找到所在，迷失。從身體的閱讀中可以辨認出一個方向，一條通向終端的路徑，因爲它朝向一個高潮，它依此目標來安排韻律優美的詞彙、節奏和一再出現的主題。但高潮眞的就是終點嗎？或者邁向終點的行程被一種驅動力所抵抗，那驅動力在相反的方向發揮作用，逆著時刻泅泳，收復時間？

如果有人想以圖表來描繪這整件事，那麼，每一個插曲，連同其高潮，都需要一個三次元的模型，也許是四次元的模型：或者更正確地說，沒有模型：每個經驗都無法重複。做愛和閱讀彼此最相似的是：在這兩件事之中，時間和空間開放著，有別於可以測量的時間和空間。

在初次接觸的混淆的臨即表現中，未來同居的可能已經被閱讀考慮了。今天，你們是對方閱讀的對象，各自在對方身上閱讀未寫下的故事。明天，讀者和彼讀者啊，如果你們在一起，如果你們躺臥在同一張床上，像一對已經穩定下來的伴侶，你們會各自打開床邊的燈，沉入他或她的書中；兩個平行閱讀將伴隨著睡眠的來臨；首先是你，然後妳熄燈，從各自分開的宇宙返回來，你們會發現彼此在黑暗中奔逸，在黑暗中，一切分裂都消除掉，而後迥異的夢又再度拉扯你們，一個向一邊，另一個向另外一邊。但請別在這個夫妻和諧的展望上塗反諷的蠟：你可以安排什麼更幸福的伴侶意象來作反襯？

你在等魯德米拉時，對她談起你正在閱讀的小說。「那是你喜歡的那一種書：它從第一頁開始便傳達一種不安之感……」

她的眼光滑過一道訊問的閃光。你懷疑起來，也許關於不安的這個片語不是你聽見她說的，而是你在什麼地方讀到的……或者，也許魯德米拉不再相信悲痛是眞理的一個條件……也許有人向她說明了悲痛也是一種機械作用，說明沒有什麼比無意識更容易被僞造……

「我喜歡的書裏頭，」她說道，「一切神祕和悲痛通過一顆精確而冷靜的心靈，沒有陰影，像一個象棋玩家的心靈。」

「無論如何，這是一個聽見電話鈴響就會緊張的人物的故事。有一天他外出慢跑……」

「別再多說細節，讓我來讀。」

「我自己也沒讀太多，我會拿書來給你。」

你從床上起來，到另一個房間去找書，在那房間內，你和魯德米拉之間的關係中陡峭的轉彎阻撓了事件的正常進展。

你找不到書。

(你將會再度在藝術展覽會上找到它：雕刻家伊涅利歐的最近作品。你摺疊角落以標示進度的書頁鋪貼在一個有平行管柱、以透明樹脂黏合上漆的化粧粉盒的座基上。一個燒成炭的陰影，彷彿從書內釋放出來的一道火焰，在書頁表面成波浪形狀，開啓一系列的平面，像一片多節瘤的果皮。)

「我找不到書，但不要緊，」你對她說，「我注意到妳有另一本。事實上，我想妳已經讀過了……」

在她不知道的情況下，你已進入那儲藏室找出那本有紅色色帶的佛拉納利的書，「這就是。」

魯德米拉打開書，上頭有一行字：「給魯德米拉……賽拉斯‧佛拉納利。」「不錯，這是我的書……」

「啊，妳已經見過佛拉納利？」你驚叫道，好像你一無所知的樣子。

「是的……他送我這本書……但我確定書已經被偷走了，我還沒開始讀呢……」

「伊湼利歐偷的？」

「哼……」

是你攤牌的時候了。

「不是伊湼利歐，妳心裏有數。伊湼利歐看到書，就摔回那個黑暗的房間，妳在裏頭收藏……」

「誰准許你四處翻尋？」

「伊湼利歐說，有個過去常常偷竊妳的書本的人，現在偷偷地回來用假書取代那些書……」

「伊湼利歐什麼也不知道。」

「我知道：卡維達格納給我讀馬拉拿的信。」

「厄米斯所說的話全是詭計。」

「有一樣是眞實的：那個人繼續想著妳，在迷戀中看妳，他腦中縈念著妳閱讀的意象。」

「那是他一直不堪承受的。」

你將設法逐漸多了解有關那翻譯者之陰謀的起源：令那些陰謀動員起來的祕密之泉是他嫉妒那位隱身的對手，他不斷地出現在他和魯德米拉之間，那沉默的聲音透過書對她說話，這幽靈有千張臉孔而面目模糊，十分難以捉摸，在魯德米拉看來，作者從來不化身爲有血有肉的個人，對她而言，作者只在出版的書頁上，生人和死者都在那裏隨時準備與她溝通，令她驚奇，而魯德米拉總是準備好隨時追隨他們，以那種我們可以擁有和無形體之人的容易改變而且隨便的關係。這如何可能呢？不是打敗作者，而是打破作者之功能——觀念認爲：每本書背後有一個人，他保證賦予那個幽靈和杜撰下的世界一個眞理，他憑藉的只有他已經把自己的眞理注入其中，他已經使自己認同於那文字的組構的事實？通常由於厄米斯・馬拉拿的品味和天賦逼他走上那個方向，更由於他與魯德米拉的關係已陷入危機，他遂夢想著一種全由僞書、虛假的作者編派、模仿、僞造和拼湊所構成的文學。如果這個念頭得逞，如果在關於作家的身分方面，系統性的不確定感防止了讀者無條件地相信——不是相信人家所告訴他的，而是相信沉默的敍述聲音——那麼也許文學的殿堂外表上根本不會改變，但在其底下，在讀者和文本之間的關係所以建立的基礎上，有些東西會永遠改變。如此一來，厄米斯・馬拉拿就不再覺得自己被沉迷於閱讀的魯德米拉所拋棄了：書和她之間將經常暗藏著神祕化的陰影，而他，藉由與每一個神祕化建立等同關係，他將得以肯定自己的呈現。

你的眼光落在書的開頭。「但這不是我在讀的那本書……相同的標題、相同的封面，一切都相同……但卻是另一本書！兩本之中有一本是贗品。」

「當然那是贗品，」魯德米拉低聲地說。

「你說那是贗品，因爲它經過了馬拉拿之手？但我在讀的那本書也是他寄給卡維達格納的？可能兩本都是贗品嗎？」

「只有一個人可以告訴我們眞相：那就是作者。」

「你可以問他，因爲妳是他的朋友……」

「我過去是。」

「你離開馬拉拿的時候，是跑向他那裏嗎？」

「你什麼事都知道！」她說，語調帶嘲諷，這比什麼都令你神經緊張。

讀者，你已打定主意：你要去見那位作家。這時，你背轉向魯德米拉，開始閱讀那相同的封面裏頭所包含的新書。

（就一點而論是相同的。色帶「賽拉斯・佛拉納利著最新暢銷書」遮住了標題的兩個字。你只要拿起色帶，便會發現這本小說的標題不像另一本叫作《在一片纏繞交錯的線路網中》；它的名稱是《在一片穿織交錯的線路網中》。）（初譯：陳家幸、洪鈺蘋、吳端）

在一片穿織交錯的線路網中

思索即反射：對我而言，每一個思考行爲都意味著許多鏡子。根據普羅泰納斯（Plotinus）的學說，靈魂是一面鏡子，創造出實體，以反映更高層次的理念。或許這就是我需要鏡子來思考的原因：除非面對著映象，否則我無法專注精神，彷彿每一次我的靈魂想要運用其思索的能力時，都需要一個模型作爲摹仿對象。（形容詞「思索的」在這裏蘊含該形容詞的全部意義：我同時是個思想者、商人，和光學儀器蒐集家。）

在我把眼光投進萬花筒的那一剎那，隨著零零碎碎的各種不同性質的顏色和線條聚合成規律圖形，我感覺自己的心靈立刻發現了可資追尋的程序：即使那只是劇烈形構下的獨特而短暫的顯現，只消以指尖輕輕一敲筒側，便會碎裂潰散，隨後被另一個圖形所取代，但在其中相同的元素卻輻聚成不相似的圖案。

我在青少年時代，便發現注視聚集在鏡井底面的琺瑯花園，會激發起我作實際決斷和大膽假設的能力，從那時起，我一直在收集萬花筒。萬花筒這樣東西的歷史算來不長，（蘇格蘭物理學家大衛・布魯斯特爵士（Sir David Brewster），《論新式哲學儀器》一書的作者，於一八一七年獲得萬花筒的專利，）因此，我的蒐集便局限在陝隘的時間範疇內。不久前，我才擴充探討的興趣，進入一個更爲顯著也更能激發想像的蒐集領域：十七世紀的反射儀器，那是各種不同設計的小型劇場，由於其中各面鏡子之間的角度變化，影像會繁衍擴增。我的目標就是重建《關於光與影》（一六四六）的作者，以及「複面鏡劇場」的發明者——耶穌會教士安塔那西斯‧奇爾瑟（Athanasius Kircher）所設立的博物館。在那種劇場中，一個大盒子內排列了大約六十面小鏡子，可以把一枝樹枝轉幻成一座森林，一名鉛兵轉變成一支軍隊，一本小冊子轉變成一座圖書館。

每次開會之前，我展示蒐集品給商人參觀，他們表面上裝出好奇的樣子，掃瞄這些稀奇的儀器。他們不曉得我根據萬花筒原理和反射儀器的原理，建立了我的經濟帝國，像鏡子效應一樣，無須資本，我的公司不斷繁衍擴增，信用擴大，令可怕的赤字消失於幻覺的死角。我的祕密，在充滿危機、市場崩盤和破產的時期，我始終保持經濟勝利的祕密一直是這樣的：我從未直接想到金錢和商業利潤，只考慮各種傾斜程度的閃光面所產生的折射角度。

我想複製的正是自己的形象，請別遽下判斷，認爲那是由於自戀或患有自大狂：相反的，我是想在那衆多的自我之陰影的幻象中，隱藏那令其他的陰影移動的眞實自我。基於這個理由，若不是怕被誤解的話，我就不會反對依據奇爾瑟的設計，改造我屋內的房間，使之充滿鏡子，置身其中，我將會看到自己走在天花板上，頭朝下，宛如自己從地板底部騰空飛起。

我現在正在寫的這幾頁，也應該輸送出一道冰冷的光芒，一如在鏡筒中，有限數目的圖形分解、顛倒、繁衍起來。如果我的形影往各個方向投射出去，在各個角落變成兩個影像，那麼那些想追逐我的人一定會感到失望。我這個人處處樹敵，也必須隨時逃避敵人。當他們以爲趕上我的時候，不過是打到一個玻璃鏡面而已，我無所不在的呈現的諸多映像之一，在鏡面上一出現隨即消逝。我這個人也追擊無數的敵人，我的身影逼壓他們，以無畏的密集陣式進犯，不論他們轉向哪裏，都能阻擋他們的進路。在映射的世界裏，敵人會一致認爲他們正從四面八方包圍我，但是只有我一人知道鏡子的設置，因此當他們最後推擠成一團，互相抓住對方的時候，我便可以逃之夭夭，避開他們的捕捉。

但願我的故事能藉著下列事項表達這一切：透過財務上的營運細節，董事會議中突然而戲劇性的轉變，驚駭中的經紀人打來的電話，一片片的城市地圖、保險單、蘿娜開口講那句話的嘴型、亞爾妃妲宛若在思索其無情批判的眼神，重疊在另一影像上的影像，城市地圖以x和箭頭所點成的方格，機車陡直上升，消失於鏡角，聚結在我的賓士汽車上。

不僅各種詐騙專家惡棍集團，連我那些高收入的同僚和競爭對手，都會非常渴望見到我被綁架的大事，自從我淸楚知道這一點以來，我曉得只有複製我自己，複製我這個人、我的呈現、我的離開屋子、我的回家——簡而言之，複製伏擊的機會，我才能使自己免於落入敵人手中。因此我訂購了和我原有的一部完全相同的五輛賓士轎車，隨時進進出出我的別墅那有設防的大門，由我的隨身保鏢機車騎士護送，車內豎立一影像，綑綁住，著黑衣，他可能就是我，或是一個普通的替身。我擔任總裁的各家公司只有字母縮寫的簡稱，背後別無其他，總部設在一些可以更換的空房；因此我能在不斷改變的地點舉行商務會議，爲了更能確保安全起見，我常在最後一分鐘，下令改變開會地點。更敏感的問題來自於我和一位年紀二十九歲的離婚女人的婚外情，她名叫蘿娜，我每一星期有兩三次和她聚首，時間兩個鐘頭又四十五分鐘。爲了保護蘿娜，唯一的辦法就是讓人家找不到她的所在，我所仰賴的方式是：曝現出同時涉及多件愛情外遇，所以人家不可能知道哪些是我的假情婦，哪一個是我的眞情人。我和酷似我的人每天外出，四處拜訪散布在全城各個有嫵媚女人居住的臨時住所，行程不斷更動。假情婦的分布網掩護我和蘿娜的實際約會，並隱瞞我的妻子亞爾妃妲，我對她說這種奇特的做法是一種安全措施。至於對亞爾妃妲，爲了阻止可能的犯罪計畫起見，我建議她盡可能公開行事，但她不聽。亞爾妃妲想躲避我收藏的鏡子，正如她害怕自己的影像會被鏡子所粉碎而毀滅；她的潛在動機我不得而知，令我頗感惱怒。

我希望我現在所寫下的一切細節，統統能製造出一種高度精密的機械結構的印象，同時傳達出一系列的眩惑光芒，映照出一些非視力所能及的東西。因此，我一定不可疏忽了在情節變得複雜的時候，時時插入某些摘自古老典籍的引文，例如，喬凡尼‧巴提斯塔‧得拉‧波塔（Giovanni Battista della Porta）所寫的《魔幻自然》，其中有一段話，提到魔術師——也就是「自然的牧師」——必須知道「視覺被朦騙的原因，了解水中所產生的意象，以及以各種不同方式所製造的鏡子所反映的影像會從鏡中消逝，會懸在空中……而且必須知道如何可以清楚看到在遠方發生的事物。」

我很快便發現，外表一致的汽車來來去去所製造的不確定感，不足以避開犯罪陷阱的威脅；隨後我想把反射的機械結構的複製力量施加在歹徒身上，策劃假的突擊，僞裝綁架某一個冒充我的替身，在付了假贖金之後，來個假釋放。爲此，我必須設立一個對等的犯罪組織，和黑社會做更密切的接觸。如此一來，我便能擁有相當多的正在進行中的各種綁架的訊息，俾便及時採取行動，保護自己，同時從商場對手的不幸災難中獲利。

現在，這個故事應該提一提古籍所論及的鏡子的各種優點，包括揭露遠距離隱藏之物的功用。中古世紀的阿拉伯地理學家，在有關亞歷山大港的描述中，提到矗立於法洛斯（Pharos）島上的圓柱，頂端有一面鋼鏡，從遠處眺望，可以看見駛過塞浦路斯島和君士坦丁堡的船隻，以及羅馬的所有領土。凹凸鏡匯聚光線，可以捕捉整體的影像。波非利（Porphyry）寫道，「神自己無法被肉體或靈魂所見，所以就讓祂自己在鏡中被冥想。」隨著那將我的形像投射在整個空間的離心輻射光芒，我希望這些書頁發生相反的律動，由此，我能從鏡中看到直接視覺所不及的影像。我夢想：透過不同的鏡子與鏡子之間，一切事物整體、宇宙萬物、神的智慧能將其明光集中到一面鏡裏。也許每一件事的知識都埋藏在靈魂之中，數面鏡子的體系會把我的影像無限擴充，然後在單一影像中反映出其本質，那就會向我揭示隱藏在我內裏深處的宇宙魂。

除此之外，別無其他事物具有魔鏡之力，那是玄祕科學論文以及宗教的逐出教會令中常常提及的：迫使黑暗之神現身，並使他的影像和鏡中映照的虛像合而爲一。我必須擴大我的蒐藏領域：全世界的經銷商和拍賣場一直提高警覺，爲我舉辦那些稀有的文藝復興古鏡珍品的展示會，那些鏡子不論造形或就傳統而言，皆可劃歸爲魔幻神奇。

那是個困難的遊戲，每一個錯誤都要付出昂貴的代價。我錯誤的第一步是勸說我的對手們同我一起設立反綁架保險公司。我由於擁有黑社會的消息網路，以爲自己能一直掌握每一偶發事件。我很快獲悉我的合夥人比我和綁架集團維持更密切的關係。下次綁架，贖金將是保險公司的全部資金；由非法組織及其共犯——該公司的股東平分，這當然對肉票極爲不利。至於受害者是誰，毫無疑問，那就是我。

依照追捕我的計畫，三輛山葉機車坐著三位假警察，衝入護衛我的本田機車和我乘坐的武裝車之間，在轉彎前突然踩下煞車器。根據我的對等計畫，在假綁案中，三輛鈴木機車在我的賓士車前方五百公尺處攔截。一看到自己在十字路口兩隊車陣前被三輛川崎機車攔截，我知道我的對等計畫已被我不知道的設計者所發明的雙重對等計畫所擾亂了。

我正要把城市地圖一片一片拆解，根據我的密告者的通知，找出爲了逮捕我所設下的陷阱所在的十字路口，並建立據點，俾能搶先我的敵人一步，稱心如意地破壞他們的計畫，就在這時，我眼前的城市地圖裂成片片段段，如同在萬花筒中，我要用這些句子記錄的那些假想紛紛解裂潰散。現在一切都明白了：魔鏡將惡勢力集結在一起，聽候我差遣。我從未想到會有不明人士策劃第三個綁架案。到底是誰策劃的呢？

令我不勝驚訝的是，綁架我的人沒有把我帶到一個祕密的隱匿處，而是陪我一起回到我的房子，把我關在我根據安塔那西斯•奇爾瑟的設計所重建的房子裏。鏡牆無限地反映我的影像。我被自己綁架了嗎？難道我投入世界的一個影像取代我，把我貶爲被映照出來的影像嗎？難道我喚起了黑暗君主，而他正以和我酷似的面貌出現在我眼前嗎？

鏡子地板上躺著一個女人，身體被縛住，她正是蘿娜。她只要輕輕一動，裸露的身體便會伸展開來，在所有的鏡子裏反覆出現。我撲向她，幫她鬆綁，拿掉嘴塞，擁抱她：但是她憤然斥責我：「你認爲我在你的股掌之間嗎？你錯了！」她的指甲掐進我的臉。她是和我關在一起的囚犯嗎？她是我的囚犯嗎？她在我的牢籠中嗎？

這時，一扇門打開了，亞爾妃妲走向前來，「我知道你面臨危難，設法來營救你。」她說，「方法可能有點殘酷，但我別無選擇。可是現在我再也找不到這個鏡牢的門。快告訴我怎麼出去？」

亞爾妃妲的一隻眼和一彎眉，穿著緊靴的一條腿，有著薄唇與白牙的嘴角，戴著戒指的手握著一把連發左輪手槍，這些全都在鏡裏不斷反覆擴增。在她的形影割裂的片片斷斷當中，穿插著蘿娜的肌膚，像是肉體的風景畫。我再也無法辨別哪些屬於那一位，哪些屬於另一位，我迷糊了，我似乎已經迷糊了，我看不到我的映象，只看到她們的映象。德國詩人兼小說家諾法利斯（Novalis）有一個片段提到，一位鍊金成功的術士設法抵達古埃及女神愛西斯神祕居所，揭開女神的面紗……此刻環繞我的一切似乎都是我的一部分，而我終於設法變成那整體……（初譯：陳孟如）

第八章

摘自賽拉斯・佛拉納利之日記

山谷裏一間小木屋的陽台上，一位年輕女士坐在躺椅上閱讀書刊。每天在開始工作前，我總稍停片刻，用望遠鏡觀看她。透過稀薄透明的空氣，我似乎能在她定止不動的形體中，察覺到閱讀那看不見的律動的徵象：目光的游移、呼吸的起伏、注意力的集中、分散，甚至文字穿經人體的旅程——進展、停留、衝刺、延遲、暫停、回移。那個旅程看似單調，實則變化多端。

我能夠忍受閱讀不感興趣的東西不知已經多少年了？我耽溺於閱讀別人所寫的而與自己要寫的毫不相關的書不知已經多少年了？我轉身看見書桌以及捲上一張紙的打字機，正等我去開啓另一新頁。自從成爲搖筆桿的奴隸後，閱讀對我已不再有趣了。現在我所做的，目標是我的望遠鏡鏡框所框住的躺椅中的那位女士的精神境界，那是我不得以進入的狀況。

每天工作前，我觀望躺椅上的女士，我告訴自己，我所投入於寫作的不比尋常的努力，其結果必須是這位讀者的呼吸，使閱讀變成自然的過程，一股思潮，挾帶句子擦過她的注意力的過濾網，在被她的心靈線路吸收之前，稍停片刻，繼而消失，轉換成她的內在幽靈，成爲她個人無法傾吐的部分。

有時候，我會突然興起一個荒謬的念頭：希望我就要寫下的那個句子即是那女士同一時間正在閱讀的句子。這個想法令我驚奇到使自己信以爲眞：我趕緊寫下那句子，起身走到窗戶邊，瞄準望遠鏡，觀測我那句子對她產生的影響；察看她凝視的眼神，嘴唇微翹的曲線，她點燃的煙，她在躺椅上姿態的改變，以及她伸展或交叉的雙腿。

有時候，我覺得我的寫作和她的閱讀之間的距離似乎無法連接，我所寫的一切都刻有造作和不協調的印記；假如我現在所寫的出現在她正在閱讀的光滑書頁上，那一定會軋軋作響，十分刺耳，像指甲刮擦玻璃窗的聲音，她會嚇得把書扔開。

有時候，我相信那女士正讀著我「眞正」的書，一本很久以前早該寫下，卻從未完成的書。那本書就在那裏，一字不差，我可從望遠鏡的末端看到它，但卻無法讀出上頭寫些什麼，無法知道那個我還沒成功地變成而且將來也不會變成的我所寫的內容。我坐回書桌，絞盡腦汁猜想，複製她正在閱讀的我的眞正的書，但一點用處也沒有：我眞正的書，除了她，沒有人能讀，相較之下，任何我可能寫的東西都是虛假的，都是贗品。

當她閱讀時，我看著她，設想在我寫作時，她會不會也用望遠鏡看我？我坐在書桌前，背對著窗戶，感覺到在我背後那一邊，有一隻眼睛吸走文句之流，引導故事往我掌握不住的方向而去。讀者是我的吸血鬼，在紙上寫字時，我覺得有一羣讀者從肩後看我，抓緊鋪陳在紙上的文字。有人觀看時，我無法寫作：我覺得自己所寫的東西不再屬於自己。我希望消失掉，只爲他們眼中閃爍的期待，留下附在打字機上的那一張紙，或者至多留下敲擊字鍵的我的手指。

假若我人不在這裏，我不知會寫得多好！假如在白紙和那成形而後消失、未經人寫下的文字和故事的寫作之間，沒有插入那令人不舒服的區隔——我這個人，不知該有多好！風格、品味、個人哲學、本位主義、文化背景、眞實經驗、心理學、天賦、本行的伎倆：這一切因素使我寫的東西讓人看得出是我的，但這些對我而言似乎也是限制我的潛能的一個牢籠。如果我只是一隻手，一隻被切斷卻能握筆的手……誰來推動這隻手？不知名的羣衆？時代精神？還是集體潛意識？我不知道。我之所以要消除掉自我，倒不是爲了要成爲某些可界說之事物的代言人，只是要傳達可以寫卻沒人寫，可以敍述但沒人敍述的東西。

也許我用望遠鏡觀察的這位女士「知道」我應該寫什麼；或者相反地，「她並不知道」，因爲她事實上正等我去寫她所不知道的東西；但她確知的一件事是她在等待，我的文字將塡補那空虛。

有時候，我想拿一些已經存在的東西做爲要寫的書的主題：已被思考過的思想、已被說過的對話、已經發生過的故事、看過的地方和場景；此書應該等同於這個不曾被描述過的世界轉換成書寫。相反的，有時候，我似乎了解，在要寫的那本書和已經存在的事物之間，只能有一種補充的關係：此書應是未經描寫之世界的書寫對應；其主題應是不存在的和不能存在的，只有寫下時才存在，但它的曠缺不在只有藉由那些存在的東西，藉其本身的不完整，才能被模糊地感覺到。

我知道我一直圍著這個想法打轉，那就是未被寫過的世界和我應寫的書兩者的互賴關係。這就是爲什麼寫作對我而言，是一份繁重的工作，而我也一直受它壓迫的原因。我把眼睛探入望遠鏡，對準那位讀者。有隻白蝴蝶在她的眼睛和書頁間拍翅飛舞。不論她正在閱讀什麼書，這隻蝴蝶現在必定引起了她的注意。那未被寫下的世界的高潮就在那隻蝴蝶身上，我必須瞄準的目標就是特別的、親切的、輕盈的事物。

看著躺椅上的女士，我覺得需要「從生命」來寫，也就是不寫她，而寫她的閱讀，寫任何事物，但必須想到那些都必須經過她的閱讀。

現在，注視著棲息在我書上的蝴蝶，心中惦記著蝴蝶，我想要「從生命」來寫，例如寫一樁可怕的罪行，但又有點「像」蝴蝶，像蝴蝶一般輕盈與細緻。

我也可以描寫蝴蝶，但心中卻存著一幕可怕的罪行，因此蝴蝶也變成可怕的東西。

一篇故事的構想：在一山谷裏，相對的山坡上，兩間小木屋中住著兩位作家，他們輪流觀察彼此。其中一位習慣在上午寫作，另一位則在下午。不管上午或下午，不寫作的那位總以望遠鏡瞄準在寫作的另一位。

兩位當中一位是多產作家，另一位是難產作家。難產作家看著多產作家一行又一行，整齊劃一地塡滿紙張，手稿累積成一堆乾淨的書頁，再過一會兒書就可以完成了：必定是一本暢銷書——那位難產作家既鄙視又嫉妒地想著。他認爲多產作家不過是個靈巧的技匠，善於生產機器製造的小說，迎合大衆口味；但他壓抑不住一種強烈的嫉妒感覺，嫉妒那個人能自信滿滿，有系統地表達自己。那不只是嫉妒，也是羨慕，沒錯，眞誠的羨慕：那一個人全力貫注於工作的方式之中，必定有一種慷慨大度，對溝通有信心，能滿足別人對他的期望，不會給自己製造內向的問題。這位難產作家願意不惜一切代價，只要能夠類似那位多產作家；他願意把他當成典範；他目前最大的野心就是像他一樣。

當那位難產作家坐下寫作時，多產作家觀看他咬指甲，搔抓頭髮，把紙撕成碎片，起身走到廚房，泡咖啡，然後泡茶，再來是甘菊花茶，然後讀一首賀德齡的詩，（雖然賀德齡和他在寫的東西截然無關，）抄寫一頁已經寫下來的東西，隨後一行一行地全部劃掉，打電話給洗衣店，（雖然藍色休閒褲星期四以前不會洗好已成定局，）然後作一些筆記，目前雖然用不上，但以後也許用得著，接著走到百科全書那裏，查查「塔斯馬尼亞島」，（雖然很明顯，他正在寫的東西不會提到塔斯馬尼亞島，）撕下兩頁，放下一捲拉威爾的錄音帶。多產作家從未喜歡過難產作家的作品；每次讀起來，總令他覺得他似乎即將掌握住一個關鍵點，但關鍵點隨後逃離他的掌握，留給他一股不安的感覺。現在看著他寫作，他覺得那個人似乎掙扎著在處理某些晦澀的東西，一個糾結，也許是一條待挖掘的不知通往何處的路；有時候他似乎看見那另一個人走在凌越虛空的繩索上，他羨慕極了。不只是羨慕而已，甚至嫉妒；因爲他覺得自己的作品如此狹隘，和難產作家所追尋的東西比較起來顯得何其膚淺。

在一間山谷底的小木屋陽台上，有位年輕女人一面在曬太陽，一面在看書。那兩位作家都用望遠鏡觀察她。「她多麼入神啊！她正屏住呼吸！她多麼熱情地在翻動書頁！」難產作家心裏這樣想著，「她一定在讀深具震撼力的小說，就像那位多產作家寫的那些一樣。」「她多麼入神啊！彷彿在沉思中改觀了，彷彿她看見神祕的眞理揭曉了！」多產作家如是想，「她一定是在讀一本蘊含豐富涵義的書，像那位難產作家寫的那些書。」

難產作家最大的願望就是希望自己的書能被用那位年輕女人閱讀的方式閱讀。他依照自己想像中多產作家的寫作方式開始寫一本小說。然而，多產作家最大的願望也是希望自己的書能被用那年輕女人閱讀的方式閱讀。他依照自己想像中的難產作家的寫作方式開始寫一本小說。

其中一位作家先接近年輕女人，接著另一位作家也來了。兩位都說希望她讀讀他們剛完成的作品。

年輕女人收下兩份手稿。幾天後她邀請他們一起到她家來，這使他們大感驚訝。「開什麼玩笑？」她對他們說，「你們給了我兩本同樣的小說！」

或者：

年輕女人把兩份手稿弄錯了。她把難產作家模仿多產作家所寫的小說還給多產作家，而將多產作家模仿難產作家所寫的小說還給難產作家。兩位作家看到自己被模仿，都產生激烈的反應，從而發現了自己個人的心境。

或者：

一陣風吹亂了兩份手稿。年輕女人試著重新加以組合。結果，一本了不起的小說產生了，一本評論家無法置喙的小說，一本難產作家和多產作家兩者夢寐以求的小說。

或者：

年輕女人一向熱中於閱讀多產作家的小說，但討厭難產作家。現在讀起多產作家的新小說，覺得作品很假，甚至發現多產作家所寫的一切都很假；另一方面，回想起難產作家的作品，她現在發現全都是精彩卓越的作品，而且迫不及待地想讀他的新小說。但是她看到的卻是和她預期完全相反的東西，所以也把他打入了冷宮。

或者：

同上，以難產作家取代多產作家，以多產作家取代難產作家。

或者：

年輕女人是多產作家熱烈的仰慕者……，但討厭難產作家。她閱讀多產作家的新小說，並沒有發現有什麼改變；她喜歡那本小說，但並不特別狂熱。至於難產作家的手稿，她覺得就像該作家的其他作品一樣，平淡而無味。她以幾句客套話回覆兩位作家，兩位因此認爲她不可能是敏銳的讀者，也就不再理會她了。

或者：

同上，但兩位作家角色互換……。

我在一本書讀到，思想的客觀性可用不具人格的第三人稱動詞「想」（to think）來表達：不說「我想」（I think），而逕說「想」（It thinks），就像我們說「下雨」（It rains）。宇宙間有思想——那是我們據以出發的常數。

我是否可以說「今天寫作」，就像說「今天下雨」、「今天颳風」一樣？只有當我能自然而然地使用不帶人稱的動詞「寫作」，我才能希望，透過我所表達出來的東西會比較不受個人的風格所限制。

至於動詞「閱讀」呢？我們是不是可以說「今天閱讀」就像我們說「今天下雨」呢？如果你再想想，就知道閱讀遠甚於寫作，必然是個人行動。如果我們假定寫作是用來超越作者的極限，那它只有被單獨一人閱讀並流過他的心思線路時才始終有其意義。只有某個特定的個人的閱讀能力才可證明那些寫下的東西具有書寫的力量，一種根據超越個人的東西所建立的力量。只有人可以說：「我讀，故**它**寫」，宇宙才會自行表達它本身。

這是我所見到的出現在讀者臉上的特別福恩，我與它無緣。

我書桌對面的牆上掛著人家給我的一張海報。小狗史奴比坐在打字機前，漫畫上寫著一個句子：「一個暴風雨的黑夜……」每次我坐在這裏，念著「一個暴風雨的黑夜……」那句開場白不具人稱的特性似乎開啓了一通道，從一個世界通向另一個世界，從此時此地的時空通向書寫文字的時空；我感覺隨著這起頭的刺激震顫，接踵而來的是多重發展，永不耗竭；我相信傳統俗套式的起頭是再好不過的，從這種開端，你可以預期一切，或什麼也不預期；我也了解這隻鬆毛狗無法在那八個字之外另加八個或十二個字，而不打破原來的魔力。幻覺是進入另一世界的媒介：你開始急急忙忙地寫，預期著將來閱讀的樂趣，但空無卻在白紙上張口打哈欠。

自從把海報擺在眼前以後，我就無法寫完一張紙。我必須儘快把這該死的史奴比從牆上拿下，但卻做不到；那個幼稚的圖形已成爲我的狀況之象徵，成爲一項警告，一種挑戰。

許多小說第一章頭幾句在單純情境中所產生的浪漫魅力，往往隨著故事的後續發展很快便消失：在我們面前延伸而且能夠包含一切可能之發展的是一次閱讀的展望。我但願能夠寫一本僅僅只是一個開場白的書，整本書從頭到尾都保持著開頭的潛力，期望不會集中在一個對象。但這樣的書要如何建構？會不會在第一段之後便中斷，無以爲繼？預備工作會不會無限拖延？會不會像《天方夜譚》一樣，把一個故事的開頭放在另一個故事裏？

今天我要以抄錄一本著名的小說之開頭的幾句作爲開始，看看那個起頭所包含的熱量是否會傳達到我手上，我的手一旦接收適當的推力，應當會自行繼續下去。

「七月裏，一個異常燠熱的黃昏，一位年輕人從他投宿的S區的閣樓走出來，猶豫不決似地慢慢走向K橋。」

我也要抄下不可或缺的第二段，好讓流利的敍述牽引我：

「在樓梯間，他順利地避開房東太太。他的閣樓在一棟五層樓高房子的屋頂下，不像房間，倒像櫥櫃。」一直抄到：「他欠房東太太錢卻無力償還，所以害怕遇見她。」

抄到這裏，下一句非常吸引人，所以我忍不住把它抄下：「這不是因爲他落魄或懦弱：正好相反；因爲過去這一段時間他一直處於過度緊繃的狀態，瀕臨幻想症的邊緣。」抄到這裏，我可以接上一整段，事實上可以抄好幾頁，直到這個主角向一位年老的貸款人自我介紹道：「『我是羅斯柯尼可夫，一介學生，一個月前來到此地，』年輕人急急說道，半彎腰行禮，沒忘記他應更禮貌一些。」

我忍住抄寫整本《罪與罰》的誘惑，停止下來。刹那間，我想到了一個目前尚無法想像的職業的意義與魅力：那就是抄寫員的職業。抄寫員同時生存在兩個時間的領域，一個是書寫的，一個是閱讀的領域；

他可以寫，而沒有下筆面對一片空白的痛苦；他可以閱讀，而不必忍受必須自己採取具體行動以促其實現的煎熬。

有個人來拜訪我，自稱是我的翻譯者，他警告我說，有一種無法無天的行業正危害到他和我：那就是未經授權，擅自發行我的書的翻譯本。他拿出一本給我看，我隨便翻一翻，看不出什麼名堂：那是用日文寫的，唯一的拉丁字母是標題頁上我的姓名。

「我甚至無從分辨這是我所寫的那一本書，」我邊說邊把書交還給他，「很遺憾，我不懂日文。」

「即使你懂日文，你也認不出這本書。」我的訪客對我說，「這是一本你從未寫過的書。」

他向我解釋，日本人那種仿造西方產品模仿得維妙維肖的偉大技能已經擴散到文學方面了。大阪的一家公司已經掌握了賽拉斯・佛拉納利小說的公式，依照公式嘗試生產全新的第一流小說，以便進軍國際市場，小說再翻成英文(或者說，翻譯成英文——那是他們所宣佈的原文）以後，幾可亂眞，任何批評家都看不出是否是眞正的佛拉納利作品。

這個惡劣的詐騙消息令我感到十分不安，然而，我的不安超乎經濟和道德方面的傷害所引起的憤怒，令我自己無法理解：我怯怯地感受到自己被那些贗品，被那些從我身上延伸出去而在另一個文明的領域開花結果的擴充所吸引。我想像一位穿著和服的老人，越過一座小拱橋：他就是日本式的我，正想像著我的一篇故事，最後經由一次我完全陌生的精神之旅而成功地和我認同。因此，行騙的大阪公司生產出的假佛拉納利作品雖然是粗糙的仿造品；但卻也包含了眞正的佛拉納利作品完全缺乏的一種優雅而神祕的智慧。

在陌生人面前，我自然得隱藏我曖昧的反應，所以我裝出一副只對蒐集打官司所需要的資料有興趣的樣子。

「我要控告仿冒者和任何參加假書發行的人！」我說著，意味深長地注視翻譯員的眼睛，因爲我懷疑這位年輕人在這見不得人的勾當裏也有一份。他說他叫厄米斯‧馬拉拿，一個我從未聽過的名字。他的頭是橫擺的橢圓形，像條汽船，似乎在額頭凸起處隱藏了許多東西。

我問他住哪裏，「目前住日本，」他回答我說。

他聲稱對任何人不當地使用我的名字都感到憤怒，而且已打算幫我擺平這種欺騙行爲，但他又補充道，說穿了，沒什麼好驚訝的，因爲在他看來，文學的價值在其神祕力量，在神祕中文學才能顯示出它的眞實性；因此，如同神祕中的神祕，虛假等同於不折不扣的眞實。

他接著闡釋起他的理論，依據這理論，他認爲每本書的作者都是虛構的角色，由眞實存在的作者發明出來作爲他的小說的作者。我覺得對他的大多數見解，都有同感，但我很小心地不讓他知道。他說他對我感到興趣的主要原因有二：第一，因爲我是能被模仿僞造的作者；第二，他認爲我具有偉大仿冒者所必須的天賦，可以製造完美無瑕的僞書。因此對他來說，我正代表理想作者，那就是說，作者融化消失在小說的雲層中，以那厚厚的雲覆蓋世界。因爲，在他看來，假造是一切的眞正本質，能設計完善的假造系統的作者才能成功地使自己和整體認同混合。

我必須停止思考昨天和馬拉拿的談話。我也想要抹除自己，爲每本書另找一個我，另一種聲音、另一個名字，重新誕生；但我的目標是在書中捕捉難以明瞭的世界，其中沒有中心，沒有自我，沒有我。

你想起來了，這種全能作家可能是個卑微的人物，在美國，人家所謂的影子作家，一種雖沒享有什麼聲望，卻有公認價値的行業：無名的編輯者，把別人要說但卻沒能力或沒時間去寫的東西編輯成書；他是書寫的手，把沒空出生的文字接生入世。也許那就是我從前實際在做的事，而我卻不知道。從前我可以繁衍出好多個我，僭取別人的自我，扮演一些和我本人極不相同而且彼此之間也大不相同的自我。

假如一本書僅能包含一個個體的眞理，我不妨接受這事實，並寫下我的眞理。那會是我的記憶之書囉？不，記憶只有當你不把它安頓下來，不用形式把它限制住，才是眞實的。那麼是我的慾望之書吧？但慾望只有在衝動獨立運作，獨立於我的淸醒意識之外，才是眞實的。我所能寫的唯一眞實就是我活動的這一刻。也許這本日記才是眞實的書。我試著在日記裏面寫下我在變化的光線中，所觀察到的躺椅上的女人在白天的不同時辰的影像。

爲什麼不承認我的不滿足顯示出我有過度的野心，也許那是精神錯亂的自大狂？如果作家想要消除自我，俾便替他之外的事物發聲，那他有兩條路：寫一本獨一無二的書，在書頁中窮盡一切；或者寫下一切的書，透過部分意象去追求整體。那本無所不包的獨一無二的書，只可能是神聖經文，揭露整體世界。但我不相信語言能包含整體性；我的問題存在於那些外界的，那些未被描寫下來的，無法加以描寫的東西。我剩下來的唯一方法便是寫出所有的書，寫出所有作者可能寫的書。

假使我認爲我必須寫一本書，所有關於那本書該怎樣和不該怎樣的問題就會牽制著我，使我無法有所進展。相反地，假使我認爲自己正在寫整個圖書館的書，我就會覺得突然輕鬆起來：我知道，不管我寫下什麼，都會和成千上百本等我去寫的書相互結合、矛盾、平衡、擴充、掩沒。

可蘭經是我們最清楚其寫作過程的聖書。在萬物整體和那本書之間，至少經過兩次仲介：穆罕默德傾聽阿拉的話語，再口述給抄寫員亞布杜拉聽。這位先知的傳記作家們告訴我們，有一次穆罕默德在對抄寫員亞布杜拉作口述時，有個句子講到一半沒講完，那位抄寫員本能地建議一個結尾。先知心不在焉地把亞布杜拉所說的當做神的話語接受。這件事令抄寫員起了反感，於是離開先知，喪失了信仰。

他錯了。組織句子的責任最後是落在他身上的；他必須處理書寫語言的內在連貫、文法及句構，而且也必須在語言變成文字前，把伸展在一切語言之外的思想的流暢性以及像先知的話語那般流暢的文字導入語言中。一旦阿拉決定用書寫文本表達時，抄寫員亞布杜拉的合作對阿拉而言是必須的。穆罕默德了解這點，所以允許抄寫員有寫下結語的殊榮；但亞布杜拉不了解這份授與他的權力。他對書寫以及自己身為書寫的代理人這件事缺乏信念，因而終於失去對阿拉的信仰。

如果沒有宗教信仰的人被允許針對先知的傳奇杜撰一種不同的說法，恕我冒昧這麼說：亞布杜拉喪失信仰，因為他在聽寫時犯了一個錯，穆罕默德雖然注意到了，卻決定不去改正，因為他覺得錯得更好。在這種情況下，亞布杜拉若起反感也是不對的。話語，甚至先知的話語變得明確，是在紙張上頭，而不是在那之前，那也就是說，在變成書寫的時候。唯有經由限制性的書寫行為，那就是說，經由拼法的不確定、偶然的遺漏、疏忽、文字和筆未察覺的跳略等等，龐大的非書寫才會變得可解。若非如此，我們之外的事物無從透過話語——不論口說或書寫——來溝通：讓它利用別的管道去傳達訊息吧。

看哪：那白色蝴蝶已經越過了整個山谷，從那位讀者的書飛來到這裏，落到我正在寫的這一頁上。

陌生的人們在山谷裏到處走動：文學代理商正等著我的新小說，他們已向世界各地的出版商收取這部小說的訂金；廣告代理商要我筆下的角色穿著特定的服飾，飲用特定的果汁，電子技術人員堅持我用電腦來完成我那些尚未完成的小說。我試著盡可能少出去；我避開村落；想散步的話，便挑山徑走。

今天我遇到一羣男孩，看起來像是童子軍，他們顯得很興奮，但態度卻一絲不苟，他們把帆布佈置在草地上，形成一個幾何圖形。

「給飛機的訊號嗎？」我問道。

「是給飛碟的，」他們回答，「我們是幽浮觀察者，這裏是一個轉換交接地點，也就是一種航空軌道，近來這裏觀測到有很多活動。一般認爲是因爲有位作家住在附近一帶，其他星球的居民想利用他來作通訊。」

「你們怎麼會相信這種說法？」我問道。

「事實上，這位作家陷入危機狀態已經一段時間了，他不再能寫作。報紙上懷疑背後的肇因。根據我們的推測，可能是其他星球上的居民使他沉滯不前，好讓他脫離地層上的制約，而能接受訊息。」

「爲什麼特別選上他？」

「外星人不能直接說話，他們必須用間接的方式表達，用比喻的方式——例如，透過一些激發起不尋常之情感的故事。這位作家顯然有很好的技巧，思想觀念也有彈性。」

「你們讀過他的書嗎？」

「到目前爲止，他所寫的都是無趣的。但一旦脫離危機，他要寫的書將是一本可能包含星際溝通的書。」

「如何傳送給他呢？」

「藉由心靈。他甚至應該不會察覺到。他會以爲他在按照自己喜歡的方式在寫，但事實不然，訊息從太空藉電波送來，被他的大腦接受後，會滲透到他所寫的東西。」

「你們有辦法解開訊息的密碼嗎？」

他們沒有回答我。

當我想到這些年輕人將會對星際交流失望時，我不免感到悲傷。不過我倒可以輕易地在我下一本書中偷偷地放一些東西，讓他們覺得那是宇宙眞理的顯示。目前，我還不知道我會捏造出什麼，但我一旦開始寫，便會想到點子的。

假如事情眞像他們所講的那樣，那怎麼辦呢？要是我相信自己是因樂趣而寫，但我所寫的東西實際上卻是外星人所口述的呢？

我的小說一直沒有進展，等待啓示從太空傳來沒有什麼用。要是我又突然開始一頁頁地填寫，那就可能是銀河在對我發射訊息了。

目前我唯一能寫下來的就是這本日記，一個年輕女人在閱讀一本書的沉思，但我卻不知道她在讀的是一本什麼書。外星人的訊息包含在我的日記中？或在她的書中？

有一位女孩來看我，她正在寫一篇專題論文討論我的小說，要在一個很重要的大學文學討論會提出。我看得出，我的作品非常適合用來證明她的理論，這當然是有正面意義的事——對小說或對理論而言，我不知道那一項。從她詳細的談話中，我知道她很嚴肅地在做那一件工作，但透過她的觀點來看，我卻不認得自己的作品。我相信這位羅塔莉亞（那是她的名字）已經認眞讀過那些書，但我認爲她的閱讀只在尋找她在閱讀之前便已相信的東西而已。

我試著告訴她這點，她有些生氣地反駁說：「那又如何？難道你只要我在你的書中讀出你相信的東西嗎？」

我回答她道：「不是那樣。我希望讀者讀出一些我自己也不知道的東西，但我只能期待這種事發生在那些想要讀到他們所不知的內容的人身上。」

（我很幸運能用望遠鏡看到那另一位在閱讀的女人，並說服自己：不是所有的讀者都像這位羅塔莉亞一樣。）

「你想要的是一種消極、逃避、落伍的讀書方法，」羅塔莉亞說道，「那是我姊姊的讀書方法。我就是看到她囫圇吞棗，一本又一本地讀賽拉斯・佛拉納利的小說，而不思考任何問題，才想到用那些書做爲我的論文的題材，佛拉納利先生，如果你要知道的話，這就是我爲什麼讀你的作品的原因：向我姊姊魯德米拉展示如何閱讀一位作者，甚至是賽拉斯・佛拉納利也不例外。」

「謝謝你的那個『甚至』，但妳爲什麼不把妳姊姊一起帶來？」

「魯德米拉堅持最好不要私下去認識作者，因爲眞人不可能和你從讀他的書所塑造出來的形象相符。」

我想說這位魯德米拉可以成爲我理想的讀者。

昨晚，我進入書房時，看見一個陌生人的影子從窗戶逃出去，我試著去追他，但找不著他的踪跡。我好像時常聽到有人躲在附近的灌木叢裏，特別是在夜晚時。

我盡可能少離開房子，但我感覺到有人在翻動我的稿紙。我不只一次發現有幾頁手稿不見了，幾天後又發現那幾頁復歸原位。但我總是無法認出那些手稿，彷彿已經忘記自己所寫的東西，又彷彿一夜之間，我改變太多，以至於無法從昨日的我辨認出自己。

我問羅塔莉亞是否已經看過我借給她的幾本書。她說沒有，因爲她在此間沒有電腦可供使用。

她解釋說，一部有適當程式的電腦能在數分鐘之內讀完一本書，記錄並表列出該文本所包含的所有的字彙，按照出現的頻率排列。「這樣一來，我手邊就有一份完成的讀本，」羅塔莉亞說，「節省下不可勝數的時間。事實上，閱讀不過就是記錄某些一再重複的主題和某些形式與意義方面的強調，除此之外，還有什麼呢？電子閱讀提供給我一份頻率表，我只要瞥一眼，就知道書中有哪些問題可以拿來作批評的探討。當然啦，表上所記錄的頻率最高的是數不盡的冠詞、代名詞、虛詞，但我一點也不去注意那些。我直接看那些意義最豐富的字；那些字能讓我對那本書有相當準確的概念。」

羅塔莉亞帶給我一些經過電子改寫成的小說，形式是依照字彙出現的頻率所列的一張表。「在一本五萬到十萬字的小說，」她說，「我建議你直接觀察那些重複約二十遍的字。看！這些字出現了十九次：

「血、彈鏈、指揮官、做、有、立刻、它、生命、瞧見、步哨、射擊、蜘蛛、牙齒、一起、你的……

……

「出現十八次的字有：

「男孩、帽子、來、死、吃、足夠、傍晚、法國人、去、瀟灑、新、經過、期間、馬鈴薯、那些、直到……

「你還不清楚那本書寫些什麼嗎？」羅塔莉亞說，「毫無疑問：那是一部戰爭小說，全都是行動，節奏明快，暗含一些暴力。我要說，那些敍述是完全表面的，可是當然囉，看看那些只出現一次的字也是不錯的主意，這些字並不因只出現了一次就不重要，拿下面一串來作例子：

「腋窩、草叢、祕密的、敗北者、滅食、踐踏、忍受、進行、大學生、地下的、矮樹、暗地裏、沒有特權、貼身內衣、重量不足……

「不，這本書並不盡然像外表看起來那樣膚淺；一定有一些東西隱藏不露；我可以朝這些線索研究下去。」

羅塔莉亞給我看另一份列表。「這是一本完全不同的小說，一看就知道，看這些重複大約五十次的字：

「擁有、他的、丈夫、小、瑞卡多（五一次），回答、曾經、以前、擁有、車站、什麼（四八次），所有、幾乎沒有、臥室、瑪瑞歐、一些、次數（四七次），早晨、似乎、去、誰（四六次），應該（四五次），手、聽、直到、是（四三次），西西利亞、德利亞、黃昏、女孩、雙手、六、誰、年（四二次），幾乎、單獨、能夠、人、回來、窗戶（四一次），我、想要（四〇次），生命（三九次）

「你有何感想？最細膩的敍述，微妙感覺，輕描淡寫，樸素的背景，省城的日常生活……讓我們拿只用過一次的例子來加以證實：

「冷冽、被騙、向下、工程師、放大、發福、聰明、率直、不義、嫉妒、跪下、吞嚥、被吞、正在吞……

「關於氣氛、心情、社會背景等等，我們已經有個概念了，我們可以繼續看第三本書：

「根據、說明、身體、特別、上帝、頭髮、錢、次數、去（二九次），黃昏、麵粉、食物、雨、理由、某人、停留、敏善柔、酒（三八次）、死亡、蛋、綠色、她的、腿、甜、因此（三六次）、黑色、胸、小孩、白天、甚至、哈、頭、機器、製造、維持、停留、東西、白色、要（三五次）

「現在我要說，我們面對的是一個充滿血腥暴力的故事，樣樣具體，有一點唐突，帶有直接的淫蕩，欠缺雅緻，流行的色慾。不過，且讓我們再看一下那些只用了一次的字彙表。例如：

「可羞、羞恥、羞辱、可恥的、無恥的、許多羞恥、羞人、蔬菜、證實、苦艾酒、處女……

「你明白了嗎？犯罪情結，單純而簡單！寶貴的提示：批判性的探討可從這一點出發，建立一些堪用的假設……我剛不是告訴過你了嗎？這難道不是一個快速、有效的方法嗎？」

想到羅塔莉亞以這種方式讀我的書，給我製造了一些難題。現在，我每寫一個字，便想到此字在電腦上疾馳，依照出現頻率排列，緊鄰著其他我不知道其歸屬的字彙，我因此納悶，不知我已經使用這個字多少次了，我感到寫作的全部責任依賴那些孤立的音節，我試著想像可以從我使用這個字一次或五十次的事實歸納出什麼結論。也許我最好把它擦掉……但不管我試用其他什麼字，似乎都無法通過這個考驗……也許我可以不寫書，而依照字母順序寫下字彙清單，以雪崩的孤立的文字來表達我仍不了解的眞理。從那些清單，電腦倒轉其程式便能建構成書，我的書。

我已邂逅了那位拿我寫專題的羅塔莉亞的姊姊。她未知會一聲便來訪，好像恰巧經過我家似的。她說「我是魯德米拉，我讀過你所有的小說。」

我曉得她不想私下認識作者個人，所以看到她我很驚訝。她說她妹妹看事情總是以偏概全；因此，在羅塔莉亞告訴她我們的會面後，她想要親自查證一下，像是要證實我的存在似的，因爲我符合她理想中的作家模式。

套一句她說的話，理想模式的作家就如同「南瓜藤生南瓜」一樣地生產書籍。她也使用其他依照自然發展而不受甘擾的程序做比喻——風削山成形，海浪的破碎，樹幹的年輪——但這些都是一般文學創作的暗喻，而南瓜的意象卻直接指涉我這個人。

「你生你妹妹的氣嗎？」我問她，因爲覺得她的話語中有股爭論的口氣，就像有些人在和別人爭辯中習慣性地堅持己見。

「不，是生另一個人的氣，這人你也認識。」她說。

我不太費力，就誘她說出了來訪的緣由。魯德米拉是翻譯家馬拉拿的朋友，或者說是他過去的朋友。對馬拉拿而言，文學作品愈是技巧複雜，愈是充滿錯綜的欺騙、詭計、陷阱，就愈有價値。

「嗯，依照妳的看法，我寫的不是這樣囉？」

「我一直認爲你寫作的方式，就像動物掘坑，螞蟻造塚，蜜蜂築窩一樣。」

「我不確定，這算不算是在恭維我，」我答道。「無論怎麼說，現在，你總算見到我了，我希望你沒有失望。我是否符合你心目中所形成的賽拉斯·佛拉納利的形象？」

「我並沒有失望。恰好相反，但並非由於你符合某一個形象：而是因爲事實上你是一個絕對平凡的人，和我所預期的一樣。」

「我的小說讓你覺得我是個凡夫俗子嗎？」

「不，你知道的……賽拉斯·佛拉納利的小說人物栩栩如生……彷彿這些人物早已存在那裏，在你下筆之前，細節都有了……彷彿他們通過你而走出來，利用你，因爲你知道如何寫作，因爲畢竟總得有個人來寫他們……我希望我可以看著你寫作，看看實際上是不是這樣……」

我感到一陣刺痛，沒想到對這個女孩而言，我只不過是一股不帶個人情感的書寫能量，可以在寫作中把無法言喻的東西轉變成一個獨立於我之外的想像世界。天呀！但願她知道此時我不再具有任何她想像的那些東西：既無表達的能源，也沒有東西可以表達。

「妳想妳會看到什麼呢？有人看的話，我不能寫作……」我回答。

她解釋說她自信已經了解這一點：文學的「眞理」僅只存在於寫作行爲的物理性質當中。

「行爲的物理性質……」這些字眼在我腦中迴轉，和我揮之不去的一些意象連結在一起。「存在的物理性質，」我結結巴巴地說，「妳瞧，我站在這兒，我是一個存在著的人，面對著妳，面對著妳的物理性的呈現……」一陣強烈的嫉妒湧上我心頭，我並非嫉妒別人，而是嫉妒那個墨水、句點、逗點組成的我，他寫過我將不再寫的小說，那個得以不斷進入這名年輕女子之隱私中的作者。然而，我，此時此刻的我，感覺到澎湃洶湧的物理性能量，遠比創作還更可信賴，但我和她卻被打字機的鍵盤和卷軸上的白紙之間極大距離阻隔開來。

「溝通可以建立在不同的層次上。」我開始解釋，有點急促地挨近她，在我心中迴轉的那些視覺和觸覺意象驅使我排除一切的距離和延滯。

魯德米拉掙脫開去。「你，你想幹什麼？佛拉納利先生，你搞錯了，你誤會了！」

沒錯，我是該舉止高雅一點，不過，已經爲時太晚，無從補救了：一不做，二不休。我繼續繞著桌子追逐她，還一面說著一些自己都覺得愚笨透頂的話，諸如，「也許你覺得我太老了，不過，相反的……」

「這完全是誤會，佛拉納利先生，」魯德米拉說著，停了下來，將那笨重的韋氏國際大辭典擋在我們中間。「要和你做愛，那並不難：你是個風度翩翩，英俊的紳士。但這和我們討論的問題是兩碼事……這和我所閱讀的小說作者賽拉斯．佛拉納利一點關係也沒有……我已經跟你說過了，你是兩個分開獨立的人，兩者的關係不能交互影響……我不懷疑你就是這個具體的人，而不是另一個，雖然我發現你和許多我認識的男人很相似，但是令我感興趣的是另一個，那個存在於賽拉斯．佛拉納利的作品中的賽拉斯．佛拉納利，獨立於你之外，這……」

我拭掉額頭上的汗，坐下來。我身上有些東西消失了：也許是自我，也許是自我的內容。但這不正是我想要的嗎？這不正是我一直在嘗試達到的分裂性人格嗎？

也許魯德米拉和馬拉拿都要來告訴我相同的事，但我不知道這是解放，還是譴責。爲什麼她們碰巧在我覺得最自我束縛，有如身陷囹圄的時候來看我？

魯德米拉一離開，我便奔向望遠鏡，想藉著觀看那坐在帆布椅上的女人來尋求安慰。但她不在那兒。我不禁開始懷疑：她和方才來看我的人是不是同一位？也許一直都是她而且只有她才是我一切問題的根源。也許有一個阻止我寫作的陰謀，魯德米拉、她妹妹和那個翻譯家都牽涉在內的陰謀。

「最吸引我的小說是那些創造一個透明幻覺，圍繞著一個極盡晦澀、殘酷、悖理之能事的人際關係之結的小說。」魯德米拉說。

我不明白她這番話是在說明我的小說吸引她的地方，還是在表示她想在我的作品中尋找卻沒找著的東西。

永不滿足似乎是魯德米拉的特徵；我覺得她的喜好一夜之間突然改變，今天只不過反應了她的煩躁不定罷了（她今天又回來看我，依此看來，她似乎已忘了昨天發生的事）。

「我用望遠鏡觀察山谷裏的一個在陽台上看書的女人。」我告訴她，「我納悶究竟她看的是令人鎮靜的書，還是教人不安的書？」

「在你看來，那女人怎麼樣？安安靜靜呢還是焦慮不安呢？」

「安安靜靜的。」

「那她讀的是令人不安的書。」

我告訴魯德米拉那些我想到的關於我的手稿的奇怪念頭；手稿如何消失不見，如何再現，但卻和原來不一樣了。她告訴我得非常小心；因爲有一個仿冒者的陰謀組織到處都有分支。我問她那陰謀組織的領袖是不是就是她的舊朋友。

「陰謀叛逆總是避開領袖的掌握，」她閃避地回答道。

僞書（出自希臘文 apokryphos，意即隱藏，祕密）：㈠原來指宗教派系的「祕經」；後來指不被已經建立起啓示書寫之典律的宗教當做典律的文本；㈡泛指歸錯年代或作者的文本。

這就是字典的解釋。就「僞書」這個詞的多重意義而論，也許我眞正的行業正是僞書作者的工作：因爲寫作總是意味著隱藏一些後來才會水落石出的東西；因爲我筆下的眞理一如那些被劇烈撞擊力炸得粉碎而從巨石上剝落下來的碎片，隨後又被拋到九霄雲外；因爲除了仿冒之外，沒有任何確定性。

我想再去找厄米斯・馬拉拿，提議我們一道合作，用僞書來淹沒全世界。但他現在人在哪裏呢？他已經回日本了嗎？我試著叫魯德米拉談談他，希望她會說出一些具體的事情。根據她的說法，僞造者爲了活動，必須藏匿在小說家爲數頗多而且個個多產的區域，俾便魚目混珠，使僞造品得以和源源不斷生產出來的眞正原料雜纏在一起。

「那麼，他已經回日本了？」但魯德米拉似乎還未意識到日本和那個人有何關係。她以爲那陰謀的翻譯者之詭計的祕密基地是在地球的另一端哩。根據厄米斯最近的音訊，他曾在安地斯山脈的科廸里拉峯附近留下足跡。不管如何，魯德米拉只對一件事情感興趣；那就是他還遠在天邊。她躲在這山谷中就是爲了逃避他；既然她已確定不會碰見他，那她就可以回家去了。

「妳是說妳就要離開了？」我問她。

「明兒個一早就走，」她回答我。

這消息使我難過極了。突然間，我覺得孤單起來。

我又一度和那些飛碟偵察者講話。這一次是他們來看我，檢查我是否因緣碰巧寫下了那本外星人口授的書。

「不，但我知道在哪兒可以找到這本書。」我一面說，一面湊近望遠鏡。因爲這一陣子以來，我覺得那本星際書可能就是躺椅上的女人正在讀的那一本。

熟悉的陽台上看不到那個女孩。失望之餘，我調了調望遠鏡，在山谷裏四處瀏覽，看見一個穿戴筆挺的男人，坐在岩石的懸崖邊上，正專心地看書，時間上太巧合了！巧合得令我不得不想到那是一個外星的介入。

「你們在找的書有了！」我告訴那些年輕小伙子，把瞄準那個不速之客的望遠鏡交給他們。他們一個接一個地把眼睛湊近望遠鏡，然後交換眼色，道謝，走出去。

有一個「讀者」登門造訪，向我提出一個令他困擾的問題：他發現了兩本我的著作《在一片……線路網中》，外表相同，但內容卻是不同的兩部小說。一部是關於一個不堪忍受電話鈴聲的教授的故事，另一部是一個蒐集萬花筒的百萬富翁的故事。不幸，他不能說得更詳細一些，也無法將那兩本書拿來給我看，因爲在他沒來得及看完之前，兩本都被偷走，第二本的失竊地點離此不到一百公里。

對於這段奇遇，他一直無法釋懷；他告訴我在他來到我家之前，他得先確定我待在家裏，同時，他要趕緊把書看完，以便有充足的自信，和我討論這本書；所以他手中拿著那本書，就坐在岩石上讀將起來，從那兒他可以監視我的小木屋。在某個時候，他發現自己被一羣瘋子給團團包圍住了，他們向那本書撲去。這羣瘋狂的「掠奪者」圍繞著這本書，進行一種即興式的崇拜儀式。其中一個人，把書高高舉起，其他人對著那本書陷入深邃的沉思中。他們不理會他的抗議，帶著書衝進樹林去。

「這山谷充滿奇奇怪怪的人物，」我告訴他，想要安撫他的情緒，「不要再去想那些書了，先生；你並沒有失去任何重要的東西；那只不過是日本製造的贋品罷了。一家肆無忌憚的日本公司，非法利用我在世界文壇上享有的聲譽來出版小說，在封面上印了我的名字，其實書是剽竊自一些鮮爲人知的日本小說作家，他們的作品不成功，都被送去準備打成紙漿。我經過一番詳細調查，已經在設法要揭穿這騙局，它使我和那些被剽竊的作家都成了受害者。」

「事實上，我滿喜歡那本我剛剛在讀的小說的，」讀者坦白地說，「我也很遺憾沒能一路追踪故事，直到結尾。」

「如果你的問題只是這樣，我可以告訴你來源出處：那原是一本日本小說，據大綱改編而成，眞實的人和地點都給冠上西洋名稱。原著是《月光映照的銀杏葉地毯》，作者高汲，就事論事，是一位更值得注意的作家。我可以給你一本英譯本，補償你的損失。」

我從書桌上撿起那一本書，用個封套包起來，交給他，以免他忍不住想翻閱，而立即發現它和《在一片穿織交錯的線路網中》或我的其他小說，不論是眞書或僞作，全不相干。

「我知道到處都有僞造佛拉納利的書。」讀者說，「而且我也相信那兩本書中，至少有一本是假的，但是你能不能告訴我另一本的情形？」

也許我一直對這個人談我的問題是不智的，於是，我試著用俏皮話來脫離窘況：「我所能確定爲自己的著作的只有那些我還在寫的書。」

讀者自行克制，禮貌地微微一笑，立刻又轉嚴肅，說道：「佛拉納利先生，我知道誰是幕後的主使者，不是日本人，是一位叫厄米斯・馬拉拿的人，他這麼做是因爲他羨煞你認識的一名年輕女子，那就是魯德米拉・維皮提諾。」

「那你幹嘛來找我？」我回答道，「去找那位紳士，問問看這到底是怎麼一回事。」我開始懷疑讀者和魯德米拉之間有所關聯，這一點已足以教我採取敵意的聲調。

那讀者附和地說，「我別無選擇呀。事實上，我正好有個商務旅行的機會，可以前往南美洲他所在的地方，藉這個機會我剛好可以去找他。」

就我所知，厄米斯・馬拉拿爲日本人做事，他的僞書集團的總部設在日本，但我並不打算把這檔事告訴他。因爲對我而言，重要的事項是這討人厭的傢伙離魯德米拉愈遠愈好；所以我鼓勵他去旅行，去進行最徹底的搜尋，直到揪出那個「幽靈譯者」爲止。

「讀者」頗爲一些神祕的巧合所困擾。他告訴我，已經有一陣子了，由於一些性質大不相同的原因，他總是在讀了數頁小說之後被迫中斷閱讀。

「也許那些書令你厭煩，」我以慣有的悲觀告訴他。

「正好相反，我總是在最引人入勝的地方被迫停止閱讀，我等不及要繼續看下去，我以爲自己再度翻開的是我才剛開始讀的書，但卻發現眼前竟是一本完全不同的書……」

「沒想到那本書竟無聊透頂，」我猜測。

「不！更引人入勝。但我也無法讀完這本書。如此周而復始地發生。」

「你的情況帶給我新的希望，」我告訴他，「我愈來愈經常在不經意間拾起一本才剛問世的小說來讀，卻發現自己所讀的是已經讀過上百遍的同一本書。」

我仔細思索我上一次和「讀者」的談話。也許，他過分專注於閱讀，因此一開始時便吸收了該小說的全部精髓，其餘部分自然不值一顧。我在寫作上也發生類似的情形：好一陣子了，我動筆開始寫的每一部小說，總是在起頭不久之後便枯竭耗盡，彷彿我已說盡了一切我要講的東西了。

於是我起意要寫一部只有開頭所構成的小說，主角可能就是那不斷被迫中止閱讀的讀者。讀者買了一本作者Z所寫的新小說A，但那是有瑕疵的版本，除了開頭便沒什麼可讀下去，他……回到書店去另換一冊……

我可以全部用第二人稱來寫：你，讀者……我也可以引進一位年輕女子，彼讀者，一個造假的翻譯者；還有一個老作家，他有一本和這本日記相仿的日記。

但我可不希望筆下的這名年輕女讀者爲了逃避僞書製作人，到頭來卻投入了讀者的懷抱。我一定會讓讀者出發去追尋僞書製作人的踪跡，他藏匿在遙遠的國度裏，如此一來，作家便可以和那年輕女子彼讀者單獨相處。

不錯，沒有女性角色的話，那讀者的旅行勢必失色不少：他必須在旅途中遇到別的女人，也許彼讀者可以有個妹妹……

事實上，讀者似乎眞的要離開了，他將帶著高汲所寫的《月光映照的銀杏葉地毯》，在旅途中閱讀。

（初譯：呂美貴）

月光映照的銀杏葉地毯

銀杏葉片如細雨紛飛，從樹枝間灑下，點點鵝黃鋪在草地上。我和大介先生在平滑的石板小徑上散步，我說，我頗想分辨單獨一片銀杏葉和其他所有的銀杏葉的感覺有何不同，但是我懷疑這樣的分辨是否可能。大介先生說，這是可能的，他認爲我這個想法的基本前提穩當，茲詳述如下：如果銀杏樹上掉下一小片黃葉，落在草地上，那種觀看的感覺就是單獨一片黃色樹葉的感覺，如果是兩片樹葉從樹上掉下來，眼光隨著兩片葉子在空中飛舞，一下子飛近，一下子又飛散了，活像是兩隻蝴蝶在空中追逐，然後滑落在草地上，一片在東，一片在西。三片、四片甚至五片樹葉在空中旋轉，情形也一樣；迴旋的樹葉隨著數目的增加，與各片葉子呼應的感覺滙聚起來，產生類似一陣寧靜雨一般的整體感覺。假設微風拂過，延緩了葉片的速度——彷彿翅膀懸在空中，隨後當你低頭凝視草地，便發現它們在草地上零零星星地發著微光。現在，在不失去這種怡人的整體感覺的情況下，我想淸楚辨認每一片葉子的個別意象，不與其他葉子的意象混淆，從它進入我眼瞼的那一刻開始，我要看淸楚每一片葉子，看它在風中飛舞，然後偃躺在草地上。大介先生的首肯更堅定了我的想法。我補充道，也許專注於小小黃黃的扇形皺褶的銀杏葉的形狀，我便可以從每一片葉子的感覺中清楚辨認出每一片葉子之耳垂部分的感覺。關於這點，大介先生並不表示意見；根據我過去的經驗，他的沉默通常是在警告我勿遽下臆斷，從而忽略了一連串未加以驗證的步驟。記取這教訓，我開始專注於捕捉葉子輪廓最細微的感覺，趁著明晰的葉片尚未交織成一大片飛散的印象之前，觀看清楚。

大介先生的么女眞紀子前來奉茶，她的舉止泰然自若，還帶著些微稚氣的優雅。她彎下身子的時候，我看到她髮束後裸露的頸背，一小撮黑色的細毛，似乎順著背脊延伸下去。當我察覺到大介先生目不轉睛地審視我的當兒，我正專注地凝視著那撮細毛。當然，他也了解我不過是用他女兒的頸子，來訓練我把感覺孤立起來的能力。我並沒有移開視線，一方面是那柔白肌膚上的軟毛印象已專橫地把我制伏了，另一方面是如果大介先生在意的話，他實在可以隨易說些平常的話語來喚起我的注意力，但他並沒有這麼做。無論如何，眞紀子很快倒了茶，又站了起來，我注意到她左唇上方有一顆痣，這顆痣把我拉回剛才的那種感覺；但卻更令人昏眩。眞紀子起初有些不安地看著我，然後垂目低視。

當天下午有令我畢生難以忘懷的一刻，雖然我知道敍述起來未免嫌瑣碎。我們在北邊的一個小湖岸邊漫步，眞紀子和她母親宮藏夫人也一道參加。大介先生拄著一根長長的白楓杖，獨自走在前頭。湖中心盛開著兩朵秋來開放的豐腴荷花，宮藏夫人表示想摘那兩朵花，一朵給她自己，一朵給她女兒。宮藏夫人習慣性地皺著眉頭，表情有點慵懶；那嚴苛而固執的暗示，使我想起傳聞中她和她先生長期的不和，關於這點，謠言滿天飛，她所扮演的角色並非僅僅是個受害者；事實上，大介先生的冷若冰霜和她的堅絕頑固平分秋色，我不敢說誰占了上風。至於眞紀子，她總是表露出一副無憂無愁的快樂模樣，那是在痛苦的家庭糾紛中長大的小孩，藉以抵抗環境的態度，她懷著這種態度成長，而今如此面對外人的世界，有若藏匿在一個不成熟的而捉摸不定的恩典之盾牌後面。

我跪在湖邊的一個岩石上，身子前傾，直到能搆到離我最近的一枝飄浮的荷梗，我輕輕地拉，小心翼翼，怕折斷它，想使整株荷花飄向岸邊。就在荷花唾手可及之際，宮藏夫人和她女兒也跪了下來，伸出手去，準備摘下。這小湖的岸邊低低的而且有點斜；將身子往前傾也不太危險，所以這兩個女人就在我身後伸長了手臂，母親在左邊，女兒在右邊。突然間，我身上的某一點，在手和背之間，在第一根肋骨的高度，有被接觸的感覺；說得精確點，兩個不同的接觸點，左右逢源。眞紀子小姐這一邊是一種緊繃而略帶顫抖的接觸，宮藏夫人這邊是若有似無的輕觸的壓力。我領悟到，在這次難得而甜美的機會，我同時碰觸到女兒的左邊乳頭和母親的右邊乳頭，我必須盡力彎下身子，才不會失去這偶然的碰觸，玩味兩種同時並存的感覺，分辨並比較其魅力。

「推開葉子，」大介先生說道，「葉柄就會彎向你的手。」當我們正把身子傾向荷花之時，他正站在我們三人的上方，手中握著那根長手杖，可以輕易將那水生植物搆近湖邊；但他沒有這麼做，只是建議這兩個女人繼續那個動作，加大她們的身體碰觸我身體的壓力。

這兩朵荷花幾乎已快進了眞紀子和宮藏夫人的手中。我突然心生一計：拉最後一下時，舉起右手肘，緊緊貼住身側，藉此我便可以擠壓眞紀子小而堅挺的整個乳房。但是，荷花摘到手後，我們的動作的秩序一時失去平衡，我的右手臂攏抱個空，我原本抓住嫩枝的左手也鬆開，收回來，碰到宮藏夫人的大腿，她似乎早已等著承接我的手，擁它入懷，柔順的屈從傳遍我的整個身體。就在這一刹那，便注定了一件後果難以衡量的事情了，這件事我隨後會加以敍述。

再次經過銀杏樹下，我告訴大介先生，對著落英繽紛的葉子沉思之時，最重要的，不是感受每一片樹葉，而是領會葉子間的距離、分隔葉子的空隙。我似乎有所領略的是：面對一大片敏銳的感覺領域，感覺的消失乃是我們暫時集中於局部感受的必要條件，就像基本寂靜對音樂而言是必要的，因爲寂靜才能烘托出音符的美。

大介先生說，在觸感上，的確是如此；對於他的回答，我非常詫異，因爲當我在和他討論對樹葉的觀察時，事實上我腦海中浮現的是我和他夫人和女兒肉體上的接觸。大介先生極其自然地和我繼續討論觸感一事，彷彿我的陳述別無其他對象。

我試著想轉移話題，於是我拿小說的閱讀來做比較，讀一本敍述節奏非常冷靜的小說，一切壓抑下來的和緩語調，都可以加強某些作者要喚起讀者的注意的微妙而精確的感覺；就小說而言，一串連續的句子一次只能傳達一種感受，不論那是獨特的或一般性的感覺，然而視覺領域和聽覺領域的寬濶，卻得以同時記錄一個遠爲豐富而複雜的整體感受。讀者對於小說想要輸導給他的整體感覺的接受程度，到頭來總是大大縮減，這是因爲第一，事實上讀者往往匆匆忙忙，心不在焉地閱讀，不能捕捉或忽略文本中實際包含的一些訊號和意圖；第二，因爲總有一些本質上很重要的弦外之音存在於書寫文句之外；實際上，小說沒有說出來的事情必然多於它所說的那些，而且只有環繞著那些寫下來的文字的一個特殊光環才可以讓人產生幻覺，認爲你也同時在閱讀著那些沒寫下來的東西。對於我這些見解，大介先生保持沉默不語，每次我太饒舌而陷入糾纏不清的說理，無法自拔時，他總是如此。

接下來幾天，我發現自己經常和兩個女人在屋內單獨相處，因爲大介先生決定親自從事圖書研究工作，那原本是我的主要任務，但他寧願讓我待在他的書房，去整理他那些堆積如山的卡片。我心虛得不得了，深怕他已風聞到我同川崎教授的談話，猜測到我想脫離他的學校，轉向學術圈另謀出路。當然，受教於大介先生太久，對我而言，未嘗不是個傷害：我從川崎教授的助理們對我所做的那些諷刺評語中感受到這一點，我相信他們的話，因爲他們不會像我的同學那般閉塞。無疑的，大介先生想把我鎮日關在他家中，以免我伸展翅膀，想鉗制我思想的自由，如同他對待其他學生一樣，這些學生目前已沉淪到彼此刺探，稍稍逾越了對師尊的絕對服從，也要互相檢舉。我必須儘快做決定，離開大介先生；但我至今仍遲疑不決，這是因爲早晨他外出不在家時，我便會產生一種愉悅、興奮的心靈狀態，雖然這對我的工作殊少益處。

事實上，我根本無法專心工作；我找各種藉口，走進其他房間，希望會碰巧遇到眞紀子，撞見她白天不同的情況下一個人獨處。但說也奇怪，我常走著走著就遇到宮藏夫人，我黏著她，因爲同這母親說話——也說淘氣的笑話，儘管沾染些苦澀——要比同女兒講話的機會容易多了。

晚餐時，大夥兒圍著熱燙的炭燒坐著，大介先生瞅著我們的臉看，好像上頭寫著一整天的祕密，各種慾望的網路，一條一條清晰可辨而不互相連接，我覺得自己給包裹在其中，而我在令它們一一獲得滿足又不願意自由抽身。所以一個又一個禮拜，我仍遲遲未作決定離開大介先生，繼續者我那份待遇菲薄而且沒有前途展望的工作，我知道大介先生正收緊那張纏住我的網，一股又一股地拉。

那是個寧靜的秋天，十一月的滿月逐漸接近，我發覺我和眞紀子聊了一下午，談論從什麼地點最適宜穿過樹枝來觀看天上的月亮，我說銀杏樹下的小徑，滿地如毯的落葉，將月光的反射傳散成飄浮在空中的光亮，那兒最適合看月亮，我這番話當然有明確的用意；希望當天晚上在銀杏樹下與眞紀子相見。這女孩回答，在湖邊看月色可能會更好些，因爲季節寒冷乾燥，秋月映照在水中的輪廓比常常裹著霧氣的夏月清晰多了。

「我同意妳的說法。」我急忙答道，「我等不及與妳在湖畔共賞初升的月亮。尤其是……」我補充說道，「這個湖挑起我記憶中微妙的美感。」

也許，在我說這些話的同時，那天觸及眞紀子的胸部的感覺又栩栩如生地浮現在記憶中，我不自覺地提高音調，像在警告她一般。眞紀子皺皺眉頭，沉默了一會兒。爲了避免我們之間的尷尬破壞了我恣意經營的動情的美夢，我不經意地做了不智的嘴部動作：我咧了咧牙齒，做出好像要咬人的樣子。眞紀子露出突如其來的痛苦表情，往後一跳，彷彿她身上某個敏感帶眞的被咬了一口。不過她很快恢復正常，離開房間，我準備要追上去。

宮藏夫人在隔壁房間，坐在地板上的一張墊子上，小心翼翼地將花卉和秋天的樹枝插在一個壺裏。我像夢遊一般，毫無知覺地前進，當我發現她伏在我的腳邊時，我即時停下，以免撞到她，踢翻了樹枝。眞紀子的舉動已在我身上挑起一種立即的衝動，我的這種狀況躲避不了宮藏夫人，因爲我漫不經心的步伐引我撞上了她。然而，夫人並未擡頭看我，只是對我晃動她手中的山茶花，彷彿她想擊打或推開我侵犯到她的部分，甚至想以抽打式的愛撫來玩弄、激起、挑逗我的身體。我伸手想要扶住那些散亂的花和枝；她也在同時傾身來整理花枝；就這樣，刹那間，我的一隻手在一陣混亂中滑進了宮藏夫人的和服和她的肌膚之間；我發現我的手緊握著一隻柔軟而溫暖的乳房，形狀呈延長形，夫人的一隻手亦從榆樹枝當中，伸向我的男性器官，堅定而毫無掩飾地緊緊握住它，把它扯出衣袍外，好像在修剪葉子似的。

我對宮藏夫人的乳房最感興趣的是那圈明顯的乳暈，濃稠或細微顆粒，分布在中心向四周延展，邊緣周圍的顏色比較濃稠，一路散布到乳頭。這個現象我可以輕易地從輕壓乳房得到證明：儘量集中一點，令宮藏夫人的接納的感覺多少更強烈一些，約莫每隔一秒鐘，輕輕一壓，可以看到乳頭上的直接的反應，也可以看到她整體行爲的間接反應，也包括我自己的反應，因爲在她和我的敏感之間，一種互動關係已經建立起來了。我用指尖進行這細膩的觸覺偵察，同時也採取最合宜的方式讓我的男性器官滑過她的胸脯，做圓形的摩擦，因爲我們兩人的位置碰巧適合我們兩人不同的性感帶的接觸，也因爲她藉由權威式的引導表示了她的喜好和鼓勵。相同的情況也發生在我下體周圍的肌膚，尤其是頂端凸出的部位，有特別敏感的尖端和節段，產生舒服、愉悅、搔癢以至於痛苦，就像有些尖點和節段是無聲或聾啞一般。我們有意無意地碰觸不同的敏感帶甚至高度敏感帶，促成了一系列不同的反應，這些反應看起來像是我倆苦心經營的成果。

當我們兩人專注於這些運動時，滑門倏然打開，眞紀子的形影出現在門口。很明顯的，這女孩一直駐留著，期待我的追逐，現在進來看看是什麼阻礙，使我沒立刻追出去。她一目了然後，立即消失，在她消失之前，使我注意到她的衣裳有了改變，她換下原來的緊身毛衣，穿上一襲似乎故意敞露的絲質睡衣，好讓她內心綻放的壓力把衣服給鬆開，好讓衣服在那貪婪初次發動接觸的攻擊時，輕輕滑過她光滑的肌膚，她那光滑的肌膚事實上是必然會激起一親芳澤的慾念的。

「眞紀子，」我大聲叫她，想跟她解釋，（雖然我也不知道該從何談起，）向她解釋我和她媽媽那令她吃驚的這一幕，實在是由於我對她眞紀子如假包換的慾望，由於種種巧合而陰錯陽差的結果。我渴望她那件絲袍已鬆開，或正等待著被鬆開，我情慾高漲，又好像在坦白的奉獻中得到了償報，我眼中看著眞紀子的形影，肌膚接觸著宮藏夫人，整個人即將進入銷魂狀態。

宮藏夫人一定淸楚地意識到這一點，她緊抓我的背，把我拉向躺在墊子上的她，整個身體快速地抽搐起來，她將濕濡的下體滑進我的下體底下，像一只吸盤一樣準確地吞噬了我的男性器官，同時，她裸露的細腿扣住我的臀部。宮藏夫人，她的動作敏捷俐落：她穿著白棉襪的雙腿交叉在我臀部的關節上，像老虎鉗一樣緊緊地夾住我。

眞紀子對我的懇求並非完全置之不理。在滑門的紙窗後，是這個女孩子的輪廓，跪在地毯上，頭往前傾斜著，此刻她的臉出現在門口，帶著屛息的表情，雙唇微張，兩眼瞪得大大的，以受吸引而又嫌惡的神情注視著她母親和我的抽搐。但她並非單獨一個人；走廊的另一端，另一個門打開著，有個男人的身影站立不動。我不知道大介先生站在那兒有多久了，他正用力凝視，看的不是他太太和我，而是那看著我們的他的女兒。從他陰冷的瞳孔，從緊緊抿住而扭曲的雙唇上，映現著在她女兒的凝視中映現的宮藏夫人的高潮。

他看見我在看著他，但他一動也不動。那一刻，我了解到，他無意阻止我，也不會將我逐出房子，他永遠不會提起這件事，或其他可能發生而且一再重複的事；我知道這種縱容會使我對他無技可施，但也不會使我的屈服減少麻煩。這是我倆之間的祕密，但，是我受制於他，而非他受制於我：我不可能告訴別人他所目睹未允諾的是我不合禮節的共謀。

現在，我該怎麼辦呢？我注定了要在誤會的糾纏中愈陷愈深，因為現在眞紀子認為我也是她母親衆多的入幕之賓中的一員，而宮藏夫人知道我只爲她女兒而活，兩人會叫我付出殘酷的代價，同時在學術界，謠言會迅速地傳開，加上我那些同輩學生惡意地加油添醋，他們隨時可以以這種方式來促成他們師尊的精密算計，對我經常出現在大介先生家中，惡言中傷，使我在那些我依賴來改變我目前之境遇的大學教授眼中失去信譽。

儘管這些情況給我折磨，我仍設法集中精神，並分析我的被宮藏夫人的下體所擠壓的整體感覺，把那感覺細分成我的和她的各別點的局部感覺，她逐步配合我的滑動之律動的壓力，產生痙攣抽搐。這種應用特別可用來幫助我延長這觀察行爲本身所需的狀況，藉著表示出沒有感覺或部分感覺的時刻來拖延最後高潮的驟然來臨，如此一來，反而大大地強化了性慾刺激的立即回覆，以一種不可預期的方式散布到空間和時間之中。「眞紀子！眞紀子！」我在宮藏夫人的耳畔呻吟地叫喚著，不由自主地把這些高度敏感的瞬間和眞紀子的意象聯想在一起，並聯想及我想像中她可能在我身上激起的無從比較的不同的感覺範疇。爲了控制我的反應，我想到同一天黃昏我曾對大介先生所作的描述：漫天紛飛的銀杏葉的特徵在於：事實上，在每一刻，每一片正在飄落的葉子，出現在與其他葉子不同的高度，因此，視覺感官所坐落的空洞而沒有感覺的空間可以區分爲一系列連續的平面，在每一平面，我們發現一小片葉子在旋轉，而且只有單獨一片。

（初譯：向麗容、李昭華）

第九章

你繫好安全帶，飛機正要降落。飛行和旅行相反：你穿越空間的鴻溝，消失於空虛之境，你有一段時間不存在於任何地方，這段時間本身就是一種時間上的眞空；然後你再度在和你消失之時間和地點毫無關連的某時某地出現。那段時間你在做些什麼呢？如何運用這段你消失於世界、世界也消失於你的時間呢？你閱讀，在飛行的旅途中，你的雙眼不曾離開書本，因爲除了書頁之外，一切都是空虛的，不論是在不知名的中途站，或是在承載並供給你滋養的金屬子宮裏，過往的陌生人羣看起來總是不同，但也總是相同。你不妨持續那另一種藉由劃一但卻生疏的印刷字母來實現的抽象旅程：在這種旅程中，也是名字的召喚力，使你相信自己正飛越某些東西，而非處於虛空之中。你了解到把自己交託給以近似之方式操作的不太可靠的工具，需要相當的不在意，或許這正說明了一種難以克服的消極、退化、嬰兒般依賴的傾向。（不過，你想想是在思索空中旅行呢，抑或是閱讀？）

飛機正要降落：你還沒看完高汲所寫的《月光映照的銀杏葉地毯》這本小說。你一邊閱讀，一邊走下階梯，搭上穿越停機坪的巴士，排隊等候護照檢查以便通關。你手上拿著書，一面翻閱，一面向前移動，突然有人抽走你的書，宛如隨著布幕拉起，你看見警察列陣站在你面前，腰上掛著皮製子彈帶，自動武器嘎嘎作響，老鷹和肩章閃閃發亮。

「可是，我的書……」你一面抱怨，一面用嬰孩般的手勢，把毫無防備的手伸向那些由閃亮鈕扣和槍口所形成的權威關卡。

「沒收了，先生！這本書不准進入阿塔瓜塔尼亞。這是禁書。」

「可是，怎麼可能？一本描寫秋葉的書……？你有什麼權利……？」

「這本列在沒收書單上，這是我們的法律。你要教導我們如何執行公務嗎？」他的語調急遽轉變，音節逐漸加快，聲調從冷淡變爲唐突，從唐突轉爲恐嚇，又從恐嚇變爲威脅。

「可是我……我就快看完了……」

你身後有人悄聲告訴你：「算了吧，不要跟這些傢伙惹事端，別擔心那本書，我也有一本，待會兒我們討論一下……」

那是一位女性旅客，看起來很自信，瘦削的身材裹著寬鬆的衣服，戴著大大的太陽眼鏡，背負著行李，通關的樣子就像很習慣的人。你認識她嗎？即使你似乎眞的認識她，你也得表現出若無其事一般：她一定不想讓人看到和你說話。她作暗號要你跟著她：不要跟丟了。在機場外，她鑽進計程車裏，示意你也搭一輛車緊跟著她。在一個空曠的鄉下地方，她那輛車停了下來：她帶著所有的行李下車，鑽進你的車裏。要不是她那極短的頭髮和那大太陽眼鏡，你可能會說她像羅塔莉亞。

你鼓起勇氣說，「妳是——」

「柯莉娜，叫我柯莉娜。」

她在袋裏搜尋了一陣，抽出一本書給你。

「但這不是我那本。」你邊說邊看著封面上陌生的書名和作者：《環繞一空墓》，卡力斯托•班德拉著。

「他們沒收的書是高汲所著的。」

「我給你的就是那一本。在阿塔瓜塔尼亞，書只有包上假書皮才能流通。」

當計程車高速行駛，穿過塵土飛揚、發出臭味的郊區時，你禁不起誘惑，打開書看一看柯莉娜所給的是不是就是你原來那本。機會渺茫。這是你第一次看到的書，看起來一點也不像日本小說。故事開始，有一個人騎馬穿越長滿龍舌蘭的高地，看到一種叫 zopilotes 的肉食鳥類飛越頭頂。

你說：「如果書皮是僞造的，那內容也是僞造的。」

柯莉娜說：「你期待什麼呢？僞造的過程一旦開始運作，就不會停止。我們所在的這個國家，把一切可以僞造的東西都僞造過了：譬如說，博物館裏的畫、金塊、公車票。反革命和革命陣營利用一波波的僞造來鬥爭：到頭來，沒有人能確定眞僞，政治警察冒充革命行動，革命份子則僞裝成警察。」

「最後，誰從中獲利？」

「現在還言之過早。我們必須看誰最會運用僞裝術，不但善於僞裝自己而且還懂得利用他人：不知是警方還是我們的組織。」

計程車司機正豎耳聆聽，你示意柯莉娜收斂，別發表不智言論。

但她說：「別怕，這是輛假計程車。我眞正擔心的是有輛計程車正跟著我們。」

「假的還是眞的？」

「當然是假的，但我不知那輛車是屬於警方還是我們？」

你一路上往後偷窺。「但是，」你叫出來，「有第三輛跟著第二輛……」

「可能是我們的人在監視警察的行動，但也可能是警察在跟踪我們的人……」

第二輛計程車超越你們，停下；幾個武裝人員跳出來，叫你們離開計程車，「我們是警察！你們被捕了！」你們三個，你、柯莉娜和司機都被銬上手銬，被押入第二輛計程車。

柯莉娜鎮靜而面帶微笑，問候警察說：「我是葛楚德。這位是我的朋友。帶我們到總部去吧。」

你瞠目結舌吧？柯莉娜—葛楚德用你的語言悄聲對你說：「別怕，他們是假警察：實際上他們是我們的同夥。」

你們的車子才剛開動，第三輛計程車便強迫第二輛車停下來。更多蒙面的武裝人員跳出車外，解除了警察的武裝，拿掉你和柯莉娜的手銬，銬住警察，然後把你們丟進他們的車內。

柯莉娜—葛楚德無動於衷，她說，「謝啦，朋友，我是英格莉，這個人是我們的同伴。你們是要帶我們去指揮部嗎？」

「妳，住口！」其中一個像是領導者的人說道，「你們兩個，別想輕舉妄動，現在我們必須蒙住你們的雙眼，你們是人質。」

你腦海裏一片茫然，因爲柯莉娜—葛楚德—英格莉已經被帶到另一輛計程車。等到你被允許再度使用四肢和雙眼時，你發現自己人在督察的辦公室裏，不然就是在營房。穿著制服的士官照了你的正面和側面像，蓋了你的手指印。有一個軍官叫道，「亞鳳西納！」

你看到葛楚德—英格莉—柯莉娜也穿著制服進來：交給警官一個待簽的文件夾。

此時，你依序走到一張桌子上去辦例行手續：一個警察取走你的文件代爲保管，另一個保管你的錢，第三個保管你的衣服，你換上囚服。

就在守衛轉身的一刹那，英格莉─葛楚德─亞鳳西納走向你，你試圖問她：「這到底是什麼樣的圈套？」

「在革命分子當中，有些人是反革命的滲透者，那些人讓我們落入警察的埋伏。幸運的是，也有許多革命分子潛伏在警方。他們已經假裝承認我是這項指令的官員。至於你，他們會送你到一間假監獄，或者更正確地說，一間眞的國家監獄，不過，那監獄受我方控制而非他們。」

你不由自主地想起馬拉拿。若不是他，誰會想出這樣的陰謀？

「我似乎認得出你們頭子的作風。」你對亞鳳西納說。

「誰是我們的頭子不重要。他可能也是假的頭子，假裝替革命陣營工作，唯一目的是要幫助反革命，或者公開爲反革命工作，堅信這樣做可以替革命鋪路。」

「妳正在和他通力合作嗎？」

「我的情況不同。我是滲透者，是潛入假革命分子行列的眞革命分子。但是爲了避免被發現，我必須假裝成滲透進眞革命分子之間的反革命分子。事實上，我從警方接獲命令：但卻不是來自眞正的警方，因爲我向革命分子報告。這些人都是潛伏在反革命陣營中的滲透分子。」

「如果我所知無誤，這裏的每一個人都曾潛入警界和革命陣營。但你如何分辨？」

「對每個人，你必須找出是哪些滲透者唆使他來滲透。甚至在那之前，你必須先知道誰已滲透了這些滲透者。」

「你必須戰鬥到最後一滴血，即使你明白沒有任何人是他自己所說的那種人嗎？」

「那有什麼關係嗎？每個人都必須盡本分到底。」

「我的本分是什麼呢？」

「保持冷靜地等待。繼續看你的書吧。」

「該死，我在他們押解我的時候丟了書，我的意思是說，當他們逮捕我的時候……」

「不要緊。現在你要去的地方是一所模範監獄，那兒有各種最新出版的書籍。」

「有沒有禁書？」

「牢裏找不到禁書的話，哪裏還找得到呢？」

(你爲了追捕一個小說的仿冒者，千里迢迢來到阿塔瓜塔尼亞，卻發現自己成了一種制度的囚犯，在該制度中，生活的每一面都是仿冒，贗品。或者說得更正確些：你決心冒險進入森林、草原、高地、崇山峻嶺，搜索探險家馬拉拿的踪跡，他一定是在找尋海洋小說的靈感時迷了路，但你的頭卻撞上監牢的鐵欄杆，這種監獄式社會遍佈全球，把冒險範圍局限在其狹隘的通道，總是一樣……這仍然是讀者你的故事嗎？你基於對魯德米拉的愛而遵行的旅行計畫使你遠離開她，再也看不見她了：假如她不再牽引你，你就只好把自己交託給她十足的鏡中映象，羅塔莉亞……

但這眞的是羅塔莉亞嗎？「我不知道你扯到的人是誰。你提起的名字我並不知道。」每次你試著提及過去的事，她便如此回答。這難道是祕密組織加諸在她身上的法則嗎？老實說，你一點也不確定她的身分……是一個假的柯莉娜呢？還是一個假的羅塔莉亞？你唯一確定明白的事是，她在你的故事中的功用和羅塔莉亞是相似的，因此適合她的名稱就是羅塔莉亞，你沒辦法叫她其他名字。

「你打算否認你有個姊妹嗎？」

「我是有個姊姊，但我看不出那跟什麼事情有啥關係。」

「有一個姊姊，喜歡小說的角色心理不安而又複雜多端。」

「我的姊姊總是說，在她喜愛的小說裏，你感受到一種基本力量，原始的，土生的。那正是她所說的字眼：土生的。」）

「你向監獄圖書館抱怨一冊書有瑕疵，」坐在一張高桌後的高級官員說。

你鬆了一口氣。自從一名守衛來牢房傳喚你，你就感到一陣發熱，恐懼得顫抖，跟著守衛沿著走廊走，下樓梯，穿過地下道，再爬樓梯，越過前廳來到辦公室。想不到原來他們只是要處理你對卡力斯托•班德拉所著的《環繞一空墓》一書的抱怨罷了。看到自己手中握有一本將幾頁殘缺破損的紙張合在一起而未上膠裝釘的書時，你消除了焦慮，取而代之的是沮喪。

「我當然抱怨！」你回答。「你們的人，大事誇耀模範監獄裏的模範圖書館，每次有人去借書，雖在目錄裏找到書卡，但卻發現借來的往往只是一把撕毀的書頁！現在我問你，你們怎麼能夠想用那樣的制度來再教育囚犯！」

坐在桌前的那個人緩緩摘下眼鏡，表情哀傷地搖頭說：「我不想談你抱怨的細節，那不是我的工作。我們辦公室雖和監獄及圖書館有密切接觸，但我們處理較大的問題。我們叫你來，是因爲知道你是個小說讀者，我們需要你的建議。一些維持秩序的力量，諸如軍隊、警察、行政長官，他們總是難以判斷一本小說該禁止還是發行：由於沒有足夠的時間從事廣泛的閱讀，也沒有明確的美學和哲學判準可以作依據……

不，別擔心，我們不會強迫你幫我們做書刊的檢查工作。不久以後，現代科技便可以幫我們做那些事，做得既快速又有效率。我們有機器來閱讀、分析、判斷任何書寫的文稿。但儀器本身的可靠性我們需要檢查檢查。從檔案中，我們知道你的閱讀程度和一般讀者相當，還曉得你讀過卡力斯托•班德拉的《環繞一空墓》，至少讀過一部分。我們覺得把你的閱讀印象和閱讀機的結果互相比較一下是恰當合宜的。」

他帶你進機房。「讓我來介紹我們的程式設計師——雪拉。」

你看到眼前站著柯莉娜—葛楚德—亞鳳西納，身穿一件扣到頸子的白色工作服，她正在替一部外表光滑宛似洗碗機的金屬器具裏的電池充電。這位官員說：「這些記憶體已儲存了《環繞一空墓》的全部內容。終端是一部印刷機，你看得出來，它可以從頭到尾逐字複製整本小說。」一架打字機之類的東西正捲出一長條的紙，以機關槍的連發速度，在紙上打滿冷淡的大寫字母。

「那麼，如果你允許的話，我想藉此機會，蒐集那些我尚未讀過的章節。」你一面說，一面靦腆地撫弄著那一大疊稿，認出那文章正是陪你度過獄中歲月的散文。

「請便，」軍官說，「我會留下你和雪拉在一起，她會輸入我們要的程式。」

讀者，你又再度發現你正在尋找的那本書了；現在你可以重新拾起打斷了的線索；你再度展露笑顏。但是你想這個故事能夠就這樣發展下去嗎？不，我不是指小說的故事，而是你的故事！你還想讓自己消極地被情節牽著鼻子走多久呢？你已經充滿冒險衝勁，躍入行動之中，但接下來呢？你的功能很快便縮減成記錄別人決定的情況而已，屈服於奇怪念頭，捲入自己無從控制的事件之中。你當這樣的主角還有什麼意思呢？如果你繼續這遊戲，豈不意味著你也是這團迷霧的共謀者。

你抓住那女孩的手腕。「妳假裝夠了吧，羅塔莉亞！妳打算繼續讓警察政權利用多久？」

這時雪拉—英格莉—柯莉娜無法再掩飾她的不安。她掙脫你的手，「我不明白你在責備誰，我不知道你在說些什麼。我的策略非常清楚。反動力必須滲透進入動力的機械結構中，加以推翻。」

「那麼請你重新複製一遍吧！妳再僞裝也沒用了，羅塔莉亞！假使妳解開這一套制服，裏面總會有另一套制服！」

雪拉挑釁地看著你。「解開我的衣服……？你且試看看……」

現在你已決心一搏，絕不臨陣脫逃。你狂亂地解開程式設計員雪拉的白罩衫扣子，發現裏面是亞鳳西納的警察制服；你扯下亞鳳西納制服上的金鈕扣，發現底下是柯莉娜的連帽外套；你拉下柯莉娜的拉鍊，看到了英格莉的山形袖章……

是她自己撕下了身上僅存的衣物，一對乳房露了出來，堅挺，狀似甜瓜，曲線微凹的肚子，和貌似瘦小而其實豐滿的雙臀，傲人的陰部，一雙修長而結實的大腿股。

雪拉尖叫，「這？這是制服嗎？」

你感到不安，喃喃說道：「不，這，不是……」

雪拉大叫：「是，正是！肉體就是制服！肉體是武裝衛隊！肉體即是暴力行爲！肉體擁有武力！肉體發動戰爭！肉體宣稱它本身即是主體！肉體是目的而非手段！肉體即象徵！溝通！怒號！抗議！顚覆！」

雪拉—亞鳳西納—葛楚德說著投靠在你身上，撕下你的囚房褲子；在電子記憶體的櫃子下，你們裸露的四肢交纏。

讀者，你在做什麼？你不要抗拒嗎？不想逃跑嗎？啊，你正在參與……啊，你也親身投入……你是此書的唯一主角，很好；你認爲因此你就有權和所有的女性角色發生肉體關係嗎？像這樣，不用任何心理準備……你與魯德米拉的故事還不足以爲情節添加愛情故事的溫馨和雅致嗎？你何須和她妹妹，（或一位等同於她妹妹的人，）和這個羅塔莉亞—柯莉娜—雪拉發生關係，你想想看，你甚至從未喜歡過她哩……以消極的屈服態度追踪跟隨一頁又一頁的事件以後，你自然很想報復一下，然而這是正當的方式嗎？或許你想說，在這種情況下，你身不由己捲了進去？你非常清楚這女孩做什麼事都用大腦思考，她在理論上怎麼想，實際上就怎麼做，以求達到最後的結果……她只想給你意識形態上的例證，此外別無其他……爲什麼這一次你馬上就被她的論辯所說服呢？小心呀，讀者：這裏的每一件事都和表面看起來不一樣，每一件事都是兩面的……

燈泡的閃光以及相機重複按快門的聲音吞沒了你倆痙攣、蒼白、重疊的裸白。

「亞歷山卓上校，又一次，我逮到你裸身投入囚犯的懷抱！」看不見的攝影師譴責著。「這些快照將使妳的個人檔案生色不少……」隨著一聲冷笑，聲音飄逝。

亞鳳西納—雪拉—亞歷山卓站立起來，披上衣物，露出厭煩的眼神。她怒言道：「他們從不讓我安靜片刻，同時爲兩個互相打對台的祕密組織工作就有這缺點：雙方都不斷試圖恐嚇你！」

你剛要起身，卻發現自己被一捲捲的印刷紙帶纏住了：小說的開頭正展開在地上，像一隻想嬉戲的貓。現在，你生活的故事在高潮的時刻中斷：也許現在你會獲准繼續閱讀小說，一路讀到底……

亞歷山卓—雪拉—柯莉娜全神貫注，再度鍵入密碼。她恢復了勤勉的態度，那種全神貫注於工作的女孩，她自言自語道：「有些東西失效了，現在全部都該出來的……到底出了什麼差錯？」

你已了解到葛楚德—亞鳳西納今天有點緊張：她大概什麼時候按錯了字鍵。卡力斯托•班德拉作品的文字順序保存在電子記憶體裏，以便能隨時可以叫出並顯示，但已在一次電路的消磁作用中被洗掉了。現在，彩色螢幕顯示出分解了的單字：這這這，的的的的，從從從從，那那那那，依各字的出現頻率排列成欄。這本書已經粉碎，分解，無法重組，如同一座沙丘被風吹走。（初譯：陳孟如、李季育）

環繞一空墓

父親曾對我說，禿鷹飛起，表示黑夜將盡。我聽見沉重的翅膀拍擊著黑色夜空，看到牠們的黑影遮蔽碧綠的星辰。那是一種吃力的飛翔，無法立即飛離地面，擺脫樹蔭，彷彿只有在飛行中，飛禽方能認出自己身爲飛禽而非針葉。當尋獵的老鷹飛遠，星星再度出現，呈淡灰色，天空一片碧綠。黎明已至，我騎著馬，沿著杳無人踪的小徑，往奧奎達村落的方向奔馳。

「納求，」我的父親曾對我說，「我一死去，你就帶著我的馬，我的卡賓槍，三日份的糧食，沿著聖艾倫尼歐上面那條乾涸的河床走，直到你看見，奧奎達村落裊裊升起的炊煙。」

我問他，「爲什麼是奧奎達呢？誰在那兒？我該去找誰？」

父親聲音逐漸轉弱變慢，臉色漸呈青紫。「我必須向你透露一個我保持多年的祕密……說來話長……」

父親在彌留之際忍痛說出這些話，我知道他說起話來不免拖泥帶水，扯離話題，節外生枝，解釋，穿插，倒敍，我怕他無法對我說出要點。「快點，爸爸，我一到達奧奎達後，應該去找誰，告訴我名字……」

「你媽媽……，你媽媽，你素未謀面的媽媽，就住在奧奎達……你媽媽，她從你還在襁褓的時候就沒看過你……」

我早就知道父親臨死前一定會和我談起我母親，那生下我的女人，她是什麼樣子，叫什麼名字，還有，父親爲什麼把正在吮奶的我從她懷中奪走，拉我同他過著飄泊不定的生活，經歷了我的童年和青少年階段，父親實在有義務告訴我這些事。「誰是我媽媽？告訴我她的名字！」在我還不厭其煩地追問我母親的事之前，他告訴過我許多關於她的故事，但卻全是故事，編造的故事，各個互相矛盾：有時她是個可憐的乞丐，有時候她是個開著紅色轎車遨遊四方的異國女子，有時候是遺世獨立的修女，有時候是馬戲團的馴獸師；更有一次，她在生我的時候死去，而下一次卻死於地震。所以，後來我就下定決心，不再發問，等他自己告訴我母親的事。父親染上黃熱病時，我剛滿十六歲。

「讓我從頭說起，」他氣喘吁吁地說，「你到了奧奎達，說出：『我是納求，亞納斯塔修·查摩拉先生的兒子』以後，就會聽見許多有關於我的傳聞，全是些不眞實的故事，謊言，中傷。我要你知道……」

「名字！我媽媽的名字！快說！」

「現在，是讓你知道的時刻了……」

那一時刻未曾到來。父親徒然扯了一些開場白之後，就口齒不清，呻吟起來，永遠撒手人間了。此時，在黑暗中沿著聖艾倫尼歐上面的陡峭路徑奔馳的這個年輕人，對他那即將團聚的血親仍然一無所知。

我走上傍著深谷的路，那峭壁高踞於乾涸的河床上。黎明依然籠罩在森林邊緣，似乎並非爲我開啓了新的一天，而是一個許多其他日子之前的一天，「新」的意思指的是日子還新的時候，像人們認識到什麼是一天的概念的第一天。

天色漸明，我總算能看到深谷的另一側，我發現那邊也有一條路徑，有一人騎著馬，肩上荷著長管軍用來福槍，正和我沿著同一方向平行前進。

「嘿！」我大喊。「我們離奧奎達還有多遠？」

他連頭也不轉一下；更糟的是：我的聲音只使他的頭微微動了一下，（苟非如此，我會以爲他是聾子呢，）他立即又將視線凝聚在眼前的路上，繼續策馬前進，連一點回應，一點打招呼的意思都沒有。

「嘿！我在問你呀！你是聾子嗎！你是啞巴嗎？」我大聲喊叫，然而他無動於衷，隨著黑馬的步伐上下搖晃。

我們無從知道在黑暗中隔著溪流的深溝平行前進有多久。我一直以爲對面粗糙的石灰岩發出的不規則的回響是我的坐騎的蹄聲，事實上，卻是那件隨著我的馬蹄的答答聲。

他是個青年人，只看得到背部和後頸，戴著一頂破舊的草帽。他不友善的態度激怒了我，我勒緊馬刺，把他抛在腦後，讓他從我視野中消失。就在我幾乎超越他時，不知怎的，我忍不住回頭一望。他已從肩上取下來福槍，舉槍瞄準我，我立即伸手握住捅在鞍袋上的卡賓槍的槍托。他再度把來福槍揹上肩，好像什麼事都沒發生過一樣。從那時起，我倆就以相同的步調前進，在相對的河岸上，互相偵察，小心翼翼，不背向對方。我的馬匹彷彿若有所悟，調整步伐配合那匹黑色種馬。

故事也調整步伐，配合鐵蹄爬坡的緩慢進展，向著一個包含著過去和未來之祕密的地點前進，在那地方時間本身盤捲纏繞，像是懸掛在鞍頭上的套索。我已明白，到達奧奎達的路途雖然遙遠，但一旦我抵達那座落在人間世界的邊陲，在我生命時間的邊陲的最終村落後，仍會有一條更長更遠的路，等待我去走。

我對蜷縮在教堂牆角的一位印第安老人說：「我是納求，亞納斯塔修•查摩拉先生的兒子。我家在哪裏？」

我想他或許知道吧。

老人擡起他的紅眼皮，那眼瞼長滿了瘤節，像是火雞的眼皮。一根手指——細得像是用來起火的細枝

——從斗篷底下伸出，指向亞凡拉度家族宮殿：奧奎達村中一堆凝土當中的唯一宮殿。巴洛克風格的正面像是擺錯了地方才坐落在那兒，像是廢棄的劇院中的一片佈景。幾百年前必定曾有人以爲這是黃金國度；後來他發現了自己的錯誤，這座才剛蓋好的宮殿便展開了緩慢的沒落命運。

我跟隨一位幫我照顧馬匹的傭人，走過一系列應當愈來愈深入內室的地方，卻發現自己愈來愈往外走；從一個中庭走到另一個中庭，彷彿這宮殿的每扇門都是出口而非入口。這個故事應當賦予我初次造訪的地方某種方位迷失感，在我記憶中勾起的不是回憶，而是一片空白，如今眼前的每個影像都嘗試著塡補那段空白，但皆徒勞無功，只不過在再度出現時具有已經遺忘的夢的色澤罷了。

連續有三個中庭，第一個掛滿了待撢的毛毯，（我正從記憶裏尋找一個放在華屋內的搖籃，）第二個中庭裏，紫花苜蓿的袋子發出咯咯的聲響，（我試著要回想早期童年有關莊稼的記憶，）第三個中庭的入口處是個馬房，（我是在馬廄中出生的嗎？）已經是天色大亮的時候了，然而，裏包住這故事的陰影仍無變明亮的跡象，既不傳送訊息好讓視覺想像以鮮明的人物來補充完成，也不記錄言談話語，只有混雜的聲音，蒙裏住的歌曲。

到了第三個中庭，感覺才逐漸具體成形，首先是嗅覺、氣味，接著我看到火光照亮了印第安人蒼老的臉孔，聚集在亞娜克列塔・海格拉斯的寬大廚房裏，他們的肌膚光滑，使人無從分辨是老耄，抑或是年輕

：也許當年我父親還在此地時，他們就已經是老人，也許他們是和父親同時代人物的孩子，他們現在注視著我父親的孩子，正如他們的父親當年看著我的父親——某一個清晨騎馬荷槍來到此地的一位陌生人。

黑色的壁爐和火焰烘托出一位身材高大的女子的輪廓，她裹著一條土黃與粉紅條紋相間的毛毯。亞娜克列塔•海格拉斯正在爲我準備一道辣味肉丸子。「吃吧，孩子，你浪跡天涯十六個年頭，才找到回家的路。」她一面說，我一面暗想：「孩子」一詞究竟是年長的婦人對少年郎的習慣稱呼，或者意味著它原有的涵義。亞娜克列塔所用的的辛辣佐料把我的雙脣辣得發燙，那口味彷彿包含天下一切味道的極致，我無法分辨，也叫不出名稱的味道，現在匯聚混雜在我的上顎上頭，像火爆裂一般，我回想我一生所嘗過的種種味道，試著辨認這五味雜陳的味道，卻只找到一種截然相反但可能相等的感覺，那是哺嬰兒的母奶的感覺，由於那是生平第一次嘗到的滋味，因而包含了所有的滋味。

我看著亞娜克列塔的臉，那美麗的印第安臉孔，隨著歲月而稍添厚實，但卻未刻下任何皺紋；我注視那裹在毛毯裏的碩大身軀，心中不禁懷疑這如今鬆垮的胸脯，是否就是我兒時所攀附的高聳的台地？

「這麼說，你認識我父親了？亞娜克列塔。」

「但願我從不認識他，納求。他踏入奧奎達的那一天，並不是好日子。」

「爲什麼？亞娜克列塔。」

「他帶給印第安人的只有邪惡……而白人也沒得到什麼好處……然後他就消失了……但他離開奧奎達的那一天，也不是好日子……」

所有的印第安人都緊盯著我看，用孩子一般的眼眸，不諒解的注視著一個永恒的現在。

亞瑪蘭塔是亞娜克列塔·海格拉斯的女兒。她長著丹鳳眼，鼻尖陡峭，嘴脣厚而呈曲線。我也有相似的眼睛，相同的鼻子，模樣和嘴脣相像。「亞瑪蘭塔和我看起來眞的很像嗎？」我問亞娜克列塔。

「所有在奧奎達出生的人都長得很像。印第安人和白人的臉孔都互相混淆在一起。我們村子裏，只有幾戶人家而已，孤立在羣山之中。幾百年來，村內的人彼此通婚。」

「我父親是從外地來……」

「不錯，如果說我們不喜愛外地人，我們自有道理。」

印第安人張開嘴巴，微微嘆息，嘴巴內牙齒稀少，不見齒齦，腐潰、衰朽，像骷髏的嘴一般。

我在穿過第二個中庭時，看見一幅橄欖色澤的照片，照片裏是個年輕人，照片的周圍環繞著鮮花，只有一盞小油燈照著。「那相片中的死者，看起來也像是這家族的一員。」我對亞娜克列塔說道。

「那是福斯提諾·海格拉斯，願上帝保佑他在光輝榮耀的天使羣當中。」亞娜克列塔說道，其他的印第安人隨著喃喃地禱告起來。

「他是你丈夫嗎？亞娜克列塔。」我問道。

「他是我兄弟，是我們家和我們族人的劍和盾，直到敵人遇見他……」

「我們有一樣的眼睛。」我在第二個中庭麻袋堆中追上亞瑪蘭塔，對她說道。

「不，我的眼睛比較大。」她說。

「那只有量量看才知道囉！」我湊過去把臉貼在她臉上，讓雙方眉毛的弧線相對準；然後，我的一道眉毛緊貼她的眉毛，我移動我的臉，讓雙方的太陽穴、臉頰、顴骨也貼在一起。「妳看？我們的眼角的位置相同。」

「我什麼也看不見啊！」亞瑪蘭塔說道，可是她並未把臉移開。

「還有我們的鼻子，」我說著，把我的鼻子貼著她的鼻子，稍稍偏向一旁，試著使我們的側面脗合一致，「還有我們的嘴脣……」我閉著嘴哼道，因爲我們的嘴脣現在也緊貼在一起，或說是我的半張和她的半張嘴脣碰在一起了。

「你把我弄疼了。」亞瑪蘭塔說道，當時，我把她整個身體貼壓在麻袋上，碰觸到她正在發育的乳房尖峰和扭動的腹部。

「豬！畜牲！這就是你來奧奎達的目的！好個你父親的兒子！」亞娜克列塔的聲音在我耳邊如雷轟響，她的雙手揪住我的頭髮，把我摔向柱子，亞瑪蘭塔挨了她母親反手一巴掌，摔在麻袋上呻吟了起來。「你休想碰我這個女兒，你終生都別想碰她！」

「爲什麼終生別想？有什麼可以阻止我們？」我辯駁道。「我是男人，而她是女人……如果命運注定我們要相愛，就算不是今天，或許有一天，誰曉得呢？爲什麼我不能要求她做我的太太？」

「你去死！」亞娜克列塔大叫著，「決不可以！連想都別想：你知道嗎？」

難道亞瑪蘭塔是我的姊妹嗎？——我問我自己，那爲什麼亞娜克列塔不承認她是我母親？於是，我對她說：「爲什麼你叫得那麼厲害，亞娜克列塔？我們之間是否可能有些血緣關係？」

「血緣關係？」亞娜克列塔恢復了平靜；她拉起毛毯蓋住眼睛。「你父親從遙遠的地方來……他怎麼會和我們有血緣關係？」

「可是我出生在奧奎達……此地的一個女人所生……」

「到別處去找你的血緣關係，別在我們貧窮的印第安人當中找……你父親難道沒告訴你嗎？」

「他什麼也沒告訴我，我發誓，亞娜克列塔，我不知道我母親是誰……」

亞娜克列塔舉起手，指向第一個中庭。「爲什麼女主人不想接待你？爲什麼她讓你和僕役睡在這裏？你父親送你來要找的是她，不是我們呀。去見潔思敏娜夫人，對她說：我是納求・查摩拉・伊・亞凡拉度，我父親要我來跪在妳腳下。」

在這裏，這篇故事應刻畫我的內心深受震撼，如同受到颶風吹襲一般。因爲我獲悉我那一直隱藏未現的另半個姓氏，竟是奧奎達主人的姓氏，而那片廣袤如同幾個省份的牧場土地屬於我的家族，沒想到我回溯光陰的旅行，反而捲入一個黑暗的漩渦，在漩渦中，亞凡拉度宮內一系列的中庭，一個接一個出現在我深邃的記憶中，既熟悉又陌生。這時，我心裏想到的第一個念頭是——抓住她女兒的一條辮子，對亞娜克列塔宣佈道：「那麼，我是妳的主人，妳女兒的主人，只要我高興，我隨時都可以要她。」

「不！」亞娜克列塔咆哮大叫，「在你碰亞瑪蘭塔之前，我會先殺了你！」亞瑪蘭塔抽開身，臉部歪扭，牙齒外露，我不知道她到底是在呻吟還是在微笑。

亞凡拉度家族的餐廳點著微弱的燭光，蠟燭周圍堆著陳年的蠟淚，或許因爲暗淡，裝飾品上斑駁的灰泥和掛飾上殘破的蕾絲便不會引起注意。我接受女主人的邀請前來晚餐。潔思敏娜夫人的臉上撲著厚厚的粉，看起來似乎隨時會脫落掉入盤中。她也是印第安人，有一頭染成銅色的頭髮，用鐵捲鋏捲成波浪狀。

她每舀一次湯，沉重的項鍊就閃爍發亮一下。潔欣塔，她的女兒，在寄宿學校長大，她穿著一件白色網球毛衣，但眼神和行動看起來還是像印第安女孩。

「那時候，在這個房間有數張牌桌，」潔思敏娜夫人說道，「牌戲在這個時辰開始，可以持續整夜不停。有些人輸掉了全部的土地。亞納斯塔修‧查摩拉先生在這兒定居下來，就爲賭博，不爲其他理由。他總是贏，而我們之間謠傳著他是個老千。」

「但他從沒贏過任何牧場土地！」我覺得有必要說明一下。

「你父親是那種不管他在前一晚贏了些什麼，天一亮就失去的人，再加上他和女人亂搞，所剩下的一點點不久也就散盡了。」

「他在這屋子內有過什麼事件嗎？和女人的事件……？」我大膽問道。

「那兒，就在那兒，在另一個中庭，晚上他去追逐她們……」潔思敏娜夫人一邊說，一邊指著那些印第安人住的地方。

潔欣塔噗哧笑了出來，立刻用手捂住了嘴。剎那間，我突然覺得她長得非常像亞瑪蘭塔，雖然衣著和髮型全然不同。

「奧奎達的每個人都長得很像。」我說，「在第二個中庭有一幅照片，可以做爲所有人的照片……」

她們有點窘地看著我，那母親說：「那是福斯提諾•海格拉斯……從血統上來講，他是半個印第安人，半個白人。然而精神上，他全然是印第安人，他和印第安人在一起，站在他們一邊……也因而犧牲了自己的生命。」

「他父親或者他母親是白人？」

「你問得太多了……」

「是不是奧奎達所有的故事都像這樣？」我說，「白種男人匹配印第安女人……印第安男人和白種女人……」

「在奧奎達，白種人和印第安人彼此相像。自從被征服以來後，血統就混合了。但是主人不准和僕役匹配。我們同階級的人可以爲所欲爲，和我們同階級的任何人，但絕不和他們……絕不。亞納斯塔修先生，出生地主家庭，雖然他比乞丐還窮……」

「我父親和這一切有什麼關係？」

「叫他們解釋這印第安人唱的歌曲給你聽：查摩拉走了以後……戰蹟相當……搖籃裏有個嬰兒……墳墓裏睡著個死人……」

「妳聽到妳媽媽所說的話嗎？」我們一有機會單獨說話，我便對潔欣塔說道：「妳我可以做任何我們想做的事。」

「如果我們想要的話。可是我們不想要。」

「我可能想做某一種事。」

「什麼事？」

「咬妳。」

「那我會把你啃得像骨頭那麼乾淨，」她露出牙齒。

房間裏擺著一張鋪白色床單的床；不曉得床未鋪或已經換過，罩在厚厚的垂掛式的蚊帳中。我把潔欣塔拋入薄紗的重重摺疊中，不清楚她是在抗拒或在吸引我；我試著拉起她的衣服；她一邊防衛自己；一邊扯開我的鈕扣和扣環。

「噢，妳那裏也有一顆痣！和我一樣！看！」

這時候，冰雹似的一陣拳頭落在我頭上和肩膀上，潔思敏娜夫人怒氣沖沖地撲向我們，「你們兩個分開！看在上天的份上！不要這樣！你們不可以！分開！你不知道自己在做什麼，你是個無賴，和你父親一樣！」

我竭力恢復冷靜：「爲什麼？潔思敏娜夫人？妳是什麼意思？我父親和誰發生過關係？和妳嗎？」

「無賴！快滾回僕役那兒，不要在我們眼前出現。和女僕一塊廝混去，和你父親一樣！回到你母親那兒，快滾呀！」

「誰是我母親？」

「亞娜克列塔·海格拉斯，雖然自從福斯提諾死去以後，她不願承認這件事。」

奧奎達的房子在夜間緊貼著地面，如同感受到月亮的重量擠壓，低低地籠罩在不健康的霧靄中。

「亞娜克列塔，他們唱的關於我父親的那首歌是怎麼一回事？」我問站在門口的這個女人，她一動也不動，像教堂壁龕裏的雕像，「那首歌提到一個死人，一個墳墓……」

亞娜克列塔取下燈籠，我們一起穿過玉米田。

「就在這個田野，你父親和福斯提諾·海格拉斯吵了一架，」亞娜克列塔解釋著，「決定拚個你死我活，於是他們一起挖了個墳墓。他們一決定要進行一場生死決鬥，彼此間的仇恨似乎就一筆勾消了：他們和睦地工作，一起挖溝渠。後來，他們分別站在溝渠的兩旁，各人右手持刀，左手裏著毛氈，輪流跳過墓穴，用刀刺擊對方，受擊者以毛氈保衛自己，同時試圖使對方跌入墓中。他們一直打鬥到天亮，直到墓旁的塵土被血浸濕不再揚起。所有奧奎達的印第安人都在空墓旁圍成一圈，繞著這兩個氣喘吁吁、血跡斑斑的年輕人，所有的人都安安靜靜，一動也不動，深怕干擾了神的裁奪，因爲神不只掌握了福斯提諾‧海格拉斯和納求‧查摩拉的命運，也掌握了所有人的命運。」

「可是……我是納求‧查摩拉……」

「那時候，你父親也叫納求……」

「最後誰贏？亞娜克列塔。」

「你怎麼可以這樣問我？孩子。查摩拉，沒有人能夠裁決上帝的旨意。福斯提諾就埋在這裏。但對你父親而言，那是痛苦的勝利，當天晚上他離開了奧奎達，從此沒有人再看過他。」

「你在說什麼啊？亞娜克列塔，這墓是空的！」

「隨後的日子，遠近村落的印第安人都列隊來瞻仰福斯提諾‧海格拉斯的墳塚。他們要出發去參加革命，他們向我索求遺物：一撮頭髮、一小片毛氈、一塊傷口上的凝血，他們要他的遺物放在一個金盒子裏，在戰鬥中放在兵團的前頭。可是福斯提諾不見了，墓是空的。從那天起，有很多傳說流傳著：有人說，他們看到他在夜晚騎著他的黑炭馬，翻越山頭，護衛著熟睡中的印第安人；有人說，他要等到印第安人遷往平原時才會再現，他將帶領著遷移的行列……」

那麼，那就是福斯提諾了！我見過他！我眞想告訴她，但卻因過於驚訝而說不出話來。

印第安人拿著火把靜靜地走上來，圍著敞開的墓穴站成一個圓圈。

當中有一個粗脖子的年輕人，走上前來，他頭戴破草帽，他長得和奧奎達的其他人很像——我是說那上揚的眼睛、鼻子的曲線、豐脣，一切都和我的相像。

「納求·查摩拉，你憑什麼碰我的姊妹？」他說道，右手中拿著一把閃閃發光的刀。他的毛毯裹住左手的前臂，另一端一直拖到地上。

那些印第安人不約而同地發出聲音，不是喃喃之聲，而是短促的嘆息。

「你是誰？」

「我是福斯提諾·海格拉斯。拔刀！」

我站在墓穴的那一邊，左手臂包著毛毯，右手握著刀。（初譯：李蔓莉）

第十章

你正和阿克迪恩·波菲利治喝著茶，他是以卡尼亞最有智慧而優雅的人士之一，也是當之無愧的國家警察檔案總督。你奉阿塔桂特尼恩最高指揮官的指派，到達以卡尼亞，他是你受命接觸的第一個人。他在他的辦公廳圖書書庫的會客室接待你，並且馬上就告訴你說：「這兒有以卡尼亞最完整、最新的書——不管是業已付梓的，或油印的，打字的，抑或手抄稿，所有沒收充公的書籍都加以分類、編目，製成縮影膠片保存起來。」

囚禁你的阿塔桂特尼恩當局答應要給你自由，只要你願意前往一個遙遠的國度去完成一項任務，（既是帶有機密色彩的官方任務，也是一帶有官方色彩的機密任務，）你下意識的反應是予以拒絕。一來你對政府的指派缺乏興趣，二來你覺得自己沒有情報員的專業素養，三來你必須去完成已經勾勒出來的任務，其過程晦澀又曲折，這些理由，足以教你寧可待在樣板監牢的囚室裏，也不願意隱藏身分，在以卡尼亞的北方苔原地帶長途跋涉。然而，想想自己如果仍在他們的掌握之中，下場可能更糟；同時，你對這份指派工作，「那是我們相信身爲讀者的你會感到興趣的差事」也有所好奇；再加上你盤算著可以假裝參與，然後暗中阻撓他們的計畫，於是你決定接受這項任務。

阿克迪恩•波菲利治總督似乎很能了解你的處境，甚至於你的心理層面，他以鼓勵帶訓示的口吻對你說：「我們絕對不可忽略的首要事情是：警察是整合這世界的偉大力量，沒有警察，這世界注定要分崩離析。在自然的情況下，不同的甚至敵對政權下的警察力量，必須找到相互合作的共同利益所在。關於書籍的流通方面……」

「不同政權下的審查制度能夠達成一致嗎？」

「不是一致。他們會設計一套系統，使這些方法可以彼此支援，而且達到相互的平衡……」

總督邀請你查看掛在牆上的平面球形圖，各式彩色圖表顯示著：

系統性地沒收一切書籍的國家；

唯有政府發行或核准的書籍才得以流通的國家；

現存的審查制度簡陋、粗略而且難以預料的國家；
對於謹愼而狡黠的知識分子所經營的暗示和典故，審查特別仔細且敏感的國家；
有兩套傳播網路：一套合法，另一套祕密進行的國家；
因爲沒有書籍，所以沒有檢查制度，但卻有許多潛在讀者的國家；
旣沒有書籍，也沒有人因此而抱怨的國家；
最後，在一般大衆漠不關心的情況下，每天仍有各種品味不同和見解殊異的書籍出版的國家。

「當今之世，沒有人比警察國家更重視文字，」阿克迪恩•波菲利治說，「有什麼統計數字更能讓人辨認出一些國家，眞正關心文學甚於爲了控制和打壓的目的而將其占有？像這樣看待文學，文學便得以獲得非比尋常的權威；而在那些把文學當作無害的消遣，任其滋長的國家，這是無從想像的。當然啦，壓制也必須留有偶然的喘息空間，有時候睜隻眼閉隻眼，以放縱代替濫權，並帶有某種不可預測的善變；否則，要是沒有對象可供壓迫，整個系統就會生銹敗壞。坦白說，所有的政權，即使是最專制的政權，都是在不穩定的平衡狀態中才能存活，因而就必須不斷地爲它的壓迫機器的存在作辯護，因此要有東西可供壓制。寫些東西來激怒旣定的威權的冀望，就是維持這種平衡狀態的必要條件之一。所以，藉由與我們的敵對政權訂定祕密條約，我們建立了一個共同組織，那也就是你已明智地同意參與合作的組織，來輸出本國的禁書，並輸入外國的禁書。」

「這好像暗示著本國的禁書在外國是被允許的，反之亦然……」

「當然不是。本國的禁書，在外國是超級禁書，而外國那邊的禁書在本地就成了特級禁書。但是不論出口本國禁書到敵對國家，或者進口他們的禁書，各政權獲得至少兩大利益，一、鼓勵敵對政權的反對分子，二、建立雙方警察機構之間有益的經驗交換。」

「我被分派的任務，」你急忙解釋道：「僅限於和以卡尼亞警方接觸。因爲只有透過你們的管道，反對分子的作品才能落入你們的手中。」（我小心翼翼，不告訴他我的任務目標也包括和反對勢力的祕密網路作直接聯繫；同時，若情況需要，我可以贊成一邊，而反對另一邊，或相反過來。）

「我們的檔案任你取閱，」總督說道，「我可以給你看些非常稀有的手稿。作品在到達大衆手中之前，原稿必須經過四、五個審查委員會的篩選，每一次都加以刪剪、修改、摻水，最後才以支離破碎，洗滌清淨，面目全非的版本問世。想讀眞本就只有來這兒了，敬愛的先生。」

「那你自己會閱讀嗎？」

「你的意思是說，在我職責之外我會閱讀嗎？是的，我可以說，檔案室的每一本書，每一份文件，每一件資料，我全都讀兩遍，完全不同的兩遍。第一遍，匆促讀個大概，以便知道我必須把縮影片存放入哪個檔案裏，歸類到什麼標題下。然後，在傍晚，（下班後，每個下午我都待在這兒，如你所看到的，這地方安靜而舒適，）我伸躺在沙發上，把一些罕見的作品的縮影片、祕密檔案插入閱讀機，獨自一人享受品嘗的奢侈快感。」

阿克迪恩•波菲利治蹺起穿著靴子的腳，一隻手指頭游走在他的頸子及掛滿勳章的制服衣領之間。他繼續說道：「先生，我不知道你是否相信精魂？我是相信的。我相信精魂本身永不間斷地在進行的對話。當我專注在檢查這些禁書時，我感覺得到這對話，警察也是精魂，我服務的國家、書籍審查的制度也都是精魂，就像我們運用威權來對付的作品。精魂的氣息並不須有大批的讀者觀衆才能自行顯露：它在陰暗中滋長，在祕密謀叛者與祕密警察間恆久的曖昧關係中滋長。爲了要使精魂活著，我的閱讀保持冷靜超然，但對各種合法和非法的涵義始終保持警覺，這樣就夠了，在這盞燈的光輝下，在這空無一人的大樓辦公室裏，此刻便可解開制服上衣的鈕子，讓禁忌者的鬼魂來造訪我，那是在白天我必須敬而遠之的……」

你必須承認總督的話給人一種舒服的感覺。如果此人繼續懷著對閱讀的熱愛與好奇，這表示在發行流通的刊物之中，仍然有一些沒有經過僞造，沒有被全能的官僚體制所操縱，在這些辦公室之外，還有一個外界存在……

「那麼，僞書的陰謀要如何解釋呢？」你試著用一種職業性的冷漠口脗發問：「是不是有人向你告發？」

「當然，我接到過很多關於這問題的報告。有一段日子我們欺騙自己，相信我們可以控制一切。主流派的情報單位在接管這組織時遇上了大麻煩，這組織似乎到處都有分部……但是叛亂組織的首腦，也就是善於僞裝的卡格里歐斯特羅卻總是規避我們的掌握……並非我們對他的底細毫無所知：他所有的資料都在我們的檔案裏，長久以來我們認定他是一個凡事都要插一手的行騙者、翻譯者；但他活動的眞正理由卻曖昧不明。他似乎和他本人所建立的謀篡集團所分裂成的各個支派都沒有進一步的關係，卻仍對他們的陰謀發揮了間接的影響力……當時機成熟，我們想去逮捕他時，卻發現要使他就範並不容易……他行事的動機並非爲了金錢、權力或野心。看起來他所做的一切都是爲了一個女人，想要贏得她，或者也許僅是要扳平，賭氣要贏得她。我們想掌握卡格里歐斯特羅的行踪，就必須了解這個女人，然而我們還無從得知她是誰。我只能透過推論的過程，才得到許多有關她的事，那些事我不能在任何官方報告中講出來：我們的指揮體系無法掌握某些微妙……」

「對這女人來說，」阿克迪恩•波菲利治發現你那麼沉醉於他的話語，便繼續說道：「閱讀的意義在於使她擺脫任何目的，任何預設的結論，隨時準備去捕捉一種在你毫無預期時會自行出現的聲音，一種不知來自何處，超越書本、作者及寫作成規的聲音：來自無言，來自這世界從未述說，現在也無文字能述說的聲音。至於他呢，他所要的剛好相反，他要讓她知道在書頁的背後空無一物：世界僅以造作、僞裝、誤解和虛言的方式存在。如果眞的是這樣，我們倒是可以輕易地幫他如願，我所說的我們，指的是在不同國度和不同政權下的警察同僚，因爲我們有許多人都在提供協助給他，而他也並未拒絕，相反的……但我們無法掌握的是，究竟是他加入了我們的遊戲，還是說我們只在充當他的棋子……或者這一切只是一個瘋子的疑問，那又如何呢？只有我可以揣測出他的祕密：我派密探綁架他到這兒來，將他單獨拘禁在囚室裏一個星期，然後我親自審問他。他的麻煩不在於瘋狂，也許只是絕望；和那女人打的賭早就輸了；她是贏家；她對於閱讀總是感到好奇而且總是貪得無厭，要設法揭露隱藏在最無恥的騙局背後的眞相，並且揭露宣稱是最眞實卻毫不因此削弱力量的文字當中的虛假。我們的幻想家能做什麼呢？他沒有截斷那最後一條繫住他和她的線，而在書名標題、作者姓名、筆名、語言、翻譯、版本、封套、首頁、章節、開端、結尾方面製造混淆，如此她才會被迫認出他的存在的跡象，以及他不求回應的問候。『我已經了解自己的極限，』他對我說，『在閱讀時，總會發生一些我無能爲力的事。』我大可告訴他說，這是連全能的警力都無法衝破的限制。我們可以禁止閱讀：但在禁止閱讀的法令下，仍會有我們絕不希望被讀到的眞相讓人讀到：：」

「那他後來怎麼了？」你問道，語氣中也許不再聽得出有敵意，反而是充滿同情與諒解。

「這個人已經完了；我們可以隨意處置他：送他去強制勞改，或者在我們的特別部門給他一個例行工作，要不就……」

「要不就……」

「我准許他逃亡，假逃亡，假的祕密放逐，讓他再度失去蹤跡。我相信我認得出他的字跡，偶爾在我碰巧看到的資料當中……他的才能增加了……現在他是完完全全在裝神弄鬼……現在我們的力量已經對他毫無影響，好在……」

「好在？」

「總是要有一些事情逃避了我們的掌握才好……爲了讓權力有運作的對象，爲了要有個空間讓我們一展身手……只要我知道這世上存在著一些只爲愛耍詐而耍詐的人，只要我知道有個因爲愛讀書而讀書的女人，我就能肯定這世界還會繼續存在……每個晚上，我也就讓自己沉溺於閱讀之中，像遠方那不知名的女人一樣……」

很快的，你從腦中逐退總督和魯德米拉不相稱的重疊映象，以便欣賞彼讀者的神化成聖，光輝燦爛的光景從阿克迪恩·波菲利治的解咒言語中升起，你品嘗到一股確定的滋味，全知的總督加以肯定，在她和你之間已經不再有障礙或神祕了，而你的對手卡格里歐斯特羅只剩下可憐的影子，愈來愈遠，愈來愈遠……

但是，只要那一再使閱讀中斷的魔咒沒打破，你就不會獲得全然的滿足。在這兒，你也試著要向阿克迪恩‧波菲利治提出這個話題：「我們很想給你一本在阿塔桂特尼恩最被殷切需求的禁書，以便增加你的藏書——《環繞一空墓》，作者卡力斯托‧班德拉——但因爲我國警方熱心過度，把整版的印刷品都送去搗做紙漿；不過，我們得到消息，這本小說的以卡尼亞文譯本，正在貴國以祕密複寫的版本非法在流通，你可知道任何關於這本書的事嗎？」

阿克迪恩‧波菲利治起身查閱一份卷宗。「你是說是卡力斯托‧班德拉的作品？有了，目前我們手頭上似乎還沒有這本書，但如果你有耐心等上一個禮拜，最多兩個禮拜，我勢必會給你一個大大的驚喜，我們的密報探子報說，我們最重要的禁書作者之一安那托利‧安那托林，好一陣子以來，都在進行班德拉一本以以卡尼亞作背景的小說。其他的消息來源指出安那托林即將完成一部新小說，題目是《什麼故事在那頭等待結束？》。爲了要沒收這本書，我們已經安排了一次迅雷出擊，以免作品轉入地下流通。我們一弄到手，我會立刻給你準備一本，你就可以自己判斷那是不是你要找的那本書了。」

轉瞬間你已思索出對策來，你有辦法直接和安那托利‧安那托林聯繫上；你必須搶先擊敗阿克迪恩‧波菲利治的密探，在他們之前取得手稿，不讓它被沒收，帶到安全的地方，同時使你自己安全，遠離以卡尼亞的警察和阿塔桂特尼恩……

當晚你作了一個夢，夢見你在一列火車上，這列很長的火車正在橫越過以卡尼亞。所有的旅客都在讀著厚厚的書卷，在報紙和期刊不怎麼吸引人的國家，這種事情更容易發生。你覺得有些旅客或者全部旅客，都在讀著那些你不得不中斷的小說之一，眞的，那些小說全部都可以在這車廂中找到，被譯成一種你不懂的語言。你努力想讀出書背上寫些什麼，雖然你知道這樣做沒有用，因爲你根本看不懂。

有一位旅客起身走入甬道，把書留在座位上占位子；書裏夾著一張書籤。他一出去，你馬上伸出雙手去拿書，瀏覽一番後，認定這就是你要找的書。就在同時，你發現其他的旅客都在盯著你看，對你的不當行爲，他們的眼裏充滿了無法諒解的要脅眼光。

爲了掩飾自己的困窘，你站起身來，探出窗口，手裏還拿著那本書。火車已在一道道鐵軌和號誌間停下了，也許是停在某個偏遠車站外的轉換點上吧。那兒只有霧和雪，什麼也看不見。旁邊的鐵軌上停了另一列火車，朝著相反的方向，窗子上全覆著冰霜。在你對面的窗子，一隻戴手套的手來回擦著玻璃，讓玻璃稍稍回復一點透明：一個女人形體漸漸浮現，穿著一身皮裘。「魯德米拉……」你喊她，「魯德米拉，這本書……」你試著要告訴她，用的手勢比說的話還要多，「妳要找的書……我已經找到了，就在這兒……」同時你用力想把車窗拉下，好從蓋滿厚冰的車廂將書遞出去給她。

「我在尋找的書，」那朦朧的身影說著，拿出一本相同的書：「賦予末日來臨以後的世界的意義，說明這世界的意義是一切世事的終結，這世界唯一的東西就是世界的結束。」

「不是這樣的！」你叫道，並企圖在這本看不懂的書裏搜尋出一句話來反駁魯德米拉。但是火車啓動，朝著反方向開走。

一陣冷風掃過以卡尼亞首都的公共花園，你坐在一張長椅上，等著安那托利•安那托林，他要送來他的新小說《什麼故事在那頭等待結束？》的手稿。一個蓄著金色長鬍鬚的年輕人，身穿黑色長大衣，頭戴油布帽，在你旁邊坐下來。「動作放自然點，花園經常在祕密監視下。」

一排樹籬擋住了陌生人的視線。一小捆紙張從安那托利•安那托林長外套的內口袋傳到你短厚呢夾克的內口袋。安那托利•安那托林又從口袋掏出一些紙張來，「我必須把書頁分散，放在不同的口袋裏，才不會鼓起來，引人注目。」他說著，又從背心的內口袋取出一卷來。這時，一陣風吹來，吹走了他手上的一張紙，他連忙衝去抓回來。當他準備從褲子後的口袋拿出另一疊紙張時，兩個便衣密探從樹籬後跳出來

，將他逮捕。（初譯：郭文芸、雍桂芳、楊植喬）

什麼故事在那頭等待結束？

走在我們城市壯麗的區域，我從心裏把那些不想注意的東西給抹去。我經過一行政大樓，大樓正面陳飾著女像雕柱、大圓柱、欄杆、柱基、托架，以及方形牆面；我眞想把該大樓縮減成一堵平滑的垂直平面，一片不透明的玻璃板，一個毫不起眼的隔間。但即使簡化到這種地步，這建築物仍給我壓迫感：我決定把它全部去掉；在原來的位置升起一片乳白色的天空，蓋過空地。同樣地，我擦掉了另外五個（行政）部會，三家銀行，兩棟大企業總部的摩天大樓。世界是如此複雜、糾結而擁擠，要想清楚看它，你就得不停的刪除、刪除、刪除。

這區域熙來攘往，我不斷遇到一些我不喜歡的人，而我不喜歡看見他們的原因各自不同：我的上司，因爲他們教我想到我較低下的職位；再者是我的下屬，因爲我討厭掌握微不足道的權威，讓我覺得小裏小氣，就像隨之而來的嫉妒、奴性、刻薄一樣地卑微。我毫不遲疑地把這兩種人都給剔除；從我的眼角，我看到他們在一層薄霧中縮小、消失。

在這刪除的過程中，我小心翼翼地略過那些從未干擾我的過路人、外地人、陌生人；的確，如果我客觀地觀察的話，他們有些人的容貌還眞値得細看呢。但當這世界只剩下一羣圍繞著我的陌生人時，我突然感到孤獨而不知身在何處，所以最好也把那些人抹去，全部抹去，忘記。

在簡化了的世界裏，我有更大的機會去碰到我想遇見的少數幾個人：譬如說，佛蘭西斯卡。她是個朋友，與她偶然相遇，我總是高興得不得了。我們交換一些俏皮話，一起大笑，談些普通不過但卻也許從不跟別人說起的事情，我們談這些事情，總是談得那麼有意思，在說再見之前，我們都強調要儘快再見面。然而我們又在街上巧遇對方，卻是幾個月之後的事了：兩人快樂、興奮地大叫，笑成一團，約好不久再聚，但我們誰也不曾特地安排過一次聚會；也許因爲我們明白，再見面時情況不會相同。在一個縮裁、簡化的世界裏，既然空中已淸除那些既有的情境，會促成我和法蘭西斯卡更常見面，這就表示我們之間的關係有待界定，也許終將論及婚嫁，或者，不管怎麼說，已經算得上是一對，這層連帶關係可能還推及雙方家庭，推及我們的祖先和子孫，同輩和遠親，並聯繫了我們共同生活的環境，以及收入、財產的範疇。現在，那些曾無聲地環繞著我們，施加沉重的壓力，使得我們交談只能持續短短幾分鐘的種種情境已經消失，我與法蘭西斯卡相遇應該會更美好愉快，因此，我自然想創造最適合我們在路途相會的情境，比方說把所有穿著類似她上次穿的淺色皮草的年輕女郎都給消除掉，這樣即使我遠遠地看到她，也可以確定就是她，不怕誤認或失望，然後，也要去除掉所有可能看起來像是法蘭西斯卡的朋友的青年人。我想像，他們即將遇見她，也許有所意圖，而且會和她愉快交談，而耽擱了我與她的不期而遇。

我已描述了一個人之本性的細節，但這不該讓人家誤以爲我的刪除行動，主要是爲了我自己個人臨即的利益；相反的，我是爲了羣體的利益，（當然也包括了我自己的利益，不過那是間接的，）眞的，這麼說吧，我令在視線範圍內的公共建築物都消失掉，包括寬大的台階、廊柱圍繞的入口及迴廊和接待室、文件、傳單和檔案、同時也包括部門主管、總督、副檢查長、代理首長、正式的和臨時的職員；我這麼做是因爲我相信他們的存在是多餘的，甚至會危及羣體的和諧。

在一天中的這個時刻，成羣的雇員離開過熱的辦公室，扣上假毛領子的外套，成堆擠進公車，我眨個眼，他們便消失了：空蕩的街道上，只看得見遠方幾個零星散佈的過路人，我也已小心地把汽車、卡車和巴士從街道上去掉。我喜歡看到街面光滑平坦，像保齡球道一樣。

我繼續把兵營、警衛室、警察局給消掉：所有穿制服的人都消失掉，像從未存在過似的。也許我是有點失控；我發覺消防隊員也遭遇相同的命運，還有郵差、市府清潔隊員，和其他也許該得到不同待遇的人；但做都做了：反悔無益。爲了省麻煩，我迅速刪除火災、垃圾，還有郵件，反正郵件從來只會帶來問題，不會帶來別的什麼。

我檢查了一下，以確定醫院、診所、療養院一間也沒留下，在我看來，唯一可能的健康方式就是把醫生、護士、病人都除掉。然後是法庭，連同治安法官、律師、被告、原告；還有監獄、囚犯、獄卒。接下來，我抹除大學以及全體教員；理學院、文學院、藝術學院、博物館、圖書館、紀念碑和博物館館員、劇院、電影、電視、報紙。如果他們以爲我會基於對文化的尊重而罷手，那他們就錯了。

接下來是經濟結構，這些東西長久以來一直強而有力地控制著我們的生活。它們自以爲是什麼？我一家接一家地消去所有的店鋪，先從販賣日用必需品的店開始，再到賣奢侈品的商店：首先我清除貨品展示櫥窗，然後又抹去櫃台、架子、售貨小姐、出納員、以及巡視員。當購物推車消失時，顧客們剎那間都愣住了，手臂僵在空中；接著顧客們也被眞空吞噬了。我又從消費者轉到製造者：我去掉一切輕重工業，掃除原料和能源。那麼農業呢？也一樣得消去：爲了防止有人說我想退回到原始社會，我連漁獵都一併去除。

大自然……阿哈！別以爲我沒想到。自然是另一個完美的騙局：幹掉它！只要留下一層地殼，硬得可以讓人立足，其餘的地方統統不要。

我繼續行走在這區域，這地方此時已無法和那一望無際、荒涼而冰凍的平原區分出來。目光所及，不見任何牆面，不見山脈或丘陵；不見河流、湖泊或海洋：只有一片平坦、灰色的冰原，堅實一如玄武岩。

消除事物並不像一般人所想的那麼難，端看如何開始罷了。一旦你驅除掉一些你認爲必要的東西，你便明瞭沒有其他某些東西也照樣活得下去，然後便可以去掉更多的東西。所以現在我走在這世界僅有的一片空洞表面上。一陣疾風掃過地面，陣陣風雪夾雜著那業已消失之世界的最後的殘餘：一串像是剛從藤上摘下來的成熟葡萄，一隻毛茸茸的嬰兒鞋，一個塗油的鉸鏈，一張像是從西班牙文小說扯下的書頁，上頭有一個女人的名字：亞瑪蘭塔。是在幾秒鐘之前抑或是數個世紀之前一切都消失了？我已經失去了任何時間概念。

在那一長條我繼續稱做區域的空無之盡頭，我看到一個身著淺色皮草的細瘦身影在前進：那是佛蘭西斯卡！我認出她穿著長靴的大步伐，以及她把雙手藏在皮手套的模樣，還有那飄在她身後的長圍巾。冷冽的空氣以及空曠的地形提供了良好的視野，我揮手試圖引她注意，但卻沒起任何作用：她並沒認出我來，我們還隔得太遠。我加快腳步繼續前進；至少我認爲我是在前進，但我沒有任何指標可供證明。現在，在我和佛蘭西斯卡之間的這條路上，有些影子淸晰可辨：那是一些穿著大衣戴著帽子的男人，他們正在等著我，他們會是誰呢？

等我走得夠近時，我認出他們是D區來的人。他們怎麼還留在這兒呢？他們在做什麼？我以爲在我抹去辦公室裏所有人員的同時早已抹去了他們。爲什麼現在他們又在我和佛蘭西斯卡之間？我下定決心，集中精神，「現在我要抹去他們！」但沒有用，他們仍在那裏，介乎我們兩人之間。

「喔，你在這裏。」他們跟我打招呼。「你仍是我們當中的一員，不是嗎？這樣對你有好處！你的確幫了我們個大忙，現在一切都已清除了。」

「什麼？」我大叫。「你們也在進行刪除嗎？」

現在，我可以了解自己的感覺，這一次，我比先前幾次更大膽，嘗試把周圍的世界消失掉。

「但是，請告訴我，你們不是經常在談論著增加、補充、擴張嗎……？」

「怎麼樣？這並不互相牴觸的。一切都經過縝密的邏輯思考……發展線從零開始……你也知道情況已陷入僵局……正在惡化……唯一的辦法就是要去促進那過程的進行……特別是針對那些短期間看起來也許是負面消極但到頭來卻變成積極之刺激的事情……」

「但我的意思不是採用你們的那種方式……我心中另有想法……我用別的方式來刪除……」我辯解道，心裏想著：如果他們認為能把我安插在他們的計畫裏，那可就錯了！

我等不及要恢復一切，讓世上的一切事物再度存在，一個接一個，或全部一起來，重新樹立起他們各自不同的實體，像一堵堅實的牆，抵禦這些人的全面虛空計畫。我閉上眼睛、又再張開，想確定自己又置身於那區域中，人羣熙來攘往，交通擁擠，在這個時辰街燈已經亮起，報亭擺著最後一版報紙。然而，相反的，什麼也沒有。我們周遭的虛空愈來愈空虛：佛蘭西斯卡在地平線上端的形影在另一端緩緩向前移動，彷彿得爬過地球的圓弧似的，我們是僅有的倖存者嗎？隨著恐懼的升高，我開始了解到：這個我認爲憑我的心智決定便可以刪除，而隨時加以召回的世界眞的完了。

「你必須實際一點，」D區官員說道，「看四周一眼吧，整個宇宙都……就說它正處在變動的階段好了……」他們指著天空，星相已難以辨認，在劇烈變動的天象圖上，星辰有的聚集成堆，有的零散稀疏，一個接一個地爆炸，更多的星星發出最後的閃光而後消逝。「現在重要的事是，當新人員來到時，他們必須發現D部門處於完美的工作秩序中，架構完整，功能結構都在運作……」

「新人員是誰？他們是做什麼的？他們要什麼？」我問道，然後在一片隔開我和佛蘭西斯卡的冰層上，我看到一道細縫，像一個神祕陷阱一樣地擴張開來。

「現在還言之過早，不能用我們的術語來說。目前我們甚至還看不到他們，但我們確信他們在那裏，而且，我們以前就曾接獲通知，說他們就要到達了……可是我們也在這兒，他們不會不知道，我們代表著與過去存在過的事物唯一可能的接續……他們需要我們，他們必須依賴我們，信任我們，來實際處理那些殘留下來的東西……世界將以我們所希望的方式重新開始……」

不，我心裏想著，我希望將重新開始存在而且環繞著我和佛蘭西斯卡的世界，不可能是你們的：我要集中精神，鉅細靡遺地想像一個地方，一個我希望此刻和佛蘭西斯卡共度的場合；比方說，一家咖啡屋，排列著鏡子映照著水晶吊燈，裏頭有樂隊演奏著華爾滋，小提琴的樂音流過大理石的小圓桌、冒氣的杯子、鮮奶油蛋糕。結著冰霜的窗外，世界充滿了人和事，讓人能感覺到它的呈現；世界的呈現無論友善或敵意，教人欣悅或抗爭的事……我使盡全力想這件事，但此刻我已明瞭自己力氣不足以讓這世界存在；空無的力量太強，而且已經占據了整個地球。

「想和他們理出一種關係可不容易，」D部門人員繼續說，「我們得隨時提高警覺，不得犯錯，不許讓他們把我們翦除掉。我們心中想到你可以贏取新人員的信任。你已在清除的階段裏證明了你的能力，我們這些人當中，你是最不和舊的行政系統妥協的人。你將先行自我介紹，說明D部門是什麼，他們要如何加以利用，在緊急而必要的任務方面……現在，你自己想想怎麼能把事情辦得最漂亮……」

「那麼，我就該走了。我會去找他們……」我趕忙說道，因爲我知道，我如果現在不逃跑，不馬上趕到佛蘭西斯卡那裏去救她，再過一分鐘就來不及了；陷阱馬上就會裂開了。我在D部門的人員抓住我，對我詢問，給予指示之前便跑開，我越過了冰層朝她跑去。世界已縮減成一張紙，上頭只能寫上抽象的字眼，好像所有具體的名詞都完蛋了；只要有人能夠寫出「椅子」這個字，那也就可能寫出「湯匙」、「肉湯」、「爐子」，但這份文本的文體公式不允許。

我在把我和佛蘭西斯卡分隔的地面上，看到一些裂縫、一些溝畦、裂口；我的一隻腳隨時都會陷入一個陷阱：這些裂縫愈變愈寬，很快的我和佛蘭西斯卡中間將裂成一個無底深淵。我從一邊跳到另一邊，往下，看不見底，只有通向無限的虛空無物；我跑過散落在虛空間的世界之碎片；世界正在崩落中……D部門的人員叫著我，拚命示意要我回頭，別再冒險往前走……佛蘭西斯卡！再一跳，我就與妳同在了！

她就在眼前，對著我微笑，眼中閃爍著金色的光芒，小小的臉蛋已被凍得有點皸裂。「哦，眞的是妳！每次走上這區域就會碰到妳！好了，別跟我說妳整天都在外面閒逛！聽我說：我知道這兒街角有家咖啡館，裝了整排的鏡子，還有樂隊演奏華爾滋，要不要請我去那兒？」（初譯：沈正中、林宛瑩）

第十一章

讀者，現在是你那飽受暴風顚簸的船隻靠岸的時候了。有什麼港口能像巨大的圖書館那樣安穩牢靠地接納你呢？你從這座城市出發，在追逐一本又一本書而周遊世界之後，又回到這裏，城裏有一個圖書館。你僅剩的一個希望是：你才一開始閱讀，就從手上化爲烏有的那十本小說，可以在這圖書館中找到。

終於，在一個風和日麗的日子，你前往圖書館，查閱目錄；你忍不住歡呼大叫一聲，或者更正確地說，大叫十聲；你在尋找的所有作者和書名都列在目錄上，登載詳實。

你塡寫第一張借書單遞進去；他們告訴你，目錄的編號一定有誤；書找不到；不過，他們會查一下。你立刻要求借另一本；他們告訴你這書已被借出，但不知道是什麼時候誰借走的。第三本你要的書正在裝釘；一個月內會送回來。第四本存放在館內目前關閉維修的一側。你繼續塡寫表格；不知怎的，沒有一本你要的書可以拿得到。

圖書館員繼續找書，你耐心地等待，坐在一張桌子邊，旁邊有比較幸運的讀者，正各自埋首看書。你伸長脖子左右張望，瞄別人的書。天知道，也許這些人當中，有人正在看你要找的書哩。

對面那位讀者，目光不落在手中攤開的書，反而在空中遊移。然而，他的眼神並不茫然：隨著藍色瞳孔的轉動之後，總是凝神貫注。你們的目光不時相遇，他是在向你問好，或者更確切地說，他彷彿在對虛空講話，雖然對象是你無疑。

「如果你發現我的眼睛一直在遊移，別感到驚訝。其實這是我閱讀的方式，唯有這樣，我才能在閱讀中獲益良多。如果某本書眞正吸引了我，一旦我掌握住書上想表達的概念、感覺、或是一個問題，一種意象，我就讀不下去了，除非我的思路突然改變，在不同的思想觀念和意象間跳動，產生連續的思辨和幻想，而覺得有必要追根究柢，脫離那本書，直到我看不到它爲止。閱讀的刺激對我而言是不可或缺的，而爲了吸收每一本書的精髓，我設法嘗試只讀幾頁就好。而那寥寥數頁，已爲我圈出整個宇宙，我永遠也探究不完。」

「我完全了解你，」另一位讀者突然插嘴，從書本中擡起頭來，面色蒼白，雙眼紅腫。「閱讀是件斷斷續續的工作。或者說，閱讀的對象是點狀的物體。在作品遼闊的領域中，讀者的注意力會凝聚在某些瑣細的片段，文字的並列、隱喻、句法的連鎖關係、邏輯性的段落、字彙的特異性等等，那些東西似乎具有極度濃縮的稠密意義。它們就像基本粒子元素，組成作品的核心，其餘的一切圍繞著該核心運轉。或者說，像漩渦底部的空虛，它吸吮並吞噬水流。書上可能含帶的眞理，其終極的實質，就是透過那些孔隙，在幾乎察覺不到的閃爍中顯現出來的。神話和不可思議的神祕由難以理解的微粒所組成，像是黏在蝴蝶腿上的花粉；唯有體認到這點的人，才能冀望獲得啓示。這就是爲什麼我的注意力與先生您所說的相反，不能須臾離開字裏行間。假如不想漏失任何有價值的線索，我就不能有絲毫的分心。每當碰上那些意義的線索，我必定繼續在四周挖掘，看看金塊是否延伸成礦脈。這就是爲何我的閱讀永無止境：我讀了又重讀，每次都從句子的摺層中尋找新發現的再確認。」

「我也覺得有必要重讀以前讀過的書，」第三位讀者說，「然而每次重讀，我卻像是頭一次在讀一本新書。是我自己不斷地在改變，看出以前所沒察覺的新東西嗎？或者閱讀即是一種採取形式的建構，聚集大量的變數，因此不可能依照同樣的模式重複兩次？每一次我想重新體會上回閱讀的感受，總是經驗到不同的、意想不到的印象，不再能發現從前的感覺。有時候，我覺得兩次閱讀之間有些進步：那是說，譬如，更能滲透進入文本的眞髓，或增加批判性的冷靜超然。相反的，有時候，我好像保留著閱讀個別的一本又一本書的記憶：熱切、冷漠或懷著敵意，散落在時間裏，沒有一個特定的觀照角度，沒有一條線索將之串連起來。我所得到的結論是，閱讀乃是一種沒有對象的運作過程；或者說，閱讀的眞正對象就是閱讀本身。書本只不過是附加的幫襯，或甚至只是藉託罷了。」

第四位大聲說道：「你如果想強調閱讀的主觀性，那麼我同意，但不贊成你所說的那種偏離中心的理由。每一本我讀過的新書，都成爲我的閱讀之整體全書的一部分。這是需要努力才能達到的：爲了組構那部整體性的書，每一本個別的書都需要經過轉化，使之與我先前閱讀過的那些書發生關係，成爲隨它們而來的自然結果、發展、辯駁、詮釋或參考文本。多年以來，我一直來這圖書館，一册又一册地找，一架又一架地尋，但我所能向你展示的是：我所做的一切就是在持續地閱讀一本書。」

「就拿我來說，我讀的全部書籍也都導向單獨的一本書。」第五位讀者說，他的臉孔從一堆裝釘成册的書中伸出來，「可是，那是一本年代久遠的書，幾乎不能在我記憶深處浮現。在我看來，有一個故事發生在其他所有的故事之先，其他所有我讀過的故事似乎都在回應著這個故事，轉瞬間便消失無踪。我的閱讀只不過是在尋找那本我童年讀過的書，然而，我對它的記憶太少，無法使我再找到它。」

第六位讀者站立著，用鼻子嗅空氣來檢視架上的書，他走近桌子；「對我而言，最重要的是閱讀之前的那一刻。有時候，一個標題就足以引燃起我對一本書的興趣，儘管那本書也許並不存在。有時，是書的開端，起首幾個句子……換句話說，如果你只需要一點點東西便可叫想像力奔馳，我要求的更少：有閱讀的期待就夠了。」

「對我而言，重要的是結尾。」第七位讀者說，「但必須是眞正的結尾、終極，隱藏在黑暗中──書要帶領你前往的目標。我閱讀時也找尋開頭，」他說著，朝那兩眼無神的人點點頭。「然而，我的目光，在字裏行間挖掘探索，嘗試辨認遠處的輪廓，那延伸在超越『結尾』一詞以外的空間。」

現在輪到你發言了。「各位先生，首先我必須說明，在書中，我只喜歡閱讀那些寫下來的東西，把細節和整體連接起來；考慮哪些閱讀詮釋方式才可靠。我還喜歡區分每一本書和別的書有何不同，各有什麼新穎和不同的特色；我特別喜歡需要從頭讀到尾的書。這一陣子以來，我一切都不對勁：我覺得，這世界現在只有一些懸疑未決或中途迷失的故事。」

第五位讀者回答你：「我所說的那個故事，開始的部分我還記得很清楚，不過其餘部分卻忘得一乾二淨了。那應該是《天方夜譚》裏面的一個故事。我目前正在核對各種不同的版本、各種語言的翻譯本。類似的故事多得不可勝數，變體也很多，但是沒有一個是我要找的那個故事。難道那故事是我夢中夢到的？然而，我知道除非我找到這故事，知道它的結局，否則我會不得安寧。」

「哈侖・阿・拉希德大王」──那故事是這樣開始的，眼看著你一臉的好奇，他同意講出來──「某夜，飽受失眠的煎熬，他僞裝成商人，走在巴格達的街道上。他乘船沿著底格里斯河來到一個花園的門口。池邊一位花容月貌的少女正高聲歌唱，並彈著琵琶伴奏。女奴引哈侖進入宮殿，替他穿上橘黃色的外衣。那位唱歌的少女坐在花園中的銀椅上，旁邊是七位身穿橘黃色外衣的男士（圍繞著她，坐在褥墊上）。『只有你一人缺席。』少女說，『你遲到了。』她請他坐在身邊的坐褥上。『高貴的先生，你們已經發誓過要盲目服從我的命令，現在，你們接受考驗的時刻來臨了。』少女取下她脖子上的一串珍珠項鍊。『這串項鍊有七顆白珍珠和一顆黑珍珠。現在我要弄斷它的鍊子，把珍珠投入瑪瑙杯中。誰抽到黑珍珠，就必須殺死哈侖・阿・拉希德大王，並帶他的頭顱來見我。我將以身相許，作爲回報，可是如果他拒絕殺死大王，他會被另外七位男士殺死，這七位男士得重複一直抽黑珍珠。』哈侖・阿・拉希德一陣顫抖，張開他的手掌，看到手中的黑珍珠，於是對少女說：『我會服從命運和妳的命令，條件是妳得告訴我，大王什麼地方惹起妳的仇恨。』他問道，渴望聆聽那故事。」

這孩童時代之閱讀的殘遺也該列入你那些中斷的書單中，但書名是什麼呢？

「即使它有名稱，我也早就忘了，你自己替它取個名稱吧！」

你覺得那故事中斷處的幾個字，似乎正好表達了《天方夜譚》的精神。於是你把——《他問道，渴望聆聽那故事》寫入你在圖書館找不到的書本的名單裏。

「我可以看看嗎？」第六位讀者問道，接過書單。他拿下近視眼鏡，放進盒子裏，再打開另一個眼鏡盒，拿出遠視眼鏡；而後高聲朗讀起來：

「如果在冬夜，一個旅人，在馬爾泊克鎮外，從陡坡斜倚下來，不怕風吹或暈眩，在逐漸累聚的陰影中往下望，在一片纏繞交錯的線路網中，在一片穿織交錯的線路網中，月光映照的銀杏葉地毯，環繞一空墓，什麼故事在那頭等待結束？——他問道，渴望聆聽那故事。」

他把眼鏡推到眉毛，「對，一部像這樣開頭的小說……」他說，「我發誓我曾經讀過……你只有這麼個開頭，想找它的下文，對嗎？麻煩的是，從前的小說統統都是這樣起頭的，有個人獨自走在人蹤稀少的街道上，看見某些引他注意的東西，某些好像隱藏著神祕或徵兆的事；於是他打聽究竟，人家便告訴他一個冗長的故事……」

「可是，請注意一下，你誤會了，」你想提醒他，「這不是一本書……這些只是標題而已……《旅人》……」

「喔，旅人往往只出現在開頭的幾頁，然後就不再被提起——因為他已經發揮了功能，這小說不是他的故事……」

「但這不是我想知道其下文的那個故事……」

第七位讀者突然打斷你說道，「你認爲每個故事都非要有個開端和結局不可嗎？古代的時候，故事只有兩種結局：男女主角在通過一切考驗之後，結成眷屬；要不然，就是死掉。一切故事所指涉的終極意義有兩個層面：生命的延續以及死亡的不可避免。」

你安靜片刻，思索那些話。突然，剎那間，你決定要和魯德米拉結婚。（初譯：張頌香、黃一林、司徒聖琳）

第十二章

現在你們倆是夫妻，是讀者和讀者，一起躺在一張寬敞的雙人床上看書。

魯德米拉闔上她的書，熄了燈，把頭靠在枕上，說道：「你也關燈吧。還沒看累嗎？」

你說：「再等一會兒，我就快看完伊塔羅，卡爾維諾的《如果在冬夜，一個旅人》了。」（初譯：謝靜芳）

〈附錄一〉

嬉戲見文章

邱貴芬

據說評論文章應該深入淺出，提示讀者如何和作者玩遊戲文字。於是，你問我：「《如果在冬夜，一個旅人》……」到底說些什麼？怎麼讀？別急，「喫緊弄破碗。」先到7—11買包翁財記瓜子（或者司迪麥口香糖），倒出你熱水瓶裏據說二十四小時百分之百沸騰的水，溫熱你的茶杯，沖杯雀巢純品咖啡（如果你喝不慣洋水，南投鹿谷出產的烏龍也可以），躺在你的席夢思床，關掉電視，切斷電話線，點亮那盞代表後現代主義精神的菲利浦檯燈，讓那據說經過專家精心設計，最不傷害視力的燈光流瀉在你現在閱讀的文字上。你開始閱讀，期待我遞給你那把開啓寶庫之鑰：

其實這篇評論在上面一段空白之後即應結束。一段被你當作廢話的文字加上一段空白？？？！這段廢話讀來似曾相識，《如果在冬夜，一個旅人》不就是以如此的敍述方式逗你惱你，教你在它的文字遊戲迷宮裏轉得暈頭轉向？書中有位和你（注意，不是妳）一樣的讀者，買了一本《如果在冬夜，一個旅人》，回家翻開一看，竟是本排版嚴重錯誤的小說，去書店換書，碰到一位妙齡女郎，正巧她也買了一本同樣的小說，也發現同樣錯誤的排版，於是他們互相交換姓名電話，準備以後隨時交換讀書心得，回家後卻又惱又喜地發現換回的不是《如果在冬夜，一個旅人》，是另一本毫不相干的小說（惱的是，他的閱讀無法繼續；喜的是，毫無費力找到一個藉口可以打電話給那位迷人的女讀者）……就這樣，這位書中的讀者展開一連串的偵探行動，追尋一連串只看了開頭，卻由於某種原因無法繼續閱讀的小說。看著看著，我們突然發現，這位我們原以爲可以認同的讀者其實就是本書的主角，而我們閱讀的其實就是他的故事——他追尋那些斷了線路的小說的故事，同時也是他追求那位妙齡女讀者的故事。最後，當我們早忘了《如果在冬夜，一個旅人》的存在，以爲這位讀者／主角永遠找不到它完整的眞本，這時我們卻又突然發現，原來我們正在閱讀的這位讀者的故事，其實就是《如果在冬夜，一個旅人》！

嬉戲遊遁，虛虛實實，走筆之間擺弄乾坤，《如果在冬夜，一個旅人》充分表達了後現代文學的世界觀。如果虛構和眞實難以界分，如果所有的理念都是文字遊戲的產物，內含虛構的成分，那麼，所謂的「

絕對的眞理」即不存在世上。既然所有的事物都是文字虛構的組合，任何高下尊卑的分野亦頓時失去憑藉。就這點而言，後現代小說其實延續了西方小說自古以來反封建、反傳統的批判精神。小說最先出現於十八世紀的英國時，即是一種極具顚覆性的文體。當時小說的作者和讀者多半來自新興的中產階級，而小說所散播的價値體系基本上乃是中產階級重金錢、重階級概念、重現世的世界觀。隨著小說的盛行，原爲貴族主導的文化形態逐漸產生變化。如果說，中產階級透過工業革命，逐步取得經濟優勢，那麼小說也是他們一種顚覆的工具，促成中產階級文化革命的完成。於是，中產階級逐漸取代貴族，主導西方文化的趨勢。十九世紀和二十世紀前半業的小說對中產階級庸俗文化的鄙夷批判，其實是進一步發揮了小說最初在中產階級與貴族的權力鬥爭中所扮演的批判、顚覆角色。在現代小說逐漸作繭自縛，鑽入文人的象牙塔，與原先和小說密切結合的中產階級大衆日漸隔閡之時，後現代文學適時出現，使小說的生命峯迴路轉。現代小說，如喬伊思（James Joyce）、福克納（William Faulkner）的作品均艱澀難懂，以嚴肅文學姿態出現，和通俗文學壁壘分明，非一般讀者所能接受（據說，有人問喬伊思爲什麼他要寫那麼深奧的作品，喬伊思答道：「我就是想讓那些批評家忙個三百年！」）。針對現代文學逐漸形成的另一種「貴族精緻文化」，後現代文學提出破除嚴肅文學和大衆文學的主張，力圖將西方小說從現代文學「曲高和寡」的死胡同裏拯救出來。後現代文學對現代文學形同「貴族文化」的批判，其實重演了十八世紀中產階級通俗文化與貴族文化的抗爭。後現代文學表達的正是後現代社會反獨裁、反封建、尚自由的基本理念。

將理論付諸實行，後現代小說經常採用大衆文學如偵探間諜小說、文藝愛情小說的敍述結構。以《如果在冬夜，一個旅人》爲例。這部小說不僅以偵探小說的結構出現，而且充分發揮偵探小說的種種特性：書中的讀者／主角爲了追尋一本斷了線的小說，陷入重重迷障，跋山涉水，遠渡重洋，甚至被綁架，差點慘遭強暴，緊張懸疑，處處玄機。而他在追尋過程中所碰到的那幾部小說也泰半屬於偵探間諜小說的體類。例如，與本書同名的第一本小說（也就是那位讀者／主角買回家後發現排版錯誤的小說）敍述一位不知名的人在一個不知名的小站下了火車，欲將他手提的皮箱以瞞天過海的方式和另一旅客提著的同樣的皮箱交換。這部小說顯然是部間諜小說，因爲這樣的伎倆正是我們〇〇七類的間諜片中經常看到的。除了偵探間諜小說，書中的小說也包含了其他常見的通俗小說形態。如最後一部小說《什麼故事在那頭等待結束》可歸爲科幻小說；《環繞一空墓》可劃爲西部小說文類；《月光映照的銀杏葉地毯》屬於奇情小說……等等。

可是，後現代小說既游離嚴肅與大衆文學之間，它必然也涵蓋了一般通俗小說沒有探討的嚴肅主題。《如果在冬夜，一個旅人》是一本後設小說（metafiction）。所謂後設小說亦即評論小說寫作的小說。換言之，在這本書裏，小說評論和小說創作同時進行。後設小說既然結合批評與創作兩類文體，它經常和當代文學理論形成一個對話的狀態。舉個例子。細心的讀者必然發現《如果在冬夜，一個旅人》一反小說敍述傳統，以現在式語法代替過去式。著名的法國批評家羅蘭・巴特（Roland Barthes）在〈書寫與小說〉那篇評論裏提到，小說以過去式敍述的方式其實已預示了「後見之明」的立場，透過小說敍述，將人的存在解釋爲已被設定的命運，把人類不可知的生命過程強行納入一個框架。《如果在冬夜，一個旅人》刻意以現在式代替過去式的敍述方式是否在反映巴特的論點？另一個明顯的例子是本書奇異的結構。全書共分十二章，敍述讀者／主角的故事，章回之間是那位讀者／主角所碰到的十本小說的開頭。這樣的小說結構隱指一個小說寫作的基本問題：「一個故事如何開始？什麼叫做故事的開始？它在整個敍述裏扮演什麼樣的角色？」這些問題正是另一位著名評論家艾德華・沙伊德（Edward Said）在一本名爲《開始》（*Beginnings*）的專著中探討的主題。而本書和解構主義「absence of the center」理論的緊密關係，更毋庸贅言。有關本書和當代文學理論關係的例子不勝枚舉。

由於本書和當代文學理論時時互相呼應，它的解讀方法也可千變萬化。身爲女性讀者的我，在看完作者擺設的文字迷陣之後，亦不免技癢，想試以女性閱讀的方式在那文字迷宮裏戲耍一番。女性讀者必然注意到，這部小說基本上是本屬於男性的小說。不僅作者是男性，而且書中的讀者／主角也是男的。書中的那位女讀者被稱爲她（The Other Reader），神祕而難以捉摸。在章回裏，作者經常對著那位男性讀者講話，以第二人稱的「你」稱呼他。而行文之間，處處可見作者對這位男性讀者的心理瞭若指掌，時時透過他的觀點呈現那位讀者的世界。書中唯一以第二人稱「妳」稱呼那位女讀者的文字出現在第七章，當男讀者／主角頭一次進入她的公寓時，作者突然問道：「妳到底是什麼樣的人呢，Other Reader？」接下來，作者「順著那位男讀者的眼光」逐一描繪女讀者的家中擺設，試著從廚房用具的選擇，家具的擺設，甚至書本的放置形態揣摩那位女讀者的個性、好惡。值得注意的是，雖然作者此時直接稱呼她，但敍述觀點仍屬於那位男性讀者，透過他的眼光思緒來閱讀那位女主角的家。當作者稱呼男性讀者爲「你」的時候，他經常進入後者的心靈世界，充分掌握後者的一舉一動，但是當他稱呼書中女讀者爲「妳」的時候，他卻無法進入她的內心世界，對作者和那位男讀者／主角而言，這位女讀者仍是一團謎，而這兩位男性只能問：「妳到底是什麼樣的人呢？」對男性而言，女性似乎永遠是個無法解答的謎題，永遠在男性再現（representational）的符號系統之外。

在西方文學傳統裏，閱讀一向被視爲男性的活動。不少評論家如羅勃・修斯（Robert Scholes）和羅蘭・巴特都曾指出閱讀的過程和男人追求性高潮的過程頗有雷同之處。在此譬喩之下，書寫成爲女人身體的象徵，是男讀者追尋和征服的對象。《如果在冬夜，一個旅人》也明白指出這層關係：「追尋那本你未看完的書……和追尋那位女讀者竟發展爲同一件事，而她卻以一連串神祕、欺弄、僞裝的手法逃離你的掌握……」（第七章）。在這一章裏，男讀者終於一親芳澤，和那位女讀者同床共眠，似乎他達到目的，追到她了。可是，果眞如此嗎？他果眞解開那個謎團，認識淸楚她是什麼？讓我們來看看作者透過那位男性讀者的眼光看到了什麼。這是一場有如被電檢處噴霧處理過的床戲。作者作了如下的描寫：「魯德米拉，現在妳正被閱讀。透過觸覺、視覺和嗅覺系統傳來的訊息，他正逐一閱讀妳的身體。聽覺也扮演它的角色，注意妳的喘息……」。理論上，幾乎未曾離開男讀者／主角意識和觀點的我們，和他同時經歷了這個親密關係，對於那位神祕的女讀者應有相當的認識。可是看完整段描寫，我們驀然發現，下床後我們對她的了解程度和上床前幾無差別。作者告訴我們，那位男讀者正在閱讀那位女讀者，卻沒告訴我們他看到了什麼知道了什麼？實質上，那位女讀者猶如從這個場景裏遁走。在這本書裏，作者明確地告訴我們書寫和那位女讀者的關係，追尋書寫（書本）意即追尋那位難以掌握的女讀者。那麼，當你在這篇文章開頭問我這本書講了什麼，要我 make you see（看，瞭解），你能怪我只留給你一大段空白？事實上我也什麼都沒看到。是作者不能、不肯或不敢呈現女讀者／書寫的本質？當佛洛依德看女人的時候，他發現他看到一片空白（nothing），拉岡甚至要跪下來請求女人告訴他她們到底要什麼。果眞女人對男人而言，永遠是他者（The Other），永遠在他們再現符號的掌握之外？而如果書寫等於女人的身體，這本書的奧妙又豈是本文符號所能掌握、再現？留一片空白讓你塡，請你加入這個文字陣裏的追逐遊戲吧。

〈附錄二〉

在波赫士之東、納博柯夫之西：介紹卡爾維諾的生平和作品

吳潛誠

伊塔羅・卡爾維諾（Italo Calvino），義大利小說家，以想像詭譎，風格多變，擅長雜糅實際和幻想以及抽象的哲學和科學觀念，並訴諸具體生動的敘事方式呈現，而聞名國際文壇。美國小說家約翰・嘉德納（John Gardner）稱許他是「世界上最好的寓言作家之一」，另一位著名的小說家約翰・厄普代克（John Updike）誇讚他是「最有魅力的後現代主義大師」。在古代經典作家方面，論者常拿他比擬薄伽邱、但丁、伏爾泰、史威夫特等人，義大利當代著名學者兼小說家艾柯（Umberto Eco）說：「伊塔羅・卡爾維諾的想像宇宙以微妙的均衡，擺放在伏爾泰和萊布尼茲（Leibniz）之間」；在現代和後現代作家方面，他常與納博柯夫、波赫士、賈西亞・馬奎斯等人相提並論。有位叫麥克・武德（Michael Wood）的批評家在談論《如果在冬夜，一個旅人》時，推崇他是「構思縝密，幻想神奇，用字精準而可信的建築師

」，並把他的文學空間定位在「波赫士之東和納博柯夫之西的地方，波赫士夢見圖書館，納博柯夫神馳文本和評論，而卡爾維諾描繪數以畝計的脆弱的印刷品，蒐集成卷，但卻飽受拆散或錯得離譜的威脅」。

卡爾維諾在一九二三年十月十五日出生於古巴，父母親都是熱帶農作物學家。兩歲左右隨雙親返義大利，定居在離義大利和法國邊界附近的聖・雷墨（San Remo）。長大後，進入都靈（Turin）大學，本來打算克紹箕裘，研究農學，後來改習文學，一九四七年畢業。

第二次世界大戰期間的一九四三年，加入義大利抵抗運動，後來又與入侵的德軍打游擊戰，卡爾維諾曾把這段經驗寫進他的第一本小說《蛛巢小徑》和短篇小說集《某個午後，亞當》。卡爾維諾於一九四五年加入共產黨，並開始撰寫評論文章，刊登在左派刊物，同時在愛依腦廸（Einaudi）出版社任職，直到一九五七年，蘇聯入侵匈牙利之後，才正式宣佈退出共產黨，但終其一生，卡爾維諾不斷地在義大利的報刊雜誌上發表文章，並擔任愛依腦廸出版社的編輯或顧問工作，在義大利的文化界一直扮演著積極的角色。

卡爾維諾曾長住法國巴黎約十五年之久，與當代思想界重鎮李維・史陀、羅蘭・巴特等人過從，文學觀念受結構主義和後結構批評的影響頗深，舉其犖犖大端者，至少應包括結構主義宗師索緒爾（Saussure

)區分的個別言語(parole)和語言體系(langue)、普洛普(Propp)、葛利瑪(Greimas)、托鐸洛夫(Todorov)等人所闡發的敍述和陳述(discourse)結構、耶柯伯森(Roman Jakobson)所界說的語言的詩功能、李維・史陀的潛意識或象徵作用說，拉岡的慾望、巴特的作者之死和文本之樂、德希達的書寫觀念等等。

卡爾維諾於一九八〇年返回義大利羅馬定居。一九八五年夏天，在濱海別墅度假，準備當年秋、冬要在哈佛大學發表的諾頓(Charles Eliot Norton)演說稿 (文稿後來結集成為《為下一個太平盛世而寫的六篇備忘錄》)，突然患腦溢血，住院期間，義大利報紙每天競相刊載醫院的病情報告，全國上下一致關心他的安危，包括讀過他所編寫的童話和寓言的兒童以及黨政要員、總統等等。負責為他開刀的醫生表示自己未曾見過任何大腦構造，像卡爾維諾的那樣複雜、細緻;作品又那樣令人困惑不解，身為讀者，他決心全力營救。但這位名聞國內外的作家終於在一九八五年九月十九日辭世。一位留意觀察的美國批評家高爾・維達(Gore Vidal)有感於義大利輿論界所表現的對於作家的尊敬與美國大不相同，心有戚戚焉地說:「全義大利一致哀悼，有如一位受愛戴的王子死了」。當時的義大利總統柯錫嘉(Francesco Cossiga)親自趕去弔唁，惋歎「我國喪失了一個具有創造力和啓發性的精神呈現……」云云。

卡爾維諾的早期作品《蛛巢小徑》（一九四七）和〈某個午後，亞當故事集〉（一九五七）基本上屬於當時流行的新寫實主義，但也隱約可以看出作者喜好寓言和幻想的蛛絲馬跡。例如，《蛛巢小徑》採用一少年做主角，以他不脫童稚的觀點來看待世界，遂給敍述染上一層寓言性質。卡爾維諾曾明白表示，自己深受自由幻想和寓言的道德意義所影響，常思藉由幻設的場景、角色和狀況來批判當代世界，他曾蒐集義大利各地的民間故事，編寫成《義大利民間故事》（一九五六），被譽爲「世界文學的瑰寶」。

一九五〇年代，卡爾維諾的作品逐漸脫離新寫實主義，開始訴諸離奇的想像來凸顯戰後義大利的社會問題，並加入輕鬆和幽默成分，其中最廣爲人知的要推合稱爲《我們的祖先》的三部曲：包含《樹上的男爵》（一九五七）、《不存在的騎士》（一九五九）、《分成兩半的子爵》（一九五二）三篇小說。《樹上的男爵》敍述一個十八世紀的貴族，因爲拒喝姊姊烹調的蝸牛湯，被父親斥責，於是爬到樹上，從此不再踏足陸地，在「樹上的理想國」度過一生。這部中篇凸顯主角拒絕順從世俗幸福，堪稱文學史上最堅決的違抗文學。

《分成兩半的子爵》由一個孩童，敍述他叔父參加東征，被炮彈擊中，身體被切成兩半，每半部各有一隻手、一條腿、一個眼睛、半張嘴巴、半個鼻子，一半邪惡，一半良善。邪惡的一半回到家鄉，殺人放火，無惡不做；良善的一半則好得令人不敢相信。後來，兩人決鬥，傷及從前被劈裂成兩半時的舊傷痕，經醫治縫合，復又結成一個完整的人，既不壞，也不太好，好壞兼備。論者不免在這個分成兩半的子爵身上看到馬克思所說的（現代人的）疏離或佛洛依德所謂的壓抑。

《不存在的騎士》描述一套武士盔甲，自稱是查里曼大帝手下的一名騎士，憑藉自身的意志力，始終嚴遵紀律，敬忠職守。故事的敍述者係一個被關在修道院中的修女，她對自己所敍述的騎士奇遇的場景，顯然並無現場目睹或親身體會的經驗，這一點她頗有自知之明，但她肆無忌憚，一直不停地動筆寫下去，逕行發明編造，竟然編得比眞實更眞實。（以書寫對抗眞實世界的意念在《如果在冬夜，一個旅人》中又再度大事發揮。）當代小說家盧西廸（Salman Rushdie）認爲三部曲，在尋常瑣事中徵顯奇幻，足可媲美賈西亞・馬奎斯的《百年孤寂》。

一九六〇和七〇年代，卡爾維諾的小說添加了科幻成分，這或許受到當時國際間日益注重太空探險、遺傳工程學、傳播技術所影響，同時也與當時的語言學和符號學研究強調意義理論有關。卡爾維諾本人學識淵博，不但熟諳文哲著作，還廣泛涉獵現代物理、化學、數學理論、天文學，更重要的是，他懂得把抽象觀念和自然科學轉化成小說情感，並賦與人性的詮釋。這一類作品中要算《宇宙連環圖》（一九六五）和《時間零》（一九六七）最有名。在這兩個系列短篇中，一位名叫 Qfwfq 的主角，目睹並演繹宇宙演化的重要轉變階段，諸如銀河系的形成、軟體動物爬出地球海底、恐龍與兩棲動物的進化等等。

卡爾維諾一九七〇年代的名著之一是《看不見的城市》（一九七二），內容是旅行探險家馬哥勃羅在皇家花園內，襯映著夕陽餘暉，對逐漸老邁的忽必烈汗講述五十五個看不見的城市，這些如幻似眞的城市，一方面令人聯想到烏托邦，也可能教人想起但丁筆下的地獄和波赫士的"Tlön, Uqbar, Orbis Tertius"。馬哥勃羅的描述，旨在提供道德寓意，教導忽必烈汗如何賦予生命新的意義，具體解說了作者與讀者的關係。忽必烈汗則扮演讀者（聽衆）的代言人，一面聆聽如謎的素描，一面詮釋、發問、辯駁，並嘗試找出其中的類型，俾便賦與意義。這部作品並無傳統觀念中的情節發展可言，也許不宜稱做小說，最爲人稱道的是描述文字優美如抒情詩篇，咸認是卡爾維諾「最美麗的書」。

卡爾維諾設想最離奇詭異的作品要推《命運交叉的城堡》（一九七三），其框架故事是一羣朝聖者，經過一座森林，突然失去說話能力，而後來到一座城堡——在第二部分，地點又變成一家客棧，眞相不得而知。這些旅人被迫以塔樂牌（tarot cards），輔以手勢和臉部表情，來交代自己的旅行遭遇。每個旅人的實際遭遇和我們所讀到的故事也許有關，也許沒啥牽連，因爲我們所讀的是敍述者的解說，而敍述者本人自己經常面對諸多詮釋的可能，語氣不敢確定。各個旅人在嘗試表達自己的故事時，有時候得使用別的旅人已使用過的牌，但用意卻可能不同。當七十八張牌全部攤在桌上時，敍述者所詮釋的所有故事的交錯連鎖變得複雜而微妙得令人難以置信：那是透過伊底帕斯、帕西法（Parsifal）、浮士德、哈姆雷特、李爾王、馬克白夫人等角色所顯示的全人類之意識的歷史，也是卡爾維諾小說作品的歷史——因爲朝聖香客一再提到他先前的作品。

卡爾維諾最廣受歡迎的小說應屬《如果在冬夜，一個旅人》（一九七九），這是展示小說敍述藝術的功力之作（tour de force），典型的後現代作品，盧西廸形容爲「很可能是你（和讀者「你」）所讀到的最複雜的書」，筆者已在中文譯本的導言中加以分析，這裏不贅。卡爾維諾生前最後出版的書《巴羅馬先生》（一九八三），讀來頗像作者本人的寫照，巴羅馬一面觀察自然界的微末細節，諸如海浪、星辰、蜥蜴、烏龜、海灘上女子的裸胸等；一方面作形而上的遐想，觀照非常精密細緻，聯想深邃而渺遠。不知巧或不巧，該書最後一章題做〈學習死掉〉，探索處於死亡的本質眞相，主角末了歸納出一個結論，說那就是「他自己加上世界再減掉自己」。

卡爾維諾加上世界便多出了他一生的作爲——包括他的想像力與這世界激盪出來的創作，他死去以後，自當減掉他的血肉之軀，剩下來的是他留給這世界的文學遺產，何其豐富的一份文學遺產呀！卡爾維諾是個卓越的說故事者，犬儒式的哲學家，淘氣的文學搗蛋鬼，他不滿足於照相一般的寫實主義，致力於開發小說敍述藝術的無限可能。但他並不純粹以想像詭奇，技巧翻新爲目的。這位公認的幻想大師曾在一次電視訪問中表示：「唯有一些平淡而堅實的東西可以讓創造誕生：幻想有如果醬，你必須把它塗在一片堅實的麵包上；否則，它終究會像果醬一樣，不成形狀，你無法從中創造出任何東西。」卡爾維諾創作的果醬塗在人類經驗之上；慾望、競爭、罪惡、表達和溝通的衝動、自我的肯定和歸屬、倫理道德和存在方面的抉擇等等都是他終生縈念的主題。借用厄普岱克的話來說：「波赫士、賈西亞・馬奎斯和卡爾維諾三人同樣爲我們做著完美的夢，三人之中，卡爾維諾最溫暖而明亮」，「他對嵌埋在動物、植物、歷史和宇宙脈絡中的人性眞理最感好奇；他的一切探究全都圍繞著『我們將如何生活』的核心問題在打轉。」

〈附錄三〉

卡爾維諾作品一覽表(義、英、中文對照)

I. *FICTION* 小說

Il sentiero dei nidi di ragno, Einaudi(Turin, Italy), 1947, translation by Archibald Colquhoun published as *The Path to the Nest of Spiders,* Collins, 1956, Beacon Press, 1957, reprinted, Ecco Press, 1976.	《蛛巢小徑》，1947。
Ultimo viene il corvo(short stories; title means "Last Comes the Crow"; also see below), Einaudi, 1949.	《烏鴉最晚到》，1949(短篇)。
Il visconte dimezzato(novel; title means "The Cloven Viscount"; also see below), Einaudi, 1952.	《分成兩半的子爵》，1952(長篇)。
L'entrata en guerra(short stories; title means "Entering the War"), Einaudi, 1954.	《進入戰爭》，1954(短篇)。
Il barone rampante(novel; also see below), Enaudi, 1957, translation by Colquhoun published as *The Baron in the Trees,* Random House, 1959, original Italian text published under original title with introduction, notes, and vocabulary by J. R. Woodhouse, Manchester University Press, 1970.	《樹上的男爵》，1957(長篇)。
Il cavaliere inesistente(novel; title means "The Nonexistent Knight"; also see below), Einaudi, 1959.	《不存在的騎士》，1959(長篇)。
La giornata d'uno scutatore(novella; title means "The Watcher"; also see below), Einaudi, 1963.	《監票員》，1963(中篇)。
La speculazione edilizia(novella; title means "A Plunge into Real Estate", also see below), Einaudi, 1963.	《投入房地產》，1963(中篇)。
Ti con zero(stories), Einaudi, 1967, translation by William Weaver published as *T Zero,* Harcourt, 1969 (published in England as *Time and the Hunter,* J. Cape, 1970).	《時間零》，1967(短篇)。
Le cosmicomiche(stories), Einaudi, translation by Weaver published as *Cosmicomics,* Harcourt, 1968.	《宇宙連環圖》，1968(短篇)。
La memoria del mondo(stories; title means "Memory of the World"), Einaudi, 1968.	《世界之記憶》，1968(短篇)。

(Contributor) *Tarocchi,* F. M. Ricci (Parma), 1969, translation by Weaver published as *Tarots: The Viscount Pack in Bergamo and New York* (limited edition), F. M. Ricci, 1975. 《塔樂牌》，1975(撰稿人之一)。

La citta invisibili (novel), Einaudi, 1972, translation by Weaver published as *Invisible Cities,* Harcourt, 1974. 《看不見的城市》，1972(長篇)。

Il castello dei destini incrociati (includes text originally published in *Tarocchi*), Einaudi, 1973, translation by Weaver published as *The Castle of Crossed Destinies,* Harcourt, 1976. 《命運交叉的城堡》，1973(長篇)。

Marcovaldo ovvero le stagioni in citta, Einaudi, 1973, translation by Weaver published as *Marcovaldo: or, The Seasons in the City,* Harcourt, 1983. 《瑪可凡爾陀：城市季節》，1973(長篇)。

Se una notte d'inverno un viaggiatore (novel), 1979, translation by Weaver published as *If on a winter's night a traveler,* Harcourt, 1981. 《如果在冬夜，一個旅人》，1979(長篇)。

Palomar (novel), Einaudi, 1983, translation by Weaver published as *Mr. Palomar,* Harcourt, 1985. 《巴羅馬先生》，1983(長篇)。

Cosmicomiche vecchie e nuove (title means "Cosmicomics Old and New"), Garzanti, 1984. 《新舊宇宙連環圖》，1984(短篇)。

Sotto il sole giaguaro (stories), Garzanti, 1986, translation by Weaver published as *Under the Jaguar Sun,* Harcourt, 1988. 《在美洲虎太陽下》，1986(短篇)。

II. *OMNIBUS VOLUMES* 彙編選集

Adam, One Afternoon and Other Stories (contains translation by Colquhoun and Peggy White of stories in *Ultimo viene il corvo* and "La formica argentina"; also see below), Collins, 1957, reprinted, Secker & Warburg, 1980. 《某個午後，亞當故事集》，1957(蒐集《烏鴉最晚到》中的短篇小說和〈阿根廷螞蟻〉)。

I racconti (title means "Stories"; includes "La nuvola de smog" and "La formica argentina"; also see below), Einaudi, 1958. 《故事》(含〈煙霧〉和〈阿根廷螞蟻〉)，1958。

I nostri antenati (contains *Il cavaliere inesistente, Il visconte dimezzato,* and *Il barone rampante;* also see below), Einaudi, 1960, reprinted, 1982, translation by Colquhoun with new introduction by the author published as *Our Ancestors,* Secker & Warburg, 1980. 《我們的祖先》(含《不存在的騎士》、《分成兩半的子爵》、《樹上的男爵》)，1960。

The Nonexistent Knight and The Cloven Viscount: Two Short Novels (contains translation by Colquhoun of *Il visconte dimezzato* and *Il cavaliere inesistente*), Random House, 1962. 《不存在的騎士和分成兩半的子爵：兩個中篇》，1962。

La nuvola de smog e La formica argentina(also see below), Einaudi, 1965. 《煙霧和阿根廷螞蟻》，1965。

Gli amore dificile(contains stories originally published in *Ultimo viene il corvo and I racconti*), Einaudi, 1970, translation by Weaver, Colquhoun, and Wright published as *Difficult Loves,* Harcourt, 1984, translation by Weaver and D. C. Carne-Ross published with their translations of "La nuvola de smog" and *La speculazione edilizia* under same title(also see below), Secker & Warburg. 《艱難之愛》(含《烏鴉最晚到》和《故事》中的短篇小說)，1970。

The Watcher and Other Stories(contains translations by Weaver, Colquhoun, and Wright of *La giornata d'uno scutatore,* "La nuvoia de smog", and "La formica argentina"), Harcourt, 1971. 《監票員故事集》(含《監票員》、〈煙霧〉和〈阿根廷螞蟻〉)，1971。

III. 編寫(僅列最著名的代表作)

Fiabe italiane: Raccolte della tradizione popolare durante gli ultimi cento anni e transcritte in lingua dai vari dialetti, Einaudi, 1956, translation by Louis Brigante of se-lections published as *Italian Fables,* Orion Press, 1959, translation by George Martin of complete text published as *Italian Folktales,* Harcourt, 1980. 《義大利寓言》(另英譯做《義大利民間故事》)，1956；1959；1980。

IV. *OTHER* 其他

Una pietra sopra: Discorsi di letteratura e societa (essays), Einaudi, 1980, translation by Patrick Creagh published as *The Uses of Literature: Essays,* Harcourt, 1986. 《文學的用途論文集》，1980(論文)。

Collezione di sabbia: Emblemi bizzarri e inquietanti del nostro passato e del nostro futuro gli og getti raccontano il mondo(articles), Garzanti, 1984. 《沙集》，1984(文章)。

The Literature Machine, translation by Creagh, Secker & Warburg, 1987. 《文學機器》，1987。

Six Memos for the Next Millennium, translation by Creagh, Harvard University Press, 1988. 《爲下一個太平盛世而寫的六篇備忘錄》，1988(演說稿)。

〈跋〉校譯始末

一九九〇年初，我將伊塔羅・卡爾維諾的這本 *Se una notte d' inverno un viaggiatore*（一九七九）的英文譯本 *If on a winter's night a traveller*（William Weaver 譯，一九八一），按照篇章拆分，攤派給我在台大外文系所教的「翻譯及習作」的大三同學，作爲英譯中的期末作業，並矚咐他們愼重其事，以備彙集出版。

不知因爲英文翻譯的句構眞不簡單，抑或因爲同學們對原著所涉及的內容和觀念頗爲隔閡生疏，交出來的譯稿上，誤解錯譯之多，超乎我的預估。我看得出來，有些同學的確戰戰兢兢，用心盡力，只可惜不像平常作短篇練習那樣字斟句酌，講究推敲琢磨；另外有些譯稿似乎只求交差了事，乏善可陳。我的校訂工作以改正謬誤爲主，錯得太離譜的章節段落，只好重新翻譯；此外，多少也留意譯文的可讀性問題。

校改工作曠日費時，相當繁瑣。為了減輕負擔，一九九一年夏天，一度請我前一年教過翻譯而當時已經畢業的幾位高材生：郭滋、林宛瑩、林秀貞、林思平等人幫忙校讀修改。一九九二年春天，又一度將譯稿分發給當時的「翻譯及習作」班上的學生，請他們提供批評意見。因此，眼前這份《如果在冬夜，一個旅人》的中譯本，可以說是前後三個年級的數十名學生和我共同耕耘的成品，雖說我個人責無旁貸，應為整本書的品質負責。我僅在此邀請所有曾經參與其事的同學來分享這份出版品；他們若能從本書中辨認出自己的得意結晶，乃至自己的塗鴉被改得面目全非或被完全刪除的痕跡，勾起一些兒從前我們一起研習翻譯技藝的回憶，發願為跨文化的譯介工作多盡一點心力，那就更有意義了。

本書的〈導言〉和一些篇章故事（的前身）曾分別刊登於《幼獅文藝》、《自立早報・副刊》、《中時晚報・副刊》、《自由時報・副刊》、《當代》，若沒有《幼獅》主編陳祖彥小姐的催促，《自立副刊》呂政達先生和顧秀賢先生答應連載，加上時報出版公司吳繼文先生的慫恿，我恐怕不會勉強自己做完此書的校譯工作，我謹在此對他們以及其他為此書提供幫助的朋友，包括撰寫並同意轉載〈嬉戲見文章〉一文的邱貴芬教授，以及幫忙校閱並提供意見的曾珍珍教授，表示感謝。

吳潛誠謹誌，一九九二、十、五，台北

大師名作坊⑯

如果在冬夜，一個旅人 Se una notte d'inverno un viaggiatore

著 者──伊塔羅·卡爾維諾
校 譯──吳潛誠
發行人──孫思照
出版者──時報文化出版企業股份有限公司
台北市108和平西路三段二四〇號四F
發行專線──(〇二)三〇六六八四二
讀者免費服務專線──(〇八〇)二三一七〇五
(如果您對本書品質與服務有任何不滿意的地方，請打這支電話。)
郵撥──〇一〇三八五四～〇時報出版公司
信箱──台北郵政七九～九九信箱

主編──吳繼文
編輯──高桂萍
校對──陳錦生·趙美倫
排版──正豐電腦排版公司
製版──源耕印刷有限公司
印刷──盈昌印刷有限公司
初版一刷──一九九三年一月十五日
初版九刷──一九九七年一月五日
定價──新台幣二六〇元

◎行政院新聞局局版北市業字第八〇號

ISBN 957-13-0595-2

Printed in Taiwan

國立中央圖書館出版品預行編目資料

如果在冬夜,一個旅人 / 伊塔羅・卡爾維諾著 ;
吳潛誠校譯. -- 初版. -- 臺北市 : 時報文化
, 1993[民82]
面 ; 公分. -- (大師名作坊 ; 16)
譯自 : Se una notte d'inverno un
viaggiatore
ISBN 957-13-0595-2(平裝)

877.57 81006621